REKI KAWAHARA abec bee-pee
SWORD ART ONLINE
unital ring
027
JN073247
SWORD ART ONLINE

「……うそ……ユージオ、なの……？」
§セルカ
アリスの妹にして、神聖術師団の第二代団長。石化凍結術式による眠りに就き、二百年もの間、姉との再会を待ち続けた。

「…………!」
ティーゼ
三十二番目の整合騎士。初等錬士の頃に出会った、エオラインと同じ目を持つ《少年》に、恋心を抱き続けてきた。
§エオライン
《アンダーワールド》全軍の頂点に立つ、整合機士団の長。その覆面は、ソルスの光から肌を守るためのもの、らしいが……。

§シノン
かつて《GGO》でキリトに助けられた少女。《ユナイタル・リング》では、マスケット銃をメインウェポンとして戦う。
§キリト
《SAO》をクリアに導き、《アンダーワールド》に平和をもたらした少年。仲間とともに《ユナイタル・リング》攻略を目指す。

「全員、とにかく走れ!」

「我が名はアリス」
§アリス
三十番目の整合騎士にして、世界初の真正汎用人工知能。二百年後の《アンダーワールド》でも、《金木犀の騎士》として語り継がれる。

「――私が整合騎士であることは、神器たる金木犀の剣によって証します!!」
「ならば、その剣ごと消し炭に変えてくれよう!!」

《アンダーワールド》年表

《ムーン・クレイドル》編以降、これまで明かされることのなかった、
《アンダーワールド》の二百年にわたる歴史を、今ここに紐解く。

人界暦

- 380年11月　異界戦争終結
- 380年12月　人界統一会議発足
- 381年04月　四帝国の大乱
- 382年02月　機竜初飛行実験
黒皇帝団との戦い始まる
- 390年ごろ　ロニエ、ティーゼ、セルカ、天命凍結術を受ける
- 420年ごろ　キリト、星王位に就く
- 435年　サディナ・ツーベルク死去
- 436年　ガスフト・ツーベルク死去
- 441年　ロニエ、ティーゼ、セルカ石化凍結
整合騎士団の解散、整合機士団の新設が決定
- 475年　黒皇帝団との戦い終わる
ファナティオ凍結
- 478年　キリト、アスナ退位
- 480年　星界統一会議発足
人界暦が終わり、星界暦が始まる

星界暦

- 550年　キリト、アスナ消滅
- 582年　キリト、アスナ、アリス、アンダーワールド再訪
ロニエ、ティーゼ、セルカ石化凍結解除

SAO SWORD ART ONLINE

「これは、ゲームであっても
遊びではない」

──『ソードアート・オンライン』プログラマー・茅場晶彦

SWORD ART ONLINE
unital ring

REKI KAWAHARA

abec

bee-pee

027

1

底知れない衝撃《しょうげき》と驚愕《きょうがく》を宿して見開かれた紅葉色の瞳《ひとみ》と。

白革《しろかわ》のマスクの奥《おく》で、訝《いぶか》しげに細められた翡翠《ひすい》色《いろ》の瞳《ひとみ》。

あまりにも対照的な二つの眼差《まなざ》しが空中で衝突《しょうとつ》するさまを、俺は言葉もなく見詰《みつ》めた。

こうなることを、事前に予想しておくべきだった。百四十年にも及《およ》ぶ永《なが》の眠《ねむ》りから目覚めた整合騎士《せいごうきし》ティーゼ・シュトリーネン・サーティツーは、北セントリア修剣学院《しゅうけんがくいん》で俺の相棒ユージオの傍付《そばつ》き練士《れんし》に指名された頃《ころ》から、彼に恋心《こいごころ》を抱《いだ》き続《つづ》けていたのだ。異界戦争《いかいせんそう》のさなかにユージオの死を知らされた時のティーゼの悲嘆《ひたん》は、心神喪失《しんしんそうしつ》状態だった俺の意識にも伝わってくるほど深く、痛ましいものだった。

戦争終結後、ティーゼはロニエと共に整合騎士に任ぜられ、二十代で子供を産み、その後に天命《てんめい》減少を凍結《とうけつ》され、七十代半ばで石化凍結術式《ディープ・フリーズじゅつしき》による眠《ねむ》りに就《つ》いた――ということらしい。

しかし、それだけの時間を経ても、ティーゼの中にあるユージオへの思慕《しぼ》の念が消え去ることはなかったのだろう。

だからこそ、現在の整合機士《せいごうきし》団長《だんちょう》エオライン・ハーレンツが、ユージオと有り得ないほど似ていることに一目で気付いたのだ。たとえその顔が、白革《しろかわ》のマスクで半分以上隠《かく》されていたとしても。

数秒遅《おく》れて、隣《となり》に立つロニエもティーゼの異変に気付いたようだった。彼女の視線を辿《たど》り、エオラインを見た途端《とたん》、ロニエの口からも鋭《するど》い呼吸音が漏《も》れ、両手で突いていた剣が地面に倒れる。

張《は》り詰《つ》めた沈黙《ちんもく》を破ったのは、しかしティーゼでも、ロニエでもなかった。

「……うそ……ユージオ、なの……？」

掠《かす》れた震《ふる》え声《ごえ》を響《ひび》かせたのは、アリスに寄《よ》り添《そ》って立つ白ローブ姿の少女だった。アリスの最愛の妹、セルカ・ツーベルク。

もともと、俺とアスナ、アリスがアンダーワールドを再訪したのは、二ヶ月ほど前にラース六本木《ろっぽんぎ》支部《しぶ》で覚醒《かくせい》した直後の俺がアリスに告げたという言葉のせいだ。

――君の妹セルカは、ディープ・フリーズ状態で君の帰りを待つ道を選んだ。セントラル・カセドラル八十階、あの丘《おか》の上で、いまも眠《ねむ》りに就《つ》いている。

現在の俺に、その時の記憶《きおく》はない。アリスに語りかけたのは、異界戦争《いかいせんそう》終結後のアンダーワールドを百年間も統治したという《星王《せいおう》キリト》だからだ。星王《せいおう》が俺と同一人物だという自覚はいまだに持てないし、何ならちょっと胡散臭《うさんくさ》いくらいに思ってさえいるが、いくらなんでもアリスを騙《だま》しはしないだろう。

そんなわけで、俺たちはセルカを目覚めさせるために再びアンダーワールドを訪《おとず》れ、数多《あまた》の苦難を乗《の》り越《こ》えてセントラル・カセドラルに辿《たど》り着《つ》き、八十階《雲上庭園《うんじょうていえん》》で石化したセルカ、ロニエ、ティーゼを発見した。三人のディープ・フリーズ状態を解除するために、俺は同じくカセドラルに封印《ふういん》されていた機竜《きりゅう》《ゼーファン十三型》でエオラインと共に惑星《わくせい》アドミナへと移動し、予想だにしない冒険《ぼうけん》の果てに石化解除薬を手に入れた。

急ぎ惑星《わくせい》カルディナに帰還《きかん》し、アリスに薬を渡《わた》してまずセルカを目覚めさせ、ついに再会を果たした姉妹《しまい》が抱《だ》き合《あ》うところを見て、これでめでたしめでたし……と思ったのだが。

「ユージオ……生きてたの……？」

再びその名を口にしたセルカが、エオラインに向けて一歩、二歩と近づいていく。ティーゼとロニエは、石化状態に戻《もど》ってしまったかの如《ごと》く凍《こお》り付《つ》いたままだ。

整合機士《せいごうきし》団長《だんちょう》は、途惑《とまど》うようにちらりとこちらを見た。彼の左側に立つスティカとローランネイは機士《きし》団《だん》の制帽《せいぼう》を目深《まぶか》に被《かぶ》っているが、エオラインは俺と同じくまだパイロットスーツ姿なので、少し乱れた亜麻色《あまいろ》の髪《かみ》が露《あら》わになっている。

ユージオとまったく同じ色合い、同じ髪質《かみしつ》の巻き毛を見た途端《とたん》、俺もセルカに何と声をかければいいのか解《わか》らなくなってしまった。アスナも、アリスも動こうとしない。

ぴんと張《は》り詰《つ》めた空気を──。

突然《とつぜん》、悲鳴じみた金切り声が切《き》り裂《さ》いた。

「きゅーっ！ きゅっきゅる――――っ！」

見ると、草の上を茶色のかたまりが転がるように――いや、実際に何度も転びながら走ってくる。二メートル先で高々とジャンプし、ロニエの胸に飛び込む。

「きゅるっ！ きゅるるるっ！」

甲高《かんだか》い声で喚《わめ》き立《た》てる小動物は、ミミナガヌレネズミのナツだ。長い耳を振り回し、鼻面《はなづら》をロニエの頬《ほお》にぐいぐい押し当てる。

「……ナツ！」

ロニエも掠《かす》れた声で名前を呼ぶと、ネズミを両腕《りょううで》で抱《だ》き締《し》めた。

なおもきゅうきゅう鳴き続けるナツの声に、さくさくと草を踏《ふ》む音が重なった。

斜面《しゃめん》を登ってきたのは、かつては昇降係《しょうこうがかり》と呼ばれていた少女、エアリー・トルームだった。

セルカの前で立ち止まり、深々と一礼してから、落ち着いた声で呼びかける。

「お久しぶりです、セルカさま」

続けて、体の向きを変えながら――。

「ティーゼさま、ロニエさま。こうしてまたお会いできて、とても嬉《うれ》しいです」

柔《やわ》らかなその声音《こわね》を聞いた途端《とたん》、魂《たましい》が抜け落ちそうだったセルカの顔にわずかながら表情が戻《もど》った。何度か瞬《まばた》きし、エアリーの顔に両目の焦点《しょうてん》を合わせると、かすかに微笑《ほほえ》む。

「エアリー、《さま》はつけなくていいって、何度言わせるの？」

なんだかセルカのほうはあんまり久しぶり感がないな……と思ってから、それも当然だと気付く。凍結中《とうけつちゅう》はフラクトライトが完全に活動停止するのだから、彼女にとってはエアリーとの別れは数日、ことによると数時間前の出来事なのだ。

セルカはエアリーに歩み寄ると、しっかりハグしてから離《はな》れた。

「元気そうでよかった。……エアリー、いまは星界暦《せいかいれき》何年なの？」

「五八二年十二月七日です、セルカさま」

「五八二年……」

この場所で眠《ねむ》りに就《つ》いてから百四十年もの時間が経過していることを知らされたセルカは、さすがに衝撃《しょうげき》を受けた様子だったが、それでも一瞬《いっしゅん》目を見開いただけだった。顔を巡《めぐ》らせて、ティーゼ、ロニエ、ナツ、アスナ、俺、そしてスティカとローランネイを見やってから、再びエオラインに視線を戻《もど》す。

セルカが何かを言う前に、エアリーが囁《ささや》くように告げた。

「セルカさま。あの方は、ユージオさまではありません」

「……………でも……」

すぐに納得《なっとく》できないのも無理はない。別人にしてはあまりにも似すぎている。顔立ちや髪色《かみいろ》だけでなく、体つきも、立ち姿も、そして雰囲気《ふんいき》までも。

アンダーワールドへの二度のダイブで、かなりの時間エオラインと交流を重ねた俺は、彼の全てがユージオと同じではないことを知っている。どこか皮肉げな笑《え》み、心の裡《うち》を読ませない物腰《ものごし》、あまり体が丈夫《じょうぶ》ではないところ。しかしそれでもなお、魂《たましい》――フラクトライトのかたちとでもいうべきものが、ユージオと重なりすぎるのだ。

だが思い返してみると、エアリーはエオラインと対面した時も、とくに驚《おどろ》いた様子は見せなかった。彼女は何かを知っている、あるいは俺には見えないものが見えているのだろうか……と考えた時。

「あの方は、現在の整合機士団長《せいごうきしだんちょう》、エオライン・ハーレンツさまです」

エアリーが、ロニエとティーゼにも視線を送りながらそう言った。

「ハーレンツ……」

と呟《つぶや》いたのは、俺の隣《となり》に立つロニエだった。ナツを胸に抱《だ》いたままエアリーに数歩近づき、訊《たず》ねる。

「では、ベルチェの……？」

「はい。ベルチェさまをハーレンツ家の二代目当主とすると、エオラインさまは七代目現当主のご次男となられます」

「七代目のご子息……」

ロニエが瞬《まばた》きしながら呟《つぶや》く。

その数字を聞き、俺は心の中で指折り数えた。つまり、初代当主ベルクーリ・ハーレンツの子供がベルチェ・ハーレンツで、その曾孫《ひまご》の子供の子供が現当主オーヴァース・ハーレンツ、エオラインはさらにその子供——正確には養子だが——ということになる。二百年間で八世代はちょっと多いような気もするが、アンダーワールドは現実世界より結婚《けっこん》や出産が早いので、それくらい代を重ねても不思議はない。確かスティカとローランネイも、ティーゼとロニエから数えて七代目の子孫だったはずだ。

二人の会話を聞き、ティーゼもようやくエオラインがユージオではないことをひとまず受け入れたのだろう。足許《あしもと》に転がっていた長剣《ちょうけん》を拾うと、白いローブの内側に吊《つ》るした鞘《さや》に収め、エアリーの前まで移動した。

「……エアリー、ずっとこの場所で私たちを見守ってくれていたのね。ありがとう……」

そっとエアリーを抱《だ》き締《し》めてから、こちらに向き直る。

スティカとよく似た、しかし少しだけ深い色合いの瞳《ひとみ》でまっすぐ俺を見て——。

「キリト先輩《せんぱい》……いえ、星王《せいおう》陛下。ティーゼ・シュトリーネン・サーティツー、謹《つつし》んで騎士《きし》の任に復します」

凛《りん》とした口上に、ロニエも慌《あわ》てた様子でナツを右肩《みぎかた》に乗せ、剣を拾った。それを鞘《さや》に戻《もど》し、小走りでティーゼの隣《となり》に並び——。

「同じくロニエ・アラベル・サーティスリー、ただいまより復任いたします！」

右拳《みぎこぶし》を左胸に、左手を剣の柄頭《つかがしら》にあてがう、整合騎士《せいごうきし》団式《だんしき》の敬礼。思わず、二人とも立派になったなあ……などと感慨《かんがい》にふけってしまってから、俺は急いで両手を持ち上げた。

「い、いや、その……二人には申し訳ないんだけど……」

ちらりとアスナにアイコンタクトしてから、真実を告げる。

「俺、もう、星王《せいおう》じゃないんだ」

「「えっ」」

異口同音に驚《おどろ》きの声を漏《も》らすロニエとティーゼを眺《なが》めながら、さてどこから説明したものかと考えた、その時。

高い壁《かべ》の上部に設けられた開口部から、無数の鐘《かね》が奏《かな》でる旋律《せんりつ》が流《なが》れ込んできて、俺は小声で「やべっ」と呟《つぶや》いた。

現実世界は十月三日土曜日で学校は休みだが、アンダーワールドにダイブするにあたって、神代凛子《こうじろりんこ》博士に「午後五時までにジェスチャー・コマンドでログアウトすること。しなかった場合は五時十分に強制切断するから」と言《い》い渡《わた》されている。いま聞こえたのが、まさしく五時の時鐘《じしょう》だ。

「ロニエ、ティーゼ、セルカ。すまないけど、俺とアスナとアリスは、あと十分しかこの世界にいられないんだ」

「ど……どういうことですか？」

目を丸くするロニエに、限界の早口で説明する。

「俺たちはいま、リアルワールドからアンダーワールドにダイブ……ええっと、一時的に転送されている状態なんだ。その制限時間が五時十分までで、それを過ぎると強制的にあっち側へ戻《もど》されちゃうんだ」

「な、なんでそんな制限があるんですか？」

今度はティーゼが問うてくる。しかし元星王《せいおう》としては、さすがに「宿題があるから」とか、「母さんに怒《おこ》られるから」とは言えない。

「そこは、色々事情があって……。いまはそれより、もっと大事なことを説明しないと」

そう言うや、草の上を十メートルほどスライドダッシュし、並んで立つスティカ、ローランネイ、エオラインのところに移動する。

「エオラインはもうエアリーが紹介《しょうかい》したよな。まずこちらが、スティカ・シュトリーネン整合《せいごう》機士《きし》。機士《きし》のキは機竜《きりゅう》のキだ」

俺がスティカを手で示しながら紹介《しょうかい》すると、ティーゼが再び「えっ」と目を丸くした。

続けてローランネイを指し、

「そしてこちらが、ローランネイ・アラベル整合機士」

「えっ」

ロニエも声を上げる。

名前を呼ばれたことで、ずっと直立不動状態を保っていた二人の少女機士《きし》は、ようやく硬直《こうちょく》が解《と》けたようだった。ぎこちない手つきで、目深《まぶか》に被《かぶ》っていた制帽《せいぼう》を脱《ぬ》ぐ。

駆《か》け寄《よ》ってきたロニエがローランネイの、ティーゼがスティカの前に立った。向き合うと、身長はロニエたちのほうが数センチ高いし年齢《ねんれい》もいくらか上に見えるが、六世代も離《はな》れているとは思えないほど似ている。

自分の遠いご先祖様、あるいは子孫と対面するのってどんな気持ちなんだろうな……などとのんきなことを考えてから、俺は遅《おそ》まきながら、この邂逅《かいこう》がロニエたちにとって喜ばしいものとは限らないのだと気付いた。

なぜなら、スティカとローランネイの存在は、ティーゼとロニエが産んだ子供がもう生きていないことを如実《にょじつ》に示しているからだ。その子が、天命凍結《てんめいとうけつ》されていない限り。

しかしロニエとティーゼは、少なくとも表面的には悲しみを表すことなく、それぞれの子孫を優《やさ》しく抱《だ》き締《し》めた。ローランネイたちも、おずおずと両手を持ち上げ、ご先祖様の背中に回す。

抱擁《ほうよう》はたっぷり五秒以上も続いたが、俺は割《わ》り込むことなく待った。やがて四人が体を離《はな》し、揃《そろ》ってこちらを見る。

「陛下……いえ、キリト先輩《せんぱい》。さきほど言っていた、大事なことって何ですか？」

ロニエが水を向けてくれたので、俺は現在の整合機士《せいごうきし》団《だん》を取り巻く陰謀《いんぼう》について、時々エオラインに助けてもらいながら説明した。

ステイカとローランネイが、機竜搭乗中《きりゅうとうじょうちゅう》に宇宙怪獣《うちゅうかいじゅう》アビッサル・ホラーに襲撃《しゅうげき》されたところから始めて、惑星《わくせい》アドミナに存在する謎《なぞ》の基地と、そこで行われていた残酷《ざんこく》な実験のことまで話し終えるのに、ダイジェスト版でも約五分を要した。強制ログアウトさせられるまで、恐《おそ》らく残り数十秒。

正直に言えば、今夜はアンダーワールドに留《とど》まって、ロニエたちと心ゆくまで語り合いたい。だが、異界戦争《いかいせんそう》の時に危《あや》うくフラクトライトを完全喪失《そうしつ》するところだった俺が、菊岡誠二郎《きくおかせいじろう》の依頼《いらい》があったとはいえ、再びラースと関わることを両親が不安に思っていないはずがないのだ。せめて、帰宅予定時間くらいは守らなくては。

「ロニエ、ティーゼ、セルカ。目覚めたばっかりなのに悪いけど……エオラインたちの助けになってくれないか。俺も、できるだけ早く戻《もど》るから」

星王《せいおう》としてではなく、友達としてそう頼《たの》むと、三人は力強く頷《うなず》いてくれた。

「もちろんです、キリト先輩《せんぱい》！」

「私たちにお任せください！」

「ほんとに早く帰ってくるのよ！」

ロニエ、ティーゼ、セルカが順に言葉を返した、その直後。

以前にも感じた、肉体から精神が引《ひ》き剝《は》がされるような感覚が俺を襲《おそ》った。目に映るもの全てが、虹色《にじいろ》の尾《お》を引きながら遠ざかっていく。

——セルカは、俺が星王《せいおう》になり、自分が神聖術師《しんせいじゅつし》団長《だんちょう》になっても、言葉遣《ことばづか》いを変えなかったんだな。

そんな思考とともに、俺はアンダーワールドから離脱《りだつ》した。

2

何度か瞬《まばた》きしてから瞼《まぶた》を持ち上げると、照度を落としたパネルライトが並ぶ金属製の天井《てんじょう》が見えた。

ラース六本木支部《ろっぽんぎしぶ》のＳＴＬ室。俺の頭を呑《の》み込んでいたソウル・トランスレーターのヘッドブロックは、すでに開放されている。

ジェルベッドの上で、ゆっくり体を起こす。首を巡《めぐ》らせると、仮設のリクライニングチェアに横たわる制服姿のアリスが見えた。まだ覚醒《かくせい》していないらしく、瞼《まぶた》を閉じたまま微動《びどう》だにしない。

その奥《おく》では、もう一台のＳＴＬの上で、ダイブ用のガウンを着たアスナが両手を持ち上げて大きく伸びをしていた。俺の視線に気付くと、バツが悪そうに微笑《ほほえ》んでから、少し掠《かす》れた声で言う。

「お疲《つか》れさま、キリトくん」

「アスナもお疲《つか》れ」

俺はベッドから床《ゆか》に降りると、壁際《かべぎわ》に置かれたトローリーワゴンからミネラルウォーターのボトルを取り、アスナの前まで移動した。キャップを緩《ゆる》めてから差し出したボトルを、アスナは「ありがと」と言いながら受け取り、こくこく喉《のど》を鳴らして飲んだ。

その様子を見た途端《とたん》、俺も強烈《きょうれつ》な喉《のど》の渇《かわ》きを自覚する。考えてみれば、今朝は五時に川越《かわごえ》の自宅を出て、七時過ぎにアンダーワールドへダイブしたのだから、実に十時間も飲まず食わずだったのだ。神代《こうじろ》博士が俺たちにログアウト時間を厳守させるのは、これ以上の連続ダイブは点滴《てんてき》による水分補給が必要になるからだろう。

新しいボトルを開け、一気に半分近く飲み干してから大きく息をつく。渇《かわ》きが癒《い》やされると今度は空腹感が襲《おそ》ってくるが、残念ながらワゴンの上に食べ物はないし、そもそもこの部屋は食事禁止だ。こういう時は、飲み食いが必要ないアリスのマシンボディを羨《うらや》ましく感じてしまうが、実際は俺の想像もつかない苦労が山ほどあるのだろう。

そんなことを考えつつ、ワゴンの下段に入れておいた自分のバッグから携帯端末《けいたいたんまつ》を取り出す。顔認証《かおにんしょう》でオンにした途端《とたん》、画面にユイの姿が表示される。

『パパ、ママ、長時間のダイブ、お疲《つか》れさまでした！』

「ユイもお疲《つか》れさま」

と答えてからアスナに画面を向ける。アスナも笑顔《えがお》で手を振り、愛娘《まなむすめ》をねぎらう。

「ユイちゃん、見張り番してくれてありがと。何もなかった？」

『はい、ラースの社内ネットワークに対する不正侵入《しんにゅう》の試みはありませんでした。また、監視《かんし》カメラに不審《ふしん》な人または物が捕捉《ほそく》されることもありませんでした』

「良かった。ユイちゃんのおかげで、安心してダイブできたよ」

『えへへ……』

とユイは可愛《かわい》らしく笑うと、はきはきした口調で続けた。

『それでは、私はユナイタル・リングに戻《もど》ります。パパ、ママ、またあとで！』

「うん、みんなによろしく」

再び画面を覗《のぞ》き込みながらそう言うと、ユイは「はい！」と答えて姿を消した。

携帯端末《けいたいたんまつ》をバッグに戻《もど》し、ふと気付いてリクライニングチェアを見やる。アリスはまだ目を閉じたままだ。同時にログアウトしたはずなのにな……と訝《いぶか》しく思った時、同じ疑問を感じたらしいアスナが言った。

「アリス、まだ起きないの？」

「うん……もう三分くらい経《た》ってるよな。回線トラブルかな……」

「揺《ゆ》すっても……意味ないわよね」

と言いつつも、アスナはベッドから離《はな》れ、部屋の真ん中に置かれたリクライニングチェアに近づく。

だが、伸ばした手が肩《かた》に触《ふ》れる寸前、スライドドアを駆動《くどう》するモーターの音が響《ひび》いた。

STL室に入ってきたのは、白衣姿の神代凛子《こうじろりんこ》博士——と、その後ろにもう一人。

「桐ヶ谷《きりがや》くん、明日奈《あすな》さん、お帰りなさい。ちゃんと水分補給した？」

神代博士にそう訊《き》かれ、俺は右手のボトルを掲《かか》げてみせた。

「はい。それより、五時までにログアウトできなくてすみませんでした」

「前回もそうだったじゃない。予想はしてたわ」

軽く肩《かた》をすくめた博士に、明日奈が問いかける。

「凛子さん、アリスがまだ目を覚まさないんですが、何かトラブルが……？」

「ああ、そうじゃないの。五時になっても三人が戻《もど》らないから、向こうで何か重要なことが起きてるんだろうと思って、この人と相談してアリスだけはダイブを継続《けいぞく》させたのよ」

そう言った神代博士は、ちらりと左後方に視線を振った。

そこに立っているのは、涼《すず》しげなリネンジャケットとバンドカラーシャツを洒脱《しゃだつ》に着こなし、レンズに薄《うす》く色の入ったリムレスの眼鏡をかけた長身の男だった。会うたびに雰囲気《ふんいき》が乱高下するが、一見人が良さそうな、その実どこか謎《なぞ》めいた笑《え》みだけは変わらない。

「チワス、菊岡《きくおか》さん。こんなところで何してるんだ？」

俺がそんな言葉を投げかけると、ある時は総務省職員、またある時は自衛官、しかしてその実体はなんだかよく解《わか》らない菊岡誠二郎《せいじろう》は、微笑《びしょう》を苦笑《くしょう》に変えて答えた。

「おいおい、僕はラースの創設者だよ。ここにいても何の不思議もないだろう？」

「代表職を凛子さんに押し付けてふらふらしてるって聞いたぞ」

「ふらふらは酷《ひど》いな」

芝居《しばい》がかった仕草で両手を広げる菊岡《きくおか》に、アスナも軽く会釈《えしゃく》した。

「お久しぶりです、菊岡さん」

「そう言えば、明日奈《あすな》くんとは二ヶ月ぶりくらいか。元気そうでよかった」

「ありがとうございます。菊岡さんのお怪我《けが》はその後いかがですか？」

「しばらく前に完治のお墨付《すみつ》きが出たよ、少し痕《あと》は残ったけどね」

二人のやり取りは、傍《かたわ》らで聞いているぶんには至って友好的だが、言葉の奥《おく》にそこはかとない緊張感《きんちょうかん》が漂《ただよ》っている気がしてしまう。実際、アスナは菊岡のことを「わたし、あの人はいい人とそうじゃない人の中間に分類してるけどね」と評していたが、菊岡のほうも少しばかり身構えているように思えるのは、俺たちを再びトラブルに引っ張り込んだ後ろめたさのせいか、あるいは他に理由があるのか。

仮想世界ならまだしも、現実世界でアスナが菊岡を物理的に吊《つる》し上げたりできるわけでもなかろうに……などとあらぬことを考えていると、神代《こうじろ》博士がぽんと手を叩《たた》いた。

「さ、二人とも帰宅の準備をしてちょうだい。遅《おそ》くなると、お家《うち》のかたが心配しちゃうから」

「え……でも、今日のダイブの報告を聞かなくていいんですか？」

俺がそう訊《たず》ねると、博士はリクライニングチェアに視線を振った。

「私はあとでアリスから聞くわ。長時間ダイブで疲《つか》れてるのに申し訳ないけど、菊岡二佐……じゃなかった、菊岡さんには桐ヶ谷《きりがや》くんから説明してあげてくれる？」

「それはいいですけど、二、三分じゃ終わらないですよ」

「心配無用」

と口を挟《はさ》んだ菊岡は、右手で自動車のカードキーらしきものをひらひらと振ってみせた。

「今日は僕がキリトくんと明日奈くんを送っていくから、話はクルマの中で聞かせてもらうよ。こちらからも少し相談したいことがあるしね」

「相談……ですか」

このうえ仕事を増やすつもりじゃなかろうな、という牽制《けんせい》のつもりで軽く一睨《ひとにら》みしてみたが、菊岡はどこ吹《ふ》く風と受け流し、ドアへと向かった。

「着替《きが》え等々が終わったら、エレベータで地下二階の駐車場《ちゅうしゃじょう》に下りてくれたまえ。では、のちほど」

スライドドアが開き、閉まる。

顔を戻《もど》したアスナは、少し声量を落として神代博士に訊《き》いた。

「菊岡さんて、いまの身分はどうなってるんですか？　公式にはオーシャン・タートルで亡《な》くなったままなんですよね？」

今朝のダイブ前に、俺もまったく同じことを質問した。その時は「本人に直接訊《き》くのね」とはぐらかされてしまったが、今回はいかに……と耳をそばだてていると。

「うーん、教えてもいいけど、冗談《じょうだん》で誤魔化《ごまか》してると思われそうなのよね……」

「思いません！」

アスナが即答《そくとう》したので、博士は念を押すように俺にも目線を送ってから言った。

「菊岡礼三郎《きくおかれいざぶろう》」

「は？」

二人同時に声を上げてしまう。アスナと顔を見合わせてから、小声で問《と》い質《ただ》す。

「……だ、誰《だれ》ですかそれ」

「誠二郎《せいじろう》の双子《ふたご》の弟」

「……菊岡さんに、弟さんが……？　その人の身元を借りてるってことですか？」

今度はアスナが訊《たず》ねる。しかし神代《こうじろ》博士は、十時間前にも見せた呆《あき》れ顔《がお》を大きく左右に振った。

「いないわよ、そんなの。比嘉《ひが》くんが自治体の戸籍正本《こせきせいほん》と法務局の戸籍副本《こせきふくほん》と住民基本台帳を改竄《かいざん》して、弟をでっち上げたの」

「………」

今度は二人揃《そろ》って絶句してしまう。そんなことどうやってとか、犯罪じゃないですかとか、突っ込みどころは山ほどあるが、突っ込むだけ無駄《むだ》という気もする。

「……着替《きが》えます」

やがて、アスナがそう宣言すると、部屋の隅《すみ》に立てられたついたての奥《おく》へと消えた。一分もしないうちにガウンから私服に戻《もど》り、出てくる。俺は上着を脱《ぬ》いだだけでダイブしていたので、着替《きが》える必要はない。

「えと……できれば、アリスは今夜一晩くらいは向こうにいさせてやりたいんですが……」

俺がそう言うと、神代博士はこくりと頷《うなず》いた。

「ええ、そのつもり。二人とも、今日はちゃんと寝るのよ」

「はい、それじゃ失礼します」

「失礼しまーす」

アスナに続いて頭を下げ、俺はＳＴＬ室から出た。

エレベータで地下二階まで下り、箱から出ると、そこにはもう一台の自動車が待機していた。落ち着いたカラーとデザインの中型セダン。サイドウインドウから運転席を覗《のぞ》き込むと、菊岡がこちらに気付き、左手で後部座席を示した。

ドアを開け、乗《の》り込む。レディファーストといきたいところだが、アスナが先に降りるので、俺が左側に座《すわ》ってしまうと面倒《めんどう》なことになる。

続いて乗車したアスナがドアを閉めると、バムンと重厚《じゅうこう》な音が響《ひび》いた。ステアリングの中央に見えたエンブレムは、確かスウェーデンのメーカーのものだ。外車としては、最も質実剛健《ごうけん》な部類と言っていい。

「お待たせ。……あんたのことだから、もっと怪《あや》しい車に乗ってると思ってたけどな」

真後ろからそう声を掛《か》けると、菊岡《きくおか》は「ふふ」と短く笑った。

「もちろん、プライベートではもっと怪《あや》しい車に乗っているさ。これはラースの社用車だよ」

「なるほどね……」

だったら凛子《りんこ》さんの趣味《しゅみ》かな、と想像しながらシートベルトを装着する。アスナもベルトを締《し》めたのを確認《かくにん》し、再び前を向く。

「ほんじゃ、よろしく」

「すみません、お願いします」

俺とアスナの声掛《こえか》けに、菊岡は「はーい」と力の抜けた言葉を返すと、両手をステアリングに置いた。

かすかなモーター音とともに、車が動き始める。中型といっても二トン近いであろう車体が、ほとんど振動《しんどう》もせず滑《なめ》らかに走り出す感覚は、アンダーワールドで乗った熱素《ねつそ》エンジンの機車《きしゃ》を思い起こさせる。

EVは急なスロープを力強く駆《か》け上《のぼ》り、左折して美術館通りに出ると、一気に速度を上げた。世田谷《せたがや》区宮坂《みやさか》にあるアスナの家までは、２４６号線を使って二十分――いや、この時間は少し混んでいるだろうから三十分というところか。

それだけあっても、今日のダイブで得た情報を余さず伝えるには恐《おそ》らく足りないが、菊岡に何から何まで話す必要はあるまい。俺が受けた依頼《いらい》は、ザ・シードのコンバート機能を使ってアンダーワールドに侵入《しんにゅう》した何者かの正体を突き止めることなのだから、エオラインの家庭の事情やセルカたちの石化凍結《せきかとうけつ》の経緯《けいい》は省いてもいいだろう。

と言っても、肝心《かんじん》の侵入者《しんにゅうしゃ》に繋《つな》がる情報もいまのところさっぱりなんだよな……と思いつつ、報告の概要《がいよう》を頭の中で組み立てていると。

「キリトくん、助手席に箱があるから、開けてみてくれないか」

菊岡に先んじてそう言われ、俺は瞬《まばた》きしてからセンターコンソール越《ご》しに助手席を覗《のぞ》いた。

確かに、何やら無地の紙箱が載《の》っている。靴箱《くつばこ》より一回り大きいそれを持ち上げ、後部空間に移動させて、俺とアスナのあいだに置く。

ラッピングされていれば三日遅《おく》れのアスナへのバースデープレゼントかと思うところだが、リボンの一つも掛《か》かっていない。代わりに、上面《じょうめん》に黒のマジックで【試‐4】と書かれている。

アスナと顔を見合わせてから、被《かぶ》せ式《しき》の蓋《ふた》を開ける。

中を覗《のぞ》き込んだ途端《とたん》——。

「うわっ⁉」

「ええっ⁉」

俺とアスナは、同時に声を上げてしまった。

大量の緩衝材《かんしょうざい》の中で丸くなっているのは、どう見ても生後数ヶ月の子猫《こねこ》だったからだ。

「おい、こんな箱に猫《ねこ》を入れるなよ！」

慌《あわ》てて両手を突っ込み、ふわふわした灰色の和毛《にこげ》をまとう子猫《こねこ》を抱《だ》き上げた俺は、反射的に体を竦《すく》ませてしまった。子猫《こねこ》の体は完全に冷え切り、硬《かた》く強張《こわば》っていたからだ。悲鳴を上げて放り出す寸前で、それが本物の死体ではないことに気付く。このサイズの子猫《こねこ》にしては重すぎるし、関節の形状もどこか違和感《いわかん》がある。

「これ、作り物か……？」

そう呟《つぶや》くと、アスナがもう一度「えっ」と声を上げた。こわごわ手を差し出し、子猫《こねこ》の背中あたりに触《ふ》れる。

「あ……本当。菊岡《きくおか》さん、何なんですかこれ？」

アスナの詰問《きつもん》に、菊岡は「未来の世界の猫型《ねこがた》ロボットさ」と人を食った答えを返してから、

「右の脇《わき》の下《した》にスイッチがあるから長押《ながお》ししてごらん」と付け加えた。

右前脚《みぎまえあし》の付け根あたりを探《さぐ》ると、丸い突起《とっき》が指先に触《ふ》れた。言われるまま、二秒ほど長押《ながお》しする。

突然《とつぜん》、子猫《こねこ》の全身がぶるっと震《ふる》えた。閉じられていた瞼《まぶた》が勢いよく開き、まっすぐ俺を見上げる。

「ニア～ア」

可愛《かわい》らしいが、ほんのり抗議《こうぎ》の響《ひび》きを帯びた声で鳴かれ、俺は急いで空き箱をフロアに下ろ

し、子猫《こねこ》をシートの座面に近づけた。すると、子猫《こねこ》は体をくねらせて座面に降り立ち、かなり自然な仕草で大きく伸びをしてから、アスナを見上げて再び鳴いた。

「ニィィ〜〜」

今度は、明らかな甘《あま》え声《ごえ》だ。アスナは目を輝《かがや》かせ、右手で子猫《こねこ》のあごの下を優《やさ》しく掻《か》いた。子猫《こねこ》はしばらくされるがままでいたが、やがてぴょんとジャンプしてアスナの膝《ひざ》に飛び乗り、丸くなった。

ごろろー、ごろろーと本物そっくりに喉《のど》を鳴らす子猫《こねこ》を五秒ばかり凝視《ぎょうし》してから、俺は前席のヘッドレスト越《ご》しに訊《たず》ねた。

「菊岡さん、これ本当にロボットなのか……？」

「さっき電源を入れただろう？　アリスのマシンボディに使われているCNTアクチュエータ……つまり人工筋肉を流用した、ペットロボットの試作品だよ。比嘉《ひが》くんの力作さ」

「へえ……あの人、最近見かけないと思ったらこんなの作ってたんスね」

つい比嘉口調になってしまい、急いで付け足す。

「で、これ、比嘉さんの道楽なのか？　それとも菊岡さんの？」

「おいおい、それ一匹《ぴき》にものすごい開発費がかかってるんだよ。道楽でそんなお金使ったら、神代博士《こうじろ》にぶん殴《なぐ》られちゃうよ」

苦笑混《くしょうま》じりにそう言いながら、菊岡はステアリングを右に切った。EVはスムーズに回頭し、

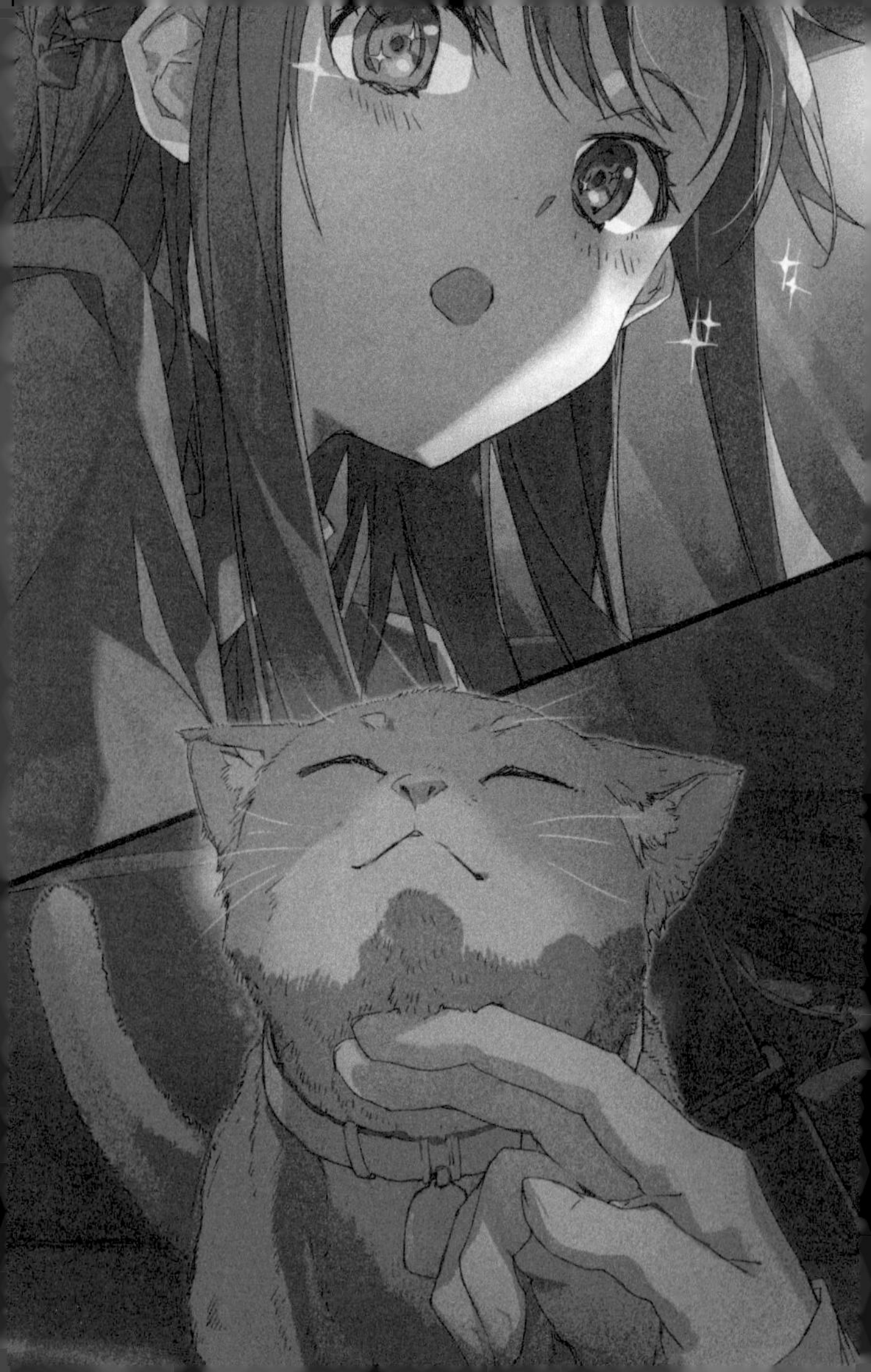

西麻布《にしあざぶ》交差点を通過する。

予想どおり、土曜夕方の六本木通《ろっぽんぎどお》りは混雑気味だったが、流れが止まるほどではない。前席の大型マルチディスプレイに表示されたナビゲーションマップを覗《のぞ》くと、渋谷駅《しぶやえき》の手前で渋滞《じゅうたい》は解消されるようなので、六時までにはアスナの家に着くだろう。

子猫《こねこ》ロボットに視線を戻《もど》し、人工物とは思えないほどリアルな質感の被毛《ひもう》をまじまじと眺《なが》めながら呟《つぶや》く。

「道楽じゃないなら、なんのために……」

「もしかして、商品化するつもりですか？」

子猫《こねこ》ロボットを撫《な》でていたアスナが不意にそう言ったので、俺は小さく口を開けた。まさか……と思ったが、運転席から返ってきたのは賞賛の言葉だった。

「さすが明日奈《あすな》くん、いい勘《かん》してるね。そのとおり……いちおう、来年中の商品化を目指している」

「ええ？　ラースから発売するのか？」

啞然《あぜん》としつつ問《と》い質《ただ》すと、菊岡《きくおか》はひょいと肩《かた》をすくめた――気がした。

「まさか、うちは企画《きかく》開発までさ。製造と販売《はんばい》は大手メーカー、それこそレクトみたいな会社と組むつもりだ」

レクトの名前を聞き、思わずアスナの様子をうかがうが、前ＣＥＯのご令嬢《れいじょう》は微笑《びしょう》を浮《う》かべたまま平然と応じた。

「レクトも以前ペットロボットを発売したことがありますし、興味は示すと思いますよ。ただ、かなりのタフ・ネゴシエーションになるでしょうけど」

「ははは、そうだろうね。でも、うちのマシンボディ技術は世界一だという自負がある。そのヨンちゃんを見れば、解《わか》ってもらえると思うが」

「ヨンちゃん……」

再びアスナと顔を見合わせてしまう。ラースのロボットと言えば、オーシャン・タートルで大活躍《だいかつやく》したという《イチエモン》や《ニエモン》が想起されるところだが、《ヨンちゃん》の由来が箱の蓋《ふた》に書かれた【試-4】——恐《おそ》らく試作4号の略——であるのなら、これら一連のネーミングはいったい誰《だれ》のセンスによるものなのか。

いや、追及《ついきゅう》するのはやめておこうと自分に言い聞かせ、俺は左手を伸ばしてアスナの膝上《ひざうえ》で丸くなっているヨンちゃんを撫《な》でた。制御部《せいぎょぶ》やバッテリーの発熱のせいか、箱から出した時は死体と間違《まちが》えるほど冷たかった体が、いまはほんのりと温かい。

「確かに、これは売れるかもな……」

俺の言葉を聞きつけた菊岡《きくおか》が、嬉《うれ》しそうに言った。

「だろう？　ラースが安定的な独自財源を複数確保できれば、アンダーワールド破棄《はき》を目論《もくろ》む勢力にも対抗《たいこう》しやすくなるからね」

そういうことなら、いささか唐突感《とうとつかん》のあるこのペットロボット開発計画も応援《おうえん》するしかない。

ルームミラーに映る菊岡の顔を見上げ、問《と》い質《ただ》す。

「菊岡さんが六本木《ろっぽんぎ》支部《しぶ》で言ってた相談ってのがこの猫型《ねこがた》ロボットのことなら、何か俺たちにしてほしいことがあるんだろ？　いったい何をすればいいんだ？」

すると菊岡は、ミラーの中でニマッと笑った。

「相変わらず、察しがよくて助かるよ」

「その逆はよく言われるけどな」

「実はね……そのヨンちゃん、ハードウェアは要求性能をほぼ満たしているんだが、ソフトのほうが難航していてね」

「え……すごく自然に見えましたけど」

とアスナが応じる。俺もまったく同感だ。伸びをする仕草や、アスナの膝《ひざ》に飛び乗る動きは真《しん》に迫《せま》っていた。だが菊岡は、小さくかぶりを振りながら言った。

「人間からの接触《せっしょく》に対するリアクションは問題ないんだ。ただ、自発的アクションがちょっとね……。行動を一から十までプログラムすると個性がなくなるし、AI任せにするとだんだん行動が猫《ねこ》らしくなくなってしまう。昨日、学習データをリセットする前のヨンちゃんは、常時二足歩行に挑戦《ちょうせん》していたよ」

「……それはそれで需要《じゅよう》がある気もするけどな」

ぼそっと呟《つぶや》いてから、俺はすぐに続けた。

「で、俺たちに何をしろと？　比嘉《ひが》さんにできないことができるとは思えないぞ」

「いや、ヨンちゃんをどうにかしてくれというわけじゃないんだ。えーとだね……キリトくん、アンダーワールドにも猫《ねこ》はいるよね？」

「はあ？　そりゃいるけど……」

「ちゃんと猫《ねこ》らしいかい？」

「少なくとも二足歩行したり、ワンワン鳴いたりはしないよ」

と答えた直後に、菊岡《きくおか》の意図を悟《さと》る。

「あ……もしかして、アンダーワールドから猫《ねこ》を連れ出せってのか？」

「ご名答」

またしてもニンマリ笑うと、菊岡は早口でまくし立てた。

「アンダーワールドの動物は、世界が稼働《かどう》を開始した時点ではザ・シード・パッケージ内蔵の単純なプログラムだったが、内部時間で五百年以上もかけて学習を積み重ね、現在では高度に洗練された複雑性を獲得《かくとく》しているはずだ。いったいどうやって猫《ねこ》の猫《ねこ》らしさや犬の犬らしさを担保しているのかは想像もできないけどね」

それを聞き、俺はエアリーの友達であるミミナガヌレネズミのナツを思い出した。あいつは猫《ねこ》ではなくネズミ、というよりウサギに近い生き物だったが、木の実を両手で掴《つか》んで囓《かじ》ったり、ふんぞり返って「きゅいー」と鳴いたりする様子は、作《つく》り物臭《ものくさ》さを欠片《かけら》も感じさせなかった。恐《おそ》らくナツは特別な個体なのだろうが、同じレベルに到達《とうたつ》している猫《ねこ》だって世界のどこかにはいるのではないか。

その猫《ねこ》のデータをアンダーワールドからエクスポートし、ヨンちゃんと同じマシンボディに搭載《とうさい》すれば、超高性能な猫型《ねこがた》ロボットを作れる……と菊岡は考えたのだろう。しかし。

「連れ出せって簡単に言うけど、忘れたわけじゃないだろうな菊岡さん。アンダーワールドのサーバーがあるのは、海の向こうのオーシャン・タートルなんだぜ。六本木支部《ろっぽんぎしぶ》のＳＴＬからダイブしても、猫《ねこ》どころか石ころ一つ持ち出せないぞ」

「もちろん忘れちゃいないさ」

平然と応じるや、菊岡はアクセルを踏《ふ》み込んだ。渋谷駅界隈《しぶやえきかいわい》を抜けたので道路が空いたのだ。ＥＶは力強く加速し、２４６号線を駆《か》け上《のぼ》っていく。

車が流れに乗ると、菊岡は再び話し始めた。

「いまはまだ仮説の段階だが、アリスの協力があれば、小容量のデータならアンダーワールドからエクスポートできる可能性がある。内部でシステムコンソールを操作する必要はあるけどね」

「アリスの……？」

何度目かの疑問符《ぎもんふ》を頭上に浮《う》かべていると、またしてもアスナが勘《かん》の良さを発揮した。

「もしかして、アリスのライトキューブをストレージに使うつもりですか?」

と訊《たず》ねた声には、かすかな非難の響《ひび》きがある。無理もない、俺だって「その手があったか」と思いはすれども、諸手《もろて》を挙げて賛成はできない。

「それはいくらなんでも無茶だろ、菊岡《きくおか》さん。仮にアリスのライトキューブに充分《じゆうぶん》な空き容量があったとしても、猫《ねこ》のデータを書《か》き込んだりして、万が一フラクトライトを損傷したら取り返しがつかないぞ」

「もちろん、もちろん」

俺たちの反応を予想していたのだろう、菊岡はステアリングの上で小さく両手を持ち上げ、釈明《しやくめい》した。

「アリスのライトキューブそのものを使うわけじゃないよ。彼女の頭部のクラニアル・シェル……ライトキューブを格納するための空間にはまだスペースの余裕《よゆう》があるから、いま、そこに補助記憶装置《きおくそうち》のようなものを増設できないか検討しているんだ」

「……それも危なっかしい話だな。まさか、アリスの意思を無視して人体実験みたいなことをしようとしてるんじゃないよな?」

「当然だ。むしろこれは、彼女の要望から始まった話なんだよ」

「アリスが、そんなことを……?」

しばし啞然《あぜん》としてしまう。現実世界を訪《おとず》れてまだ二ヶ月のアリスが、なにゆえメモリの増設など望むのか。

理由を訊《き》こうとしたのだが、菊岡が一瞬《いっしゅん》早く言った。

「アリスがそう望んだ理由は、僕の口からは言えないな。いずれ本人に訊《き》いてくれたまえ……ということろで本題に戻《もど》るけど、キリトくんと明日奈《あすな》くんへの相談というのはつまり、次回のアンダーワールドへのダイブで、頭が良さそうな猫《ねこ》を探してくれないかということなんだ」

「探すのは別にいいですけど……その猫《ねこ》を現実世界に連れてきたら、アンダーワールドからはいなくなっちゃうんじゃないですか？　もしそうなら、飼い主が悲しむと思うんですが」

アスナらしい気遣《きづか》いだったが、菊岡はすぐにかぶりを振った。

「いや、そうはならない。フラクトライトを持つアンダーワールド人は、現実世界に連れ出すためには《魂の容れ物《たましいいれもの》》であるライトキューブをクラスターから物理的に排出《はいしゅつ》するしかないが、犬や猫《ねこ》のような動的オブジェクトなら汎用《はんよう》メディアにコピーできるんだ。当然、コピーしてもオリジナルはそのまま残る。本人……もとい本猫《ほんねこ》は、自分がコピーされたことに気づきもしないさ」

冗談《じょうだん》めかした台詞《せりふ》を口にしてから、説明を続ける。

「問題は、その複製作業がオーシャン・タートルに行かないとできないことでね。だが、内部コンソールとアリスの補助メモリを使えば、六本木《ろっぽんぎ》支部《しぶ》でもデータを取り出せるのでは……と、そういう話だよ」

「……解《わか》りました。あと一つだけ……もしアンダーワールドから猫《ねこ》のデータをコピーできたら、それをこのヨンちゃんに上書きするんですか？」

すぐには答えない菊岡《きくおか》の後頭部を見ながら、俺は心の中で、「アスナの共感力を見誤ったな菊岡サン」と呟《つぶや》いた。膝《ひざ》の上に乗せて撫《な》でた時点で、アスナにとってはいまのヨンちゃんも、庇護《ひご》すべき対象となったのだ。

しかし、ラース前指揮官の対応力もさすがだった。

「いや、もし君たちがアンダーワールドでいい感じの猫《ねこ》プログラムを見つけてくれたら、それは開発中の試作5号機に搭載《とうさい》するよ。見つかるのは恐《おそ》らく大人の猫《ねこ》だろうから、子猫《こねこ》サイズのヨンちゃんに載《の》せると不具合が出そうだからね」

「じゃあ、ヨンちゃんはどうするんだ？　廃棄《はいき》なのか？」

俺の追撃《ついげき》も、菊岡は華麗に打ち返してみせた。

「いやいや、その子にもまだうまいこと成長する可能性はある。──というわけで明日奈《あすな》くん、よかったらヨンちゃんを育ててみないかい？」

「えっ、わたしが……ですか？」

「確か、自宅にペットはいないと言っていただろう？」

「はい……家族が留守がちで、世話が行き届かないので……」

「でもヨンちゃんは、餌《えさ》やりやトイレ掃除《そうじ》の必要はない。近くに人間がいない時は、スリープモードで充電《じゅうでん》する設定になっているしね。まあ、かなりの確率で、これまでと同様に猫《ねこ》らしくない行動をするようになるだろうが、その場合も学習をリセットするかどうかは明日奈くんに任せるよ。どうかな？」

「…………」

アスナはすぐには答えず、膝《ひざ》の上で眠《ねむ》る子猫《こねこ》をそっと撫《な》でた。たとえロボットであろうと、飼い主になることの責任を感じているのだろう。

「アスナ、無理に引き受ける必要は……」

と言いかけた俺に、にこりと笑いかけるとアスナは言った。

「ありがと、キリトくん。でも大丈夫《だいじょうぶ》。──菊岡さん、お言葉に甘《あま》えて、この子を預からせてもらいます」

「おお、それは良かった。説明書と充電《じゅうでん》パッドは箱の中にあるよ。それと、いちおう企業秘密《きぎょうひみつ》なんで、ご家族以外の人に見せるのは控《ひか》えてもらえると助かる」

「了解《りょうかい》です」

というやり取りを聞き、「家族ならいいのかよ」と突っ込みそうになったがぐっと堪《こら》える。アスナの親父《おやじ》さんはレクトの前ＣＥＯで、兄の浩一郎《こういちろう》氏も幹部候補くらいの立場のはずだが、菊岡がそのへんのことを考えていないはずがない。いや、もしかすると、それも狙《ねら》いの内なのでは──。

「キリトくん、箱を取ってもらえる？」

アスナの声に、俺は思考を中断して、フロアに置いていた紙箱をシートに戻《もど》した。アスナはヨンちゃんに「ごめんね」と声を掛《か》け、スイッチを長押《ながお》しして電源を落とすと、丸まったままのロボット子猫《こねこ》をそっと箱の中の緩衝材《かんしょうざい》に潜《もぐ》らせた。

しっかり蓋《ふた》を閉め、箱ごと膝《ひざ》に乗せて穏《おだ》やかに微笑《ほほえ》む。その顔を見ていると、ヨンちゃんは実は本当に菊岡《きくおか》からアスナへの誕生日プレゼントだったのではないかという気がしてくるが、確かめるのは野暮《やぼ》というものだ。

車はいつの間にか246から世田谷《せたがや》通《どお》りに入っている。結城家《ゆうきけ》はもう目と鼻の先だ。

「アスナ、今日は疲《つか》れただろ。帰ったら早めに寝なよ」

俺がそう囁《ささや》きかけると、アスナは軽く首を傾《かし》げた。

「キリトくんはあっちの様子を見に行くんでしょ？」

「まあ、一応……」

「じゃあわたしも行くよ。色々あったみたいだし」

「そっか。でも、無理はするなよ」

「うん、ありがと」

アスナが頷《うなず》いた直後、車はハザードランプを点滅《てんめつ》させつつ停車した。

紙箱を抱《かか》えたアスナが、菊岡に礼を言ってから降車する。俺は左座席に移り、窓越《まどご》しに手を振りながら、アスナが結城家の門をくぐるまで見送った。

門柱のセンサーライトが消えるのを確認《かくにん》し、体の向きを戻《もど》す。レザーシートに背中を預け、シートベルトを締《し》めると、車が静かに走り始める。

ここから川越市《かわごえし》にある桐ヶ谷家《きりがやけ》までは、関越自動車道《かんえつじどうしゃどう》を使っても一時間以上かかるだろう。街明かりに淡《あわ》く照らされた菊岡の横顔に、改めて問いかける。

「いまさらだけど、本当に川越まで送ってくれるのか？　あんたもヒマじゃないんだろ？」

「なに、これも仕事のうちさ」

と答えた菊岡は、何のつもりか再びハザードランプを点《つ》け、車を路肩《ろかた》に停《と》めた。

「キリトくん、前に来ないかい？」

「……まあ、別にいいけど……」

だったらさっき言えば良かったのに、と思いつつシートベルトを外していったん車を降り、助手席のドアを開けて乗《の》り込む。再発進した車は、《閑静《かんせい》な住宅街》という言葉がよく似合う片側一車線道路を西へと走る。

やがて道路は、千歳船橋駅《ちとせふなばしえき》の先で環状《かんじょう》八号線と交差する。ここを右折すれば、関越道《かんえつどう》の始点である練馬《ねりま》ICまではほぼ一本道だ。

幸い、環八《かんぱち》はこの時間にしては珍《めずら》しく空いていた。菊岡が体をリラックスさせるのを感じて、俺は進行方向を見たまま話しかけた。

「外環道《がいかんどう》が開通すれば、川越《かわごえ》と都心の往復も楽になるんだけどな」

「まったくだね。でもいまの感じだと、あと五年はかかるかな」

「五年後か……」

こちらから振った話題なのに、思わず嘆息《たんそく》してしまう。五年後——二〇三一年に、自分が何をしているのかは想像もつかない。

俺の思考を読んだのか、菊岡《きくおか》がまるで親戚《しんせき》のおじ——いやお兄さんのようなことを言った。

「その頃《ころ》キリトくんは二十二……いや、二十三歳か。もう進路は決まったのかい？」

「………」

俺がラースへの就職を目指していることを、両親とアスナには明言したし神代博士《こうじろ》もなぜか察しているらしいが、菊岡が知っているのかどうかは不明だ。うかつな返答をするとのちのちまで尾《お》を引きそうなので、三秒ほど考慮《こうりょ》してから答える。

「まあ、いちおう進学希望だけど」

「なるほど、プロゲーマーにはならないわけだ」

「あ、あのなあ……」

再び絶句させられてしまうが、この時代、身の振り方としてはさして突飛《とっぴ》な選択肢《せんたくし》ではない。フルダイブ以前からの、大会に出場して賞金を獲得《かくとく》する、ストリーマーとして配信収入を得る、プロチームに所属する、といった伝統的な稼《かせ》ぎ方《かた》の他に、最近ではＧＧＯに代表されるような、ゲーム内通貨をリアルマネーに換金《かんきん》できるタイトルや、ゲーム内で仮想通貨やトークンを獲得《かくとく》できるタイトルも出現しているからだ。

俺も、十四歳の誕生日ごろまではプロゲーマーに憧《あこが》れる気持ちが、心のどこかには存在した。しかし——。

「……俺は、プロではやっていけないよ」

呟《つぶや》くように答えると、菊岡がちらりとこちらを見る気配がした。

「なぜだい？　志望するしないは別にして、キリトくんなら、たいていのフルダイブゲームでプロ級の実力があると思うが」

「買いかぶりすぎだ。それに……」

少し迷ってから、本心を口にする。

「……俺は、たぶんもう、まっとうなゲームじゃ死《し》に物狂《ものぐる》いにはなれない。アインクラッドやアンダーワールドで経験した、自分自身を限界まで燃《も》やし尽《つ》くすような戦い方は、したくてもできないんだ。そんなヤツに、プロを目指す資格はないよ」

今度は、菊岡がしばらく沈黙《ちんもく》した。

不意にステアリングから左手を持ち上げ、しばし宙に彷徨《さまよ》わせたが、何をするでもなく元の場所に戻《もど》す。エンジン車だったら聞こえなかったであろう、深々とした吐息《といき》の音。

「……なるほどね」

噛《か》み締《し》めるように囁《ささや》くと、菊岡《きくおか》はいつになく神妙《しんみょう》な口調で続けた。

「だとすると……今回の依頼《いらい》は、キリトくんにとっては酷《こく》なものだったかな……。三ヶ月前にアンダーワールドで経験したことを、否応《いやおう》なく思い出させてしまっただろうからね」

「いや……そりゃ色々思い出したけど……」

調子が狂《くる》うなあ、と思いながら俺は言った。

「あの世界での出来事は、決して辛《つら》いことばかりじゃなかったよ。そもそも、俺はずっと凛子《りんこ》さんに、もう一度アンダーワールドに行きたいってお願いしてたわけだしさ」

「そう言ってもらえると有《あ》り難《がた》いが……しかし、さっきのキリトくんの言葉は胸に刻んでおくよ。……それで、だ。この流れで訊《き》くのも気が引けるけど……」

「引かなくていいよ。例の侵入者《しんにゅうしゃ》の話だろ？」

「ああ。何か手がかりはあったかい？」

「何もない」

俺の単純明快な答えを聞いた菊岡は、二秒ほど静止してから頷《うなず》いた。

「そ、そうか。まあ……大陸一つぶんもあるアンダーワールドで、人ひとり探すのも簡単じゃないだろうしね」

「いまは惑星《わくせい》二つぶんだぞ」

そう訂正《ていせい》すると、俺は今日のダイブでの出来事を、十五分ほどかけて説明した。

話し終えた時には、車は環八《かんぱち》から目白通《めじろどお》りに入っていた。すぐに、前方に練馬《ねりま》ICへと続くランプウェイが見えてくる。

坂を駆《か》け上《のぼ》り、料金所を通過すると、菊岡は車を一気に時速百キロメートルまで加速させた。背中がシートに押し付けられるほどのトルク感はEVならではだが、ゼーファン十三型機竜《きりゅう》の全力噴射《ふんしゃ》に比べれば至って穏《おだ》やかだ。

車が巡航《じゅんこう》状態に入ると、俺は運転席のインパネを覗《のぞ》いた。バッテリーはまだ八十パーセント以上残っている。これなら川越《かわごえ》まで行っても充電《じゅうでん》なしで六本木《ろっぽんぎ》に戻《もど》れるだろうと考えてから、今日は土曜日だし直帰の可能性もあると気付く。

「なあ、あんたいまどのへんに住んでるんだ？」

何気なくそう訊《き》くと、菊岡はどこか上の空な様子で答えた。

「え？　ああ……東雲《しののめ》だよ」

「東雲……って、有明《ありあけ》の隣《となり》か。昔からそこに？」

「いや、名前を変えてからだ……って、おっと、これ以上は機密事項《きみつじこう》だ。知ったら我《わ》が組織の一員になってもらうよ」

我に返ったらしい菊岡は、おどけた口調でそう言うと、すぐに表情を引き締《し》めた。

「キリトくん。いくつか確認《かくにん》させてほしいんだが……まず、アンダーワールド人が規則や法律に逆らえないのは、二百年後の現在も変わっていないんだよね？」

「ああ、そのはずだ」

頭とヘッドレストのあいだに組み合わせた両手を挟《はさ》み、俺は知る限りのことを答えた。

「セントリアの街には相変わらずゴミ一つ落ちてなかったし、車の流れも整然としてたしな。まあ、衛士庁《えいしちょう》の隊長だの長官だのはだいぶ横柄《おうへい》な感じだったから、昔と同じくユートピアってわけじゃなさそうだけど」

「ふむ……。では、現アンダーワールドの統治機関である星界統一会議《せいかいとういつかいぎ》は、かつての公理教会《こうりきょうかい》と同レベルの権威《けんい》を保っているということだね？」

「うーん、公理教会と最高司祭アドミニストレータは神様の名代みたいなもんだったからなあ。星界統一会議が同じレベルで崇拝《すうはい》、あるいは畏怖《いふ》されているかどうかは何とも言えないけど、権威《けんい》は揺《ゆ》るぎないと思うよ」

「なのに、統一会議の直属組織である整合機士団《せいごうきしだん》に対して破壊《はかい》工作が仕掛《しか》けられ、惑星《わくせい》アドミナには会議の統制下にない基地があって、違法《いほう》な生体実験が行われていたと？」

「そうなんだよな……」

下ろした両手を、今度は胸の前で組む。改めて、アドミナで発見された謎《なぞ》の基地と、《閣下》と呼ばれていた黒衣の麗人《れいじん》トーコウガ・イスタルについて考えようとしてから、俺はようやく重要な情報、いや推論を一つ菊岡《きくおか》に伝《つた》え損《そこ》ねたことに気付いた。

「悪い、さっき侵入者《しんにゅうしゃ》の手がかりは何もないって言ったけど、なくもなかった」

「と言うと？」

「まったく裏付けがない、単なる推論なんだけど……整合機士団への破壊《はかい》工作の裏で、リアルワールドからの侵入者《しんにゅうしゃ》が糸を引いている可能性を、エオ……じゃなくて機士団の団長《だんちょう》が指摘《してき》したんだ」

「ほう……」

菊岡は左手の人差し指でステアリングをこつこつ叩《たた》いてから、感心したように言った。

「その団長氏《だんちょう》、ずいぶん柔軟《じゅうなん》な発想の持ち主だね。僕も侵入者《しんにゅうしゃ》の正体をあれこれ推測したが、どこかの国が送《おく》り込んできた破壊《はかい》工作員か、ＳＴＬ関連技術を狙《ねら》った産業スパイだとしか思えなかったよ」

「俺もちょっと飛躍《ひやく》しすぎのような気がしたけど、団長《だんちょう》はこう言った。異界戦争《いかいせんそう》を引き起こした暗黒神《あんこくしん》ベクタはリアルワールド人だったんだから、また同じことが起きても不思議はない……ってね」

「……なるほど、確かにそのとおりだ。しかし……だとすると、事態はいっそう複雑になるな。侵入者《しんにゅうしゃ》の目的が、システム・コンソールの操作ではなく、アンダーワールドへの干渉《かんしょう》なら……そいつは、現在のアンダーワールドの歴史や地理、社会情勢を知悉《ちしつ》しているということになる。そんな人間がいるとは思えないが……」

半ば独りごちるような菊岡の言葉に、俺はいったん「確かに」と応じたが、すぐにそうとは言い切れないことに気付いた。ラースのスタッフなら、六本木《ろっぽんぎ》支部《しぶ》のSTLを使ってアンダーワールドにダイブし、情報を収集することも可能なのではないか。顔見知りのスタッフたちを疑いたくはないが、三ヶ月前のオーシャン・タートル襲撃事件《しゅうげきじけん》の時に菊岡《きくおか》を拳銃《けんじゅう》で撃《う》ち、重傷を負わせたのも、ラースに潜《もぐ》り込んだ敵側の内通者だったのだ。

もちろん、その可能性を菊岡が考えなかったはずがない。そのうえで否定したのなら、否定できる確かな理由があるのだろう。

無意識のうちに強張《こわば》らせていた肩《かた》の力を抜き、サイドウインドウ越《ご》しに西の空を見上げる。

残照はほぼ消え去り、小さな星がいくつか、寂《さび》しげに光っている。

ふと、かすかな既視感《きしかん》に襲《おそ》われる。ずっと昔にも、こんなふうに一定速度で走る車の窓から夜空の星を眺《なが》めたことがあったような気がする。あって当然だ、子供の頃《ころ》にはよく一家四人で行楽に出かけていたのだから。しかし、おぼろげな記憶《きおく》の中でハンドルを握《にぎ》っているのは、親《おや》父《じ》でも母さんでもなく……。

「日が落ちるのが早くなったねえ」

菊岡の声に物思いから引《ひ》き戻《もど》され、俺は両目を瞬《まばた》かせながら素っ気なく答えた。

「そりゃ、秋分の日を過ぎたからな」

「秋分の日って、英語で何て言うか知ってるかい？」

予想外の返《かえ》し技《わざ》に、一瞬《いっしゅん》詰まってしまう。だが幸い、春分と秋分、夏至《げし》と冬至を表す英語は、以前に調べたことがある。

「the autumnal equinox《ジ・オータムナル・イクイノックス》……だろ」

九十八パーセントほどの確信とともに言ったが、菊岡は口で「ブブー」と不正解のブザー音を鳴らした。

「え……ええ？」

「残念ながら、それは秋分だ。秋分の日は、Autumnal Equinox Day《オータムナル・イクイノックス・デイ》さ」

「ず、ずるいぞ！　引っかけだろそんなの！」

「そこで引っかかっていたらラースのクイズ大会では勝てないよ」

「……やってるのかよ、クイズ大会」

「次回にはぜひ参加してくれたまえ」

本気なのか冗談《じょうだん》なのか定《さだ》かでない台詞《せりふ》を口にすると、菊岡はわずかに速度を上げた。EVは高速走行が苦手だという俗説《ぞくせつ》があった気がするが、実際に乗ってみると時速百キロでも不快な音や振動《しんどう》はまったく感じない。我《わ》が愛車である2ストロークエンジンのオフロードバイクとは対極にある乗り物だが、これはこれでアリだな……という気にさせられる。

上等な革張《かわば》りのシートに体を委ね、かすかなロードノイズに聴《き》き入《い》っていると、だんだん瞼《まぶた》が重くなってくる。しかしまだ話は終わっていない。侵入者《しんにゅうしゃ》の正体について、もう少し意見を交換《こうかん》しないと……。

「寝ていていいよ」

突然《とつぜん》、菊岡《きくおか》がこちらを見もせずにそんなことを言った。この流れで本当に寝てしまったら、まるで小学生ではないか。

「いや、大丈夫《だいじょうぶ》」

と答え、懸命《けんめい》に眠気《ねむけ》を追《お》い払《はら》おうとする。だが、ヘッドレストに預けた頭がどうしても持ち上がらない。

菊岡がインフォテインメント・システムを操作したのか、車内にスローテンポなジャズが小音量で流れ始めた。それがとどめとなり、俺の意識は穏《おだ》やかに揺蕩《たゆた》う闇《やみ》の中へと吸い込まれていった。

3

玄関《げんかん》ドアに近づくと、スマートホーム・システムがバッグの中の携帯端末《けいたいたんまつ》を認証《にんしょう》し、三箇所《かしょ》のロックを解錠《かいじょう》した。

結城明日奈《ゆうきあすな》は、左腕《ひだりうで》でしっかり紙箱を抱《かか》え直《なお》し、右手でドアを開けた。

家の中は薄暗《うすぐら》く、しんと静まりかえっている。今朝見た家族の予定表では、父親はゴルフ、母親は大学で二人とも帰宅は九時以降、兄は明日まで関西《かんさい》に出張となっていた。

以前は無人の家に帰宅しても何とも思わなかったが、最近は少しばかり寂《さび》しく感じてしまう。半年後には家を出るかもしれないのに――いや、だからこそだろうか。

洗面所で手洗いうがいを済ませ、階段を上る。自分の部屋に入ると、自動で明かりが点《つ》き、エアコンが運転を開始する。デスクに箱を置き、ほっと息を吐《は》く。

すぐにでも蓋《ふた》を開けてやりたいところだが、我慢《がまん》して手早く着替《きが》えを用意し、一階の浴室へ。ラースを出る直前に予約しておいたので、風呂《ふろ》のお湯張りは完了《かんりょう》している。スマートホームのお節介《せっかい》さには閉口させられることもあるが、この機能は素晴《すば》らしい。

洗い場でざっと汗《あせ》を流し、浴槽《よくそう》へ。少し熱めのお湯に肩《かた》まで浸《つ》かると、気持ちよさのあまり「はふ……」と声が出てしまう。

結城家《ゆうきけ》の浴室は、システムバスでは最大級の1822規格――つまり短辺一・八メートル、長辺二・二メートルというサイズだが、セントラル・カセドラル大浴場の短辺二十メートル、長辺四十メートルにも達するスケールには遠く及《およ》ばない。

主観時間で約五時間前、アリス、エアリー、スティカ、ローランネイ、そしてナツと一緒《いっしょ》に大浴場を堪能《たんのう》した時は、「このお風呂《ふろ》に慣れたら、うちのお風呂《ふろ》じゃ満足できなくなりそう」などと考えてしまったが、やはり自宅の浴室でしか味わえないリラクゼーションというものも確かに存在する。

普段《ふだん》は、ぬるめのお湯にアロマオイルを垂らし、冷水とオーグマーを持《も》ち込んで長時間入浴を楽しんだりしているが、今日はその余裕《よゆう》はない。早めに上がり、髪《かみ》を乾《かわ》かしてスキンケアを終えると、時刻は六時四十五分となった。

キッチンで軽く食事を済ませ、歯を磨《みが》いて自室へ。

念のために窓が全て閉まっていることを確認《かくにん》してから、デスクの上の箱を開ける。緩衝材《かんしょうざい》の中から灰色の子猫《こねこ》を抱《かか》え上げ、床《ゆか》に置かれた大型クッションに横たえると、右前脚《みぎまえあし》の付け根にあるスイッチを長押《ながお》しする。

再び目覚めた子猫《こねこ》は、上半身を起こして前脚《まえあし》を揃《そろ》えたいわゆるエジプト座《ず》りの姿勢になると、緑がかった両目で室内をくるくる眺《なが》め回《まわ》した。十秒ほどしてからぴょんと床《ゆか》に飛び降り、正座している明日奈《あすな》の膝《ひざ》に前脚《まえあし》を乗せて、「にぃ、にぃ」と訴《うった》えかけるように鳴く。

表情といい声音《こわね》といい、空腹を訴《うった》えているようにしか思えない。

「ヨンちゃん、お腹《なか》空いてるの？　ちょっと待っててね……」

そう声を掛《か》けてから、明日奈は子猫《こねこ》が食べられるものをキッチンで探すべく立ち上がった。だがそこで、ヨンちゃんがロボットであることを思い出す。一瞬《いっしゅん》、どうすればいいのか解《わか》らず硬直《こうちょく》したが、すぐに菊岡誠二郎《きくおかせいじろう》の言葉を思い出す。

急いでデスクに戻《もど》り、箱の中の緩衝材《かんしょうざい》に手を突っ込むと、ビニールに包まれた板状のものが指先に触《ふ》れた。引っ張り出したそれは、Ａ４サイズの黒いボード——ワイヤレス充電《じゅうでん》パッドだ。ビニールを開封《かいふう》し、付属しているＵＳＢケーブルをボードに繋《つな》いで、反対側のプラグは壁《かべ》のコンセントに挿《さ》す。ボードを床《ゆか》に置くと、ヨンちゃんは「にゃあ！」とひと声鳴いて、ボードの上で丸くなった。

恐《おそ》らく、バッテリーがフル充電《じゅうでん》されるまでは寝たままだろう。明日奈はふわふわした毛皮を撫《な》でながら、「これからよろしくね、ヨンちゃん」と囁《ささや》きかけた。

正直、菊岡誠二郎という人間を、全面的に信用する気にはまだなれない。この子猫《こねこ》ロボットを明日奈に預けたのも、何か企《たくら》みがあってのことだという可能性が一パーセントくらいはある。だが少なくとも、盗聴《とうちょう》やら盗撮《とうさつ》といった品性下劣《げれつ》な真似《まね》をする人間ではないことは確かだ。

充電《じゅうでん》パッドが入っていた袋《ふくろ》には、取《と》り扱《あつか》い説明書であろう二つ折りの紙も同梱《どうこん》されていた。素早《すばや》く目を通し、フル充電《じゅうでん》には五時間かかることを確かめる。

——ヨンちゃんが起きたら、ユイちゃんにも会わせてあげよう。

そんなことを考えながら、明日奈《あすな》はベッドに腰掛《こしか》けた。

頭の芯《しん》に、いくらか重さを感じる。今日は朝七時に家を出て、九時から十七時までアンダーワールドにダイブしていたのだから疲《つか》れて当然だが、戦闘《せんとう》らしいことをしたのは一回だけだし、それ以前に生身の体はジェルベッドに寝ていただけなのだ。和人《かずと》は「早めに寝なよ」と言ってくれたが、あと三、四時間くらいなら活動できるだろう。

サイドテーブルのラックからアミュスフィアを取り、頭に被《かぶ》る。枕《まくら》の位置と高さを調節して横たわると、天井《てんじょう》の照明が勝手にナイトライトに変わる。

全身の力を抜き、瞼《まぶた》を閉じて呟《つぶや》く。

「リンク・スタート」

十七時間ぶりにユナイタル・リング世界に降り立ったアスナは、まずログハウスのリビングルームをぐるりと見回した。しかし、二時間前に接続したはずのユイや、他の仲間たちの姿はない。

続いて、自分の状態を確認《かくにん》する。

体力《HP》は満タン、魔力《MP》、渇き値《TP》、飢え値《SP》も八割近く残っている。防具は生成《きな》りのワンピースにリズベット作の《上質な鉄》シリーズの防具、武器はツーランク上の《上質な鋼《はがね》の細剣《さいけん》》。

アンダーワールドで借《か》り着《ぎ》した整合機士団《せいごうきしだん》の制服と比べると、いかにも野暮《やぼ》ったいし着心地《きごこち》も硬《かた》いが、この世界に引き込まれた当初は、草の繊維《せんい》で作ったゴワゴワの貫頭衣《かんとうい》だけで過ごしていたのだ。

ユナイタル・リング事件が発生したのが九月二十七日の夕方五時、いまは十月三日の夜七時だから、六日プラス二時間が経過したことになる。まだ六日という気がするいっぽうで、もう六日も経《た》ったのかという驚《おどろ》きもある。

当初は、長くても二、三日で本来のザ・シード連結体《ネクサス》に戻《もど》るだろうと思っていたが、いまのところそんな気配すらない。やはり、初日のアナウンスが示唆《しさ》していたワールドマップの中心――《極光の指し示す地》に誰《だれ》かが辿《たど》り着《つ》くまで、この異常事態は続くのだろうか。

だとしても、このログハウスと、周囲に築かれたキリトタウン改めラスナリオの街は守《まも》り抜《ぬ》いてみせる。

そんな決意を固めながら、ドアを開けてポーチに出る。太陽はとうに沈《しず》み、彼方《かなた》の西空にかすかな藍色《あいいろ》が残るのみだが、何本ものかがり火が広い前庭をオレンジ色に照らしている。

各種生産設備がところ狭《せま》しと並ぶ庭も、やはり無人だ。しかし、円形の敷地《しきち》を取り囲む高さ三メートルの石壁越《いしかべご》しに、ざわざわという奇妙《きみよう》な音が聞こえてくる。まるで大勢の人間が壁《かべ》のすぐ向こうを行《い》き交《か》っているかのようだが、そんなはずはない。

アスナは首を傾《かし》げながら、壁《かべ》の南側にある木製ゲートから外に出ようとして、ぴたりと足を止めた。

ゲートがない。前回ログアウトした時には大型の扉《とびら》が確かに存在していたはずの場所には、灰色の壁面《へきめん》があるばかり。

まさか南北を間違《まちが》えたのかと振り向いても、やはり壁《かべ》しかない。小憎《こにく》らしいほどの安定性を誇《ほこ》るザ・シード・プログラムが、ゲート一つだけ消すような不具合を起こすとも思えない。

いよいよわけが解《わか》らなくなり、闇雲《やみくも》に周囲を見回していると、今度はなかったはずのものに気付いた。庭の西側、製鉄炉《せいてつろ》の隣《となり》に、石造りのちょっとした塔《とう》のような建築物が出現している。高さは石壁《いしかべ》と同じくらいで、根元には片開《かたびら》きの扉《とびら》があり、左側面の梯子《はしご》でてっぺんまで登れるようだ。

小走りに近づき、梯子《はしご》を登るか、扉《とびら》を開けるか迷ってから登るほうを選ぶ。梯子《はしご》は木製だがしっかりした造りで、フル装備のアスナが体重を掛《か》けても横木がたわむ様子はない。それでも慎重《しんちょう》に登っていくと、一・五メートル四方ほどの屋上はぐるりと手すりで囲われて、ちょっとした物見《ものみ》やぐらのようになっている。

屋上に出たアスナは、メグリマツ材の手すりをしっかり握《にぎ》り、背伸《せの》びして石壁《いしかべ》の向こう側を覗《のぞ》き込んだ。

「えっ……!?」

途端《とたん》、驚《おどろ》きのあまり声を漏《も》らしてしまう。

ログハウスを取り巻く円形の道、通称《内輪道路《ないりんどうろ》》を、何十人もの人間がそぞろ歩いたり、立ち止まって話《はな》し込んだりしている。この世界では視線をフォーカスさせただけではカーソルが出ないので、NPCとプレイヤーをシステム的に見分けることはできないが、長年の経験と直感を信じれば全員がプレイヤーだ。

内輪道路だけではない。南西に延びる《八時路《はちじろ》》も、その左側の商業区も、右側のバシン族《ぞく》居住地までもが大勢のプレイヤーで賑《にぎ》わっている。視界に入るだけでも、ゆうに百人を超《こ》えるだろう。ラスナリオ全体がこの混雑具合なら、三百……いや五百人以上いてもおかしくない。いままでも南のスティス遺跡《いせき》からプレイヤーが訪《おとず》れてはいたが、多い時でもせいぜい五十人程度だったはずだ。

アスナとキリト、アリスが不在のあいだに、またしても《魔女《まじょ》》ムタシーナが大軍勢を率いて攻《せ》め込み、ラスナリオを占領《せんりょう》してしまったのだろうか。もしそうなら、仲間たちはいったいどこに……まさか、全員がすでにこの世界から……。

最悪の想像に囚《とら》われ、立《た》ち尽《つ》くすアスナの耳に、聞き慣れた声が飛び込んできた。

「おーい、アスナー！」

弾《はじ》かれたように手すりから離《はな》れ、梯子《はしご》の降り口から真下を覗《のぞ》き込む。すると、地面で大きく右手を振っているエプロン姿の女の子――鍛冶師《かじし》リズベットの姿が見えた。

「リズ！」

ほっとしながらアスナも手を振り返し、体を反転させて梯子《はしご》の縦木を両手で摑《つか》んだ。握力《あくりょく》を調整しつつ、一気に滑《すべ》り降《お》りる。足が地面を捉《とら》えるや、振り向いてまくし立てる。

「ねえ、街にいる人たちは何なの⁉　みんなは無事なの⁉　リズはどこにいたの⁉」

「あー、いきなり見たら驚《おどろ》くよね」

リズベットはにまっと笑うと、塔《とう》の根元にある扉《とびら》を指差した。

「あたしはここを通ってきたのよ。地下にトンネルが掘《ほ》ってあって、バシン族《ぞく》の居住地に出られるの」

「トンネル……？　なんでそんな……あそこにあったゲートはどうなっちゃったの？」

「えーっと、順番に説明する必要があるな……。ちょっと長くなるから、そこに座《すわ》ろ」

そう言ってリズベットが指差したのは、彼女の領分である鍛冶用《かじよう》生産設備が並ぶ一角だった。そこまで歩き、リズベットは鉄床《かなとこ》の前の丸椅子《まるいす》に、アスナは向かいに置かれたガーデンベンチに腰掛《こしか》ける。

どうやら危機的状況《じょうきょう》というわけではないらしいと思いつつも、アスナはちらりとリズベットの首筋を見てしまった。健康的な鳥の子色の肌《はだ》には、ムタシーナの恐《おそ》るべき大規模窒息魔法《ちっそくまほう》、《忌《い》まわしき者の絞輪《こうりん》》を掛《か》けられた証《あかし》である漆黒《しっこく》のリングは存在しない。

リズベットはアスナの視線に気付いた様子もなく、ストレージを開いて薄緑色《うすみどりいろ》の光沢《こうたく》があるコップを二つ取り出した。続いて革《かわ》の水筒《すいとう》を出し、コップに濃《こ》い茶色の液体を注ぐ。

「はい、どーぞ」

差し出されたコップを、アスナは両手で受け取った。コップは見た目も手触《てざわ》りも金属のようだが、驚《おどろ》くほど軽い。

「いつの間にこんなコップを作れるようになったの？」

アスナが訊《き》くと、鍛冶師《かじし》は得意げにウインクした。

「あたしも日々進化してんのよん。これは《ギルナリス・ホーネットの甲殻《こうかく》》っていう素材で造ったの」

「ホーネット……って、ハチ？　ハチの殻《から》でできてるの⁉」

思わずコップを顔から遠ざけてしまうアスナを見て、リズベットはからから笑う。

「大丈夫《だいじょうぶ》だって、いったん製鉄炉《せいてつろ》で溶《と》かして、《ギルナリス鋼《こう》のインゴット》に変えてるからハチ成分は残ってないよ。……ったく、あのデカバチ、やたら硬《かた》いと思ったらマジで皮が金属だったのね」

「……デカバチ？　リズ、そのギルナリス・ホーネットと戦ったの？」

「戦ったなんてもんじゃないわよ～」

気を持たせるようなことを言うと、リズベットはメタリックグリーンのコップに口をつけた。アスナも恐《おそ》る恐《おそ》る口許《くちもと》に近づけたが、おかしな匂《にお》いはしない。それどころか、紅茶によく似た芳香《ほうこう》がかすかに漂《ただよ》う。

一口飲むと、濃《こ》いめに淹《い》れた紅茶に何種類かのフルーツを漬《つ》けたような味わいが広がった。これできりっと冷えていれば……と思うが、常温のままでも、アスナがそのへんに生えている葉っぱを煎《せん》じて作ったお茶より遥《はる》かに美味《おい》しい。しかも、わずかながらMP回復効果まであるようだ。

「このお茶もリズが作ったの？」

「もっちろん……と言いたいけど違《ちが》うよ。これはパッテル族《ぞく》が売ってるやつ」

「へえ……保存食だけじゃなくて、お茶まで売るようになったのね」

この美味《おい》しさで、あれだけ買い物客がいれば、飛ぶように売れるのでは……と考えた途端《とたん》に当初の疑問が甦《よみがえ》る。

「それで、どうしてあんなに人がいるの？」

再度訊《たず》ねると、リズベットは今日の出来事を説明してくれた。

シリカやクラインたちと一緒《いっしょ》に、鉄鉱石の採掘《さいくつ》ポイントを探すためにゼルエテリオ大森林の北部に向かったこと。

そこで、巨大《きょだい》バチことギルナリス・ホーネットの大群と、それを偵察《ていさつ》しているフリスコルを発見したこと。

彼から、ユナイタル・リング世界が三段の同心円構造になっていて、次の段に上るためには巨大《きょだい》バチの大群に守られている通路を抜けなければならないことを教えられ、ディッコスたち元ALO組やザリオンたち元インセクサイト組、バシン族《ぞく》、パッテル族《ぞく》とも協力して攻略《こうりゃく》に挑《いど》み、死闘《しとう》の果てに撃破《げきは》したこと――。

リズベットの話が一段落すると、アスナは大きく深呼吸してから言った。

「……つまり、その巨大《きょだい》バチの群れと、女王の《ギルナリス・クイーン・ホーネット》って、SAOで言えば二十五層や五十層のフロアボスに相当する存在だったってことよね？」

「まあ……そういうことになるのかな？」

いったんは頷《うなず》こうとしたリズベットだったが、すぐに大きくかぶりを振った。

「ううん、アインクラッドで七十五体もフロアボスを倒《たお》したアスナたちの功績と、今回のボス戦を同列に並べるのはおこがましすぎるってもんだわ」

「そんなことないよ、絶対死ねない状況《じょうきょう》はSAOもユナイタル・リングも同じだもん。それに、レイドパーティーは二十四人しかいなかったんでしょ？　話を聞く限り、最低でも五十人とか、それくらいの規模で攻略《こうりゃく》する想定のボスなんじゃないかな……」

「んー、ボス部屋……正確には部屋じゃなくて、でっかい木でできたドームだったけど、あの空間のサイズなら確かに百人でも楽に入れたわね。実際ギリギリの戦いだったけど、MVPは間違《まちが》いなくシノンとシリカだわ。シノンの指揮と狙撃《そげき》はさすがの的確さだったし、シリカは……なんだかキリトみたいだったわよ」

「え……戦い方が？」

敏捷力《びんしょうりょく》を活《い》かした出入りの激しいシリカの戦闘《せんとう》スタイルと、天性の見切り能力で密接状態を保ったまま鬼攻《おにぜ》めするキリトの戦闘《せんとう》スタイルが脳内で重ならず、アスナは首を傾《かし》げた。するとリズベットは再び顔を左右に動かし、思わぬことを言った。

「戦闘力《せんとうりょく》じゃなくて、発想力かな。女王バチが出てきてからは想定外の展開の連続だったんだけど、シリカの思考の瞬発力《しゅんぱつりょく》は大したモンだったわよ〜。特に、女王にとどめを刺した時！　地面に落ちた女王を五人で囲んで、重すぎて一ミリも持ち上げられないはずの引《ひ》き継《つ》ぎ武器《ぶき》を、こう腕《うで》を上げた状態で呼び出して……」

椅子《いす》から腰《こし》を浮《う》かせ、実際に左手を高々と掲《かか》げながら、リズベットは興奮も醒《さ》めやらぬ様子で語った。

「そのまま女王めがけて落っことしたの！　いかにもキリトが思いつきそうな作戦でしょ⁉　システムの裏を掻《か》く無軌道《むきどう》っぷりとか、ツボに嵌《は》まった時の爆発力《ばくはつりょく》とかさ！」

「ふふ……そうだね」

アスナがくすっと微笑《ほほえ》むと、リズベットは我に返ったように瞬《まばた》きし、咳払《せきばら》いしてから座《すわ》り直《なお》した。

「まあ……あれよ、後輩《こうはい》がすくすく育ってて頼《たの》もしい限りだなーって」

「部活じゃないんだから……」

もう一度笑ってから、アスナはふと考えた。

リズベットは進学予定と聞いているが、帰還者《きかんしゃ》学校を卒業して大学に入ったら、VRMMOも卒業するつもりなのだろうか。

訊《き》こうとして、直前で口をつぐむ。もう少しだけ……せめてユナイタル・リング事件が解決し、ALOに帰還《きかん》するまでは、皆《みな》と過ごす時間を大切にしたい。

代わりに、アスナは話題を本線に戻《もど》した。

「ハチのボスを倒《たお》したのは解《わか》ったけど、それとラスナリオがあんなに混雑してることが、どう繋《つな》がるの？」

「えっと、大森林の北にある断崖《だんがい》……フリスコルは《第一障壁《だいいちしょうへき》》って言ってたけど、ハチボスがそこを守る門番だってことは言ったよね。あたしたちがそれを倒《たお》したって話が、あっという間にスティス遺跡《いせき》にも伝わってさ。どうも、門番ボスを突破《とっぱ》したの、ユナイタル・リング全体で三番目の早さだったらしいんだよね」

「三番目……一番目と二番目は何てゲームのプレイヤーなの？」

「順番は解《わか》んないけど、《アスカ・エンパイア》と《アポカリプティック・デート》っていうゲームみたい」

アスナはザ・シード連結体《ネクサス》にさして詳《くわ》しいわけではないが、どちらのタイトルも知っていた。前者、通称《つうしょう》《アスカ》は、《絶剣《ぜっけん》》ユウキとスリーピング・ナイツがALOにコンバートする前に遊んでいた和風VRMMO。後者、通称《つうしょう》《アポデ》は、プレイヤーが選択《せんたく》できるアバターが全て獣人《じゅうじん》というマニアックさのわりに人気のある終末世界ものだ。

「なるほど……。リズたちが門番ボスを倒《たお》したことを知った元ALOプレイヤーたちが、まだアスカやアポデに追いつける可能性があると思って、拠点《きょてん》をラスナリオに移した……っていうことなのね？」

アスナの推測を、リズベットは面《おも》はゆそうに肯定《こうてい》した。

「まあ、そんな感じみたいね。もちろん、移住してきたのは元ALOプレイヤーのほんの一部だけど、それでも現状で五、六百人はいるかな……」

「もっと胸を張っていいよ。リズたちの頑張《がんば》りが、それだけの数の人をやる気にさせたってことなんだから」

身を乗り出し、リズベットの左腕《ひだりうで》を軽く叩《たた》くと、親友は人差し指の側面で鼻先を擦《こす》りながら「にひひ」と笑った。芝居《しばい》がかった仕草にアスナも思わず笑ってしまってから、ログハウスの敷地《しきち》を取り囲む石塀《いしべい》を見回す。

「……人がいっぱいいる理由はよく解《わか》ったけど、ゲートがなくなっちゃったのはどういうわけなの？」

「あー、簡単よ。ユナイタル・リングで自作できる扉《とびら》とか門とかって、いまのところシステム的なロックが掛《か》けられないでしょ？」

言われてみればそのとおりだ。消えてしまったゲートも、施錠《せじょう》するには門扉《もんぴ》に内側から原始的なかんぬきを掛《か》けるしかなく、ムタシーナ一味にそそのかされたと思《おぼ》しきシュルツのチームが襲撃《しゅうげき》してきた時も、守るのに大変な苦労をした。

事の成り行きをおぼろげに察しつつも、アスナはリズベットの説明に耳を傾《かたむ》けた。

「ハチボスを倒《たお》したのが午後四時で、あたしは五時にいったんラスナリオに戻《もど》ったんだけど、そのあと……六時にはもうスティス遺跡《いせき》からの移住組がラスナリオに到着《とうちゃく》し始《はじ》めてさ。まあ、みんな最初は町を探索《たんさく》するでしょ？　そしたら当然、町の真ん中をぐるっと囲んでる壁《かべ》の中に何があるのか知りたくなるわけよ。もちろんかんぬきは掛《か》けてたけど、扉《とびら》をどんどん叩《たた》いたり、ゲートの門柱をよじ登ろうとする人が続出してさ……。エギルたちとも相談して、応急処置でいったんゲートを撤去《てっきょ》して石壁《いしかべ》で埋《う》めて、その代わりにトンネルで外と行き来するようにしたってわけ」

「そういうことだったのね……」

最初はシステムのバグかとすら思ったが、聞いてみれば納得《なっとく》のいく話だ。アスナも移住組の立場なら、壁《かべ》の向こうが気になってノックくらいはしてしまうだろう。しかし――。

「……でも、だとすると、ゲートをなくしただけじゃ問題解決とはいかないよね。身軽な人はこれくらいの壁《かべ》なら登れるだろうし、ハンマーとか使えば壁《かべ》自体を壊《こわ》せちゃうし……」

「そーなのよねー」

リズベットは横目で石壁《いしかべ》を見やりながら、フルーツティーを飲み干した。アスナもコップを空け、ふうと息をつく。

ダイブしてからすでに二十分が経過し、青みがかった夜空には無数の星が静かに瞬《またた》いている。菊岡《きくおか》が送っていったキリトは、道路が空いていればもう川越市《かわごえし》の自宅に着いた頃《ころ》だが、いくら彼でもダイブにあと十分くらいはかかるだろう。

「……いちおう新規移住組には、ディッコスとかホルガーが、町の真ん中にあるのはキリトの家だからちょっかい出すなって周知はしてくれたみたいなんだけどね」

アスナのコップにお代わりを注ぎながらリズベットがそう言ったので、「あ、そうなんだ」と少し安堵《あんど》してから、アスナは眉《まゆ》を寄せた。

「……でも、それ、逆になんかしてやろうって人が出てきそうな……」

「あはは、だよね〜」

リズベットも苦笑《くしょう》する。

SAOをクリアした《黒の剣士》であり、ALOでは九種族統一デュエル・トーナメントでユウキと名勝負を繰《く》り広《ひろ》げ、GGOでは光剣《こうけん》をひっさげて第三回バレット・オブ・バレッツで大暴れしたキリトの名は、たいていのVRMMOプレイヤーが一度は聞いたことがあるのではないか。残念ながら、その全員が好印象を持っているわけではあるまい。なんでもありのユナイタル・リング世界にキリトの家があると知れば、悪戯《いたずら》してやろうと思う者が出てくることは大いに有り得る。

「せめて、壁《かべ》の強化くらいはしておくべきかな……」

アスナが呟《つぶや》くと、リズベットも笑いを消して頷《うなず》いた。

「いまの壁《かべ》はマルバ川で採取した石を粘土《ねんど》でくっつけただけだからねぇ。そう言えば、耐久度《たいきゆうど》をちゃんと調べてなかったな」

リズベットがコップを持ったまま立ち上がったので、アスナも追いかける。

壁《かべ》の手前で立ち止まり、左手で石の一つをタップする。出てきたプロパティ・ウインドウを横から覗《のぞ》き込むと、【粗雑《そざつ》な石の壁《かべ》　建築物　耐久力《たいきゆうりよく》527・3】とある。石一つの耐久力《たいきゆうりよく》が5から10程度だったはずなので、石壁《いしかべ》ワンユニットの耐久力《たいきゆうりよく》はそんなものだろうと思うが、窓の下部に何やら見慣れない説明文が追加されている。同時に気付いたらしいリズベットが、声に出して読み上げる。

「ん、何だろこれ……【古樹《こじゆ》の加護／追加耐久力《たいきゆうりよく》100000】……じゅ、じゅーまん⁉」

二人、唖然《あぜん》と顔を見合わせてからもう一度ウインドウを凝視《ぎようし》するが、読《よ》み間違《まちが》いではない。確か、ログハウス本体の耐久力《たいきゆうりよく》が12500だったはずだから、十万という数字は文字どおりに桁外《けたはず》れだ。

「古樹《こじゆ》の加護……って言っても、古い樹《き》なんか生えてないよね……」

呟《つぶや》きながら、ぐるりと敷地《しきち》を見回す。ログハウスの脇《わき》に少し大きめの庭木が生えてはいるが、とても古樹《こじゆ》と呼べるほどの風格はない。そもそも、この石壁《いしかべ》を造った時は、こんな加護は存在しなかったはずだ。

——加護。前にどこかで、その単語を目にしたような……。

「…………あっ！」

アスナは小さく叫《さけ》ぶと、敷地《しきち》の反対側へとダッシュした。

「ちょっと、アスナ！　どこ行くの⁉」

後ろでリズベットが叫《さけ》ぶが、スピードを緩《ゆる》めずに庭を駆《か》け抜け、ログハウスの手前で急ブレーキ。壁《かべ》の丸太を勢いよくタップして、家の操作ウインドウを出す。

【情報】、【取引】、【修復】、【分解】と四つ並んだボタンのいちばん左、情報ボタンを押してサブウインドウを出し、下段の特殊効果欄《とくしゅこうからん》に目を凝《こ》らす。

【レベル1／森の加護：建築物の中心部から半径30メートル以内では、所有者とそのフレンドプレイヤー及《およ》びパーティーメンバーは、使用条件を満たさない攻撃《こうげき》スキルを低確率で使用できる】

この効果は記憶《きおく》にある。しかしいつの間にか、その下にさらなる特殊《とくしゅ》効果が出現している。

【レベル2／熊の加護：建築物の中心部から半径50メートル以内では、所有者とそのフレンドが使役《しえき》する生物の親密度は減少せず、20の追加防御力《ぼうぎょりょく》を得る】

そして、もう一つ。

【レベル3／古樹《こじゅ》の加護：建築物の中心部から半径50メートル以内では、あらゆる付帯建築物

はその種類によって1000から100000の追加耐久力《たいきゅうりょく》を得る。この追加耐久力《たいきゅうりょく》は自然減少しない】

「「これだ——！」」

二人、同時に叫《さけ》んでしまう。

耐久力《たいきゅうりょく》十万の出所《でどころ》は判明したが、新たな疑問も生まれてしまった。アスナたちは、初日にログハウスを修理して以来、増築も改造も一切《いっさい》行っていないのになぜ建築物レベルが二つもアップしたのか。まさか時間経過で勝手に上がったわけでもあるまい。

アスナが首を捻《ひね》っていると、リズベットが自信なさそうに言った。

「もしかしたら……家そのものの増築だけじゃなくて、周りにあれこれ建てるだけでもレベルが上がるのかも……」

ありそうだと一瞬《いっしゅん》思ったが、すぐにそれだとおかしなことになると気付く。

「でも、ラスナリオにいっぱい建てた家も、それぞれに建築物レベルを持ってるわけだよね？　いまの仮説が正しいとすると、たくさんの家が相互《そうご》作用して、レベルが無限に上がっちゃわない？」

「確かに。………あっ、そうだ」

小さく声を上げると、リズベットはウインドウ内の《特殊《とくしゅ》効果》の文字を叩《たた》いた。

ちりりんと鈴《すず》のような音が響《ひび》き、Tipsウインドウが現れる。これがあるのを忘れてた、と思いながらアスナもウインドウ内の説明文を読んだ。

【家屋建築物は、半径500メートル以内に他の家屋建築物が存在しない状態で建築された時のみ主体建築物となり、建築物レベルに応じた特殊《とくしゅ》効果を獲得《かくとく》できます。主体建築物に近接する状態で建築された全ての建築物は付帯建築物と見なされ、主体建築物の特殊《とくしゅ》効果の対象となります】

「え、えーっと……？」

すぐには呑《の》み込めない様子のリズベットに、アスナは自分が理解したことを説明した。

「つまり、単独でぽつんと建てられた家だけが、主体建築物……いわば《本館》的な扱《あつか》いになって、その周りにあとから建てた家とか壁《かべ》とかはみんな付属物扱《あつか》いになるってことみたいね。で、さっきの《古樹《こじゅ》の加護》は、付帯建築物にしか効果がない……」

「ふむむ……」

リズベットは短く唸《うな》ると、今度は《建築物レベル》の文字をタップした。すでに二枚重なっているウインドウの上に、ちりりんと三枚目が開く。

【全ての主体建築物は建築物レベルを持ちます。建築物レベルは、主体建築物に強化や増築を行う、あるいは付帯建築物を建築することで上昇《じょうしょう》させられます。建築物レベルが上昇《じょうしょう》すると、数値に応じた加護効果を獲得《かくとく》できます。付帯建築物の建築物レベルは0に固定され、加護効果は獲得《かくとく》できません】

「ははぁ、なるほどねー」

今度は即座《そくざ》に理解できたらしく、リズベットは右手の指をぱちんと鳴らした。

「やっぱり、このログハウスのレベルが上がったのは、周りに家を建てまくったからみたいね。でも他の家はぜんぶ付帯建築物だから、相互《そうご》に経験値が入りまくったりはしない、と」

「ラスナリオに家をいっぱい建ててる時、誰《だれ》かがログハウスを見てたら建築物レベルアップのエフェクトに気付けたんだろうね。ともあれ、この《古樹《こじゅ》の加護》はすっごく助かるよ。これ、ログハウスが破壊《はかい》されない限りは、ラスナリオにある他の家とか壁《かべ》とかは実質的に破壊《はかい》不能ってことだもの」

「そういうことになるよね。あー、でも……」

リズベットは二枚のＴｉｐｓ窓を消し、元のウインドウに書かれている《古樹《こじゅ》の加護》の説明文をもう一度読んでから言った。

「効果範囲《こうかはんい》が半径五十メートルってことは、それがラスナリオの面積の限界になっちゃうわけか……」

「五十メートルもあれば充分《じゅうぶん》じゃない？　確か、いまのラスナリオが、半径三十メートルとかでしょ？」

「いやー、それがね……」

とだけ言うと、リズベットは視線を右下に振った。アスナも時刻表示をチェックする。七時三十分──そろそろキリトがダイブしてくる頃《ころ》だろうか。

と思った瞬間《しゅんかん》、左側にあるポーチのほうから、がちゃっとドアが開く音がした。

リズベットと同時に顔を上げる。ログハウスから飛び出してきたのは、やはりキリトだった。壁際《かべぎわ》に立つアスナたちにはまったく気付かず、ポーチから飛び降りるや南西方向に猛《もう》ダッシュする。昨日まではゲートがあったはずの場所でズザーッと土煙《つちけむり》を立てて停止し、叫《さけ》ぶ。

「あっ、あれっ⁉ 門がないぞ⁉」

アスナはリズベットと顔を見合わせ、二人同時に声を上げて笑った。

二分後。

アスナ、リズベット、そしてキリトは、新たに建築された塔《とう》から西に延びる地下トンネルを歩いていた。

先刻聞いた話からすると、リズベットたちが門番ボスを倒《たお》したのが午後四時、スティス遺跡《いせき》からの移住組がラスナリオに到着《とうちゃく》し始《はじ》めたのが六時。道なりで三十キロメートルも離《はな》れていることを考えればそれも驚《おどろ》くべき早さだが、リズベットたちはそこから一時間でゲートを撤去《てっきょ》し、塔《とう》を建て、地下トンネルを掘《ほ》ったということになる。

もちろんゲーム世界なので、撤去《てっきょ》はもちろん建築も資材さえ揃《そろ》っていれば一瞬《いっしゅん》で終わるが、トンネル掘《ほ》りは簡単ではあるまい。と言うか、ユナイタル・リング世界で、地面に人が通れる大きさの穴を掘《ほ》れることをアスナは知らなかった。ＳＡＯでもＡＬＯでも地面は破壊《はかい》不能で、てっきりその原則がこの世界にも適用されているものと思《おも》い込んでいたのだが――。

そんなことを考えながら、土が剝《む》き出しのトンネルを二十メートルほど歩くと、前方に階段が見えてきた。松明《たいまつ》を持ったリズベットに続いて階段を上った先は、小さな天幕の中だった。これも建てられたばかりらしく、下は地面が剝《む》き出しのままで、調度類も置かれていないし人もいない。

アスナのあとから階段を上ってきたキリトが、天幕の出入り口に垂れている布をほんの少し持ち上げ、外を眺《なが》めながら言った。

「なるほど、バシン族《ぞく》の居住地に出るわけか。確かにここなら買い物客も入ってこないな」

「と思うでしょ」

リズベットが顔をしかめる。

「でも、新しく来たプレイヤーの中には、バシン族《ぞく》やパッテル族《ぞく》の家にも我《わ》が物顔《ものがお》でずかずか入ろうとする連中もいて、両方の居住地を高い柵《さく》で囲うハメになったのよ。それでいったんは落ち着いたけど、将来的に大きな問題になるかもってエギルが言ってたわ」

「え……？　どういうことだ？」

「まずは、町の外を見てちょうだい」

そう言うと、リズベットは垂れ布を持ち上げて天幕の外に出た。

バシン族《ぞく》の居住地は、バウムクーヘンを四分の一に切ったような形をしている。敷地《しきち》の東側には大小いくつもの天幕が建ち、西側には細長い木造の家が三棟並ぶ。

昨日までは、敷地《しきち》と道路を隔《へだ》てるものは何もなかったが、いまは高さ二メートルほどの柵《さく》がぐるりと敷地《しきち》を囲っている。だが完全に閉鎖《へいさ》されているわけではなく、北と南には門があるし、東の内輪道路と接する面には柵《さく》がなく、代わりに露店《ろてん》らしき小型の天幕が横一列に並び、多くの買い物客で賑《にぎ》わっている。

バシン族《ぞく》は、獣《けもの》の革《かわ》や骨、牙《きば》などを加工するのが得意で、彼らが作る革鎧《かわよろい》や骨の武器は軽量、強靱《きょうじん》で見た目もいい。そのぶん決して安くはないが、新規移住組の中には、リズベットが作るオーソドックスな鉄製装備よりも、バシン族《ぞく》の装備を欲《ほ》しがる者も少なからずいるだろう。同じことを考えたのか、リズベットは「負けてらんないなあ……」と呟《つぶや》いてから、北側の門に向かった。

顔見知りのバシン戦士に挨拶《あいさつ》して、北西に延びる道──通称《つうしょう》《十時路《じゅうじろ》》に出る。向かい側は厩舎《きゅうしゃ》エリアなので、買い物客は数えるほどしかいない。

三棟の厩舎《きゅうしゃ》には、シリカのペットであるトゲバリホラアナグマのミーシャ、キリトのペットであるセルリヤミヒョウのクロとニビイロオナガワシのナマリ、そしてアスナのペットであるナガハシオオアガマのアガーが待機している。最後に自分の手でアガーに食べ物をあげてから二十時間近く経《た》つので会いに行きたいのはやまやまだが、厩舎《きゅうしゃ》の管理を引き受けてくれたNP

Cたちがちゃんと世話をしているはずだし、《熊の加護》の力で親密度は減らないらしいので、我慢《がまん》してリズベットを追いかける。

十時路《じゅうじろ》を外周方向に進んでいくと、行く手にラスナリオの北西ゲートが見えてくる。大きく開け放たれ、門番もいないゲートを通《とお》り抜けると、雄大《ゆうだい》なゼルエテリオ大森林が広がっている——はずだった。しかし。


「ええっ⁉」

「な、なんだこりゃ⁉」

アスナは、キリトと同時に叫《さけ》んでしまった。

ラスナリオを囲む外周防壁《がいしゅうぼうへき》から、さらに二十メートル近くも森が切《き》り拓《ひら》かれ、そこに無数の家がところ狭《せま》しと建てられている。ほとんどは簡素な木の掘《ほ》っ立《た》て小屋《ごや》だが、中には石積みの小屋もあるようだ。システムが許す限りの密度で無秩序《むちつじょ》に建てまくったらしく、建物の向きはバラバラだし通路も曲がりくねっている。ところどころにぽっかりと空いた、最少の小屋さえ作れないようなスペースには、プレイヤーが二、三人ずつ集まって焚《た》き火《び》で何やら焼いているようだ。

しばらく呆然《ほうぜん》としてしまってから、アスナはどうにか口を動かした。

「す、凄《すご》いわね……。なんでこんなことになったの……?」

「たぶん、例の《古樹《こじゅ》の加護》のせいね」

そう答えると、リズベットは手近にある小屋の壁《かべ》を指先でタップした。所有者ではないので、出現したウインドウには建築物の種類と耐久力《たいきゅうりょく》しか記載《きさい》されていないが、そこにはしっかりと【古樹《こじゅ》の加護／追加耐久力《たいきゅうりょく》100000】の表記が存在する。

「最初に誰《だれ》かが防壁《ぼうへき》のすぐ外に小屋を建てて、この加護に気付いたんじゃないかな。普通《ふつう》なら耐久力《たいきゅうりょく》が四、五千くらいしかないから、留守のあいだに壊《こわ》されて中のアイテムを奪《うば》われちゃう危険があるけど、追加の耐久力《たいきゅうりょく》が十万もあったらほとんど破壊《はかい》不能みたいなモンだからねぇ。ストレージ容量が厳しいこのゲームで、安全なアイテム保管場所が最小限の手間で建てられるっていうのはもの凄《すご》いアドバンテージなわけよ。自分の家があれば、ログアウトのたびに宿屋に泊《と》まる必要もないしね」

リズベットの説明《しゅうめい》は、大いに納得《なっとく》のいくものだった。何せアスナたちは、ユナイタル・リング事件の初日に襲撃《しゅうげき》してきたトゲバリホラアナグマからログハウスを守るために、大変な苦労をしたのだ。

「……なるほどな、そりゃあ建てるよなぁ……」

キリトも深々と頷《うなず》きながらそう言ったが、すぐに首を傾《かたむ》けた。

「でも、この状況《じょうきょう》と、バシン族《ぞく》の居住地が将来的に大きな問題になるかもって話がどう繋《つな》がるんだ？」

「んー、これはエギルからの受け売りだけど……」

リズベットは、今度は指の背でラスナリオの防壁《ぼうへき》をこんこん叩《たた》いた。

「いったん家を手に入れたら、もっと安全な場所に、もっと大きな家が欲《ほ》しくなるもんでしょ。でも、ラスナリオの中の土地は、半分がＮＰＣの居住地になってる。いずれ、あいつらを追い出してプレイヤーに割り当てろって騒《さわ》ぐヤツが絶対出てくる……ってエギルは言ってたわ」

「だめよそんなの！」

反射的にアスナはそう叫《さけ》んでしまった。

「バシン族《ぞく》とパッテル族《ぞく》は、わたしたちがラスナリオに招いたのよ。スカル……いえ、ライフハーベスターが襲《おそ》ってきた時も命がけで一緒《いっしょ》に戦ってくれたのに、いまさら町から追い出すなんて……」

「解《わか》ってるよアスナ、そんなことは絶対にしない」

きっぱりと宣言すると、キリトはアスナの左肘《ひだりひじ》のあたりに軽く右手を触《ふ》れさせた。

それで少し気持ちが落ち着いたアスナは、キリトに頷《うなず》きかけてから再び口を開いた。

「《古樹《こじゅ》の加護》の効果は半径五十メートルだから、あと二十メートル防壁《ぼうへき》を広げられるわ。いま建ってる家をいったん撤去《てっきょ》してもらって、防壁《ぼうへき》を加護の効果《こうか》範囲《はんい》ぎりぎりまで動かして、土地をきちんと区割りしてからもう一回建ててもらえば……ううん、いっそのこと、こっちで二階建てとか三階建ての集合住宅を用意すれば、いまの何倍もの人が住めるよね」

「……確かにそうだ。でも、現実的には難しいかな……」

眉《まゆ》を寄せるキリトに、「どうして？」と問いかける。するとキリトは、猫《ねこ》の額《ひたい》ほどの空き地で炙《あぶ》り肉片手《にくかたて》にわいわいお喋《しゃべ》りしている男たちを見やりながら答えた。

「MMOプレイヤーって、基本的にお仕着せを嫌《きら》うからな。誰《だれ》かにあてがわれた小綺麗《こぎれい》な部屋より、自分で建てた小屋のほうがいいってヤツのほうが多数派だと思う。何なら、ラスナリオとは別の、新しい町を作りたいヤツだっているだろうし……」

不意に言葉を途《と》切《ぎ》れさせ、アスナとリズベットに向き直って軽く両手を広げる。

「そうだよ、どうしてそうしないんだ？　さっきの話だと、ラスナリオから五百メートル以上離《はな》れた場所に建てた家は、しゅ……しゅ……」

「主体建築物」

助け船を出したアスナに、ぴっと人差し指を向けて続ける。

「ソレになれるんだろ？　そしたら加護効果も獲得《かくとく》できるし、土地も使い放題じゃないか」

「……確かにそうよね……」

アスナがキリトと同時に首を傾《かし》げていると、隣《となり》のリズベットが予想外の言葉を口にした。

「それ、もう試《ため》した人がいるみたいよ」

「えっ⁉　じゃあ、近くに別の町ができてるの？」

「それがねえ……あたしも又聞《またぎ》きの又聞《またぎ》きだから詳《くわ》しくは知らないんだけど、スティス遺跡《いせき》から移住してきたグループの一つが、ここから北西に行ったところの川べりに土地を切《き》り拓《ひら》いて、

家を建てたらしいの。そしたら、五分もしないうちにす〜っごくでっかいイノシシが襲《おそ》って
きて、家を粉々に吹《ふ》っ飛《と》ばしちゃったんだって」

「イノシシ……」

再びキリトと顔を見合わせる。

「……このあたりで、そんなモンスター見たことないけどな」

「だよねえ。まさか、家に引き寄せられてきたわけでもない……だろうし……」

何気なく口にした言葉だったが、頭の隅《すみ》に引っかかるものを感じ、記憶《きおく》を辿《たど》る。

六日前の日曜日、この場所にログハウスが落下したのが、確か夕方の五時から数分経《た》った頃《ころ》
だったはずだ。そして、巨大《きょだい》なトゲバリホラアナグマが襲撃《しゅうげき》してきたのが、およそ三時間後。

あの襲撃《しゅうげき》が、偶然《ぐうぜん》ではなかったとしたら――。

「……もしかすると、本当にそうなのかも」

アスナが呟《つぶや》くと、リズベットはぱちぱち瞬《まばた》きしながら言った。

「つまり、実際にイノシシは家に引き寄せられたってこと？　それはさすがに理不尽《りふじん》すぎない？」

「いや……有り得るぞ。リズはまだ合流してなかったけど、俺たちのログハウスも、初日の夜
に馬鹿でかいクマに襲《おそ》われたんだ」

「あー、そう言えばそんな話を聞いた気がする」

「俺は、てっきりソードスキルで丸太を板に製材する音に引き寄せられたんだと思ってたけど、

家を建てるとそのエリアのヌシ的なモンスターが襲《おそ》ってくる仕組みになってるのかもな。このへんのヌシはトゲバリホラアナグマだったけど、シリカがテイムしたから、新しいヌシとしてデカイノシシが出現した、みたいな……」

「うへえ、もしそうなら意地悪すぎない？」

リズベットが盛大《せいだい》に顔をしかめる。アスナも同感だが、なるほどと思うところもある。

「確かに意地悪だけど、加護の効果も相当に強力だよね。たぶん、フィールドに家……ううん、町を作るのはすっごく難しいけど、いったん作るのに成功すればそう簡単には破壊《はかい》されない、みたいなバランスになってるんじゃないかな」

「なるほどねえ……」

唸《うな》り声《ごえ》でそう言うと、リズベットは振り向いてラスナリオの町を見た。

直径六十メートルというのは、現実世界の町や村とは比べものにならないほど小さい。それくらいの敷地《しきち》面積《めんせき》を持つマンションだってざらにあるだろう。それでも、ここはアスナたちが懸命《けんめい》に守り、育ててきた大切な町だ。初日のトゲバリホラアナグマ、二日目のシュルツチーム、四日目のザ・ライフハーベスター、そして五日目のムタシーナ軍……どの戦いも一歩間違《まちが》えば敗北していたし、これからもさらなる規模の襲撃《しゅうげき》があるかもしれない。

そう考えれば、現状に安穏《あんのん》としてはいられない。《古樹《こじゅ》の加護》で守られていると言っても、何らかの手段でログハウスそのものを破壊《はかい》されてしまえば加護の効果も消え去る。なにせこの世界には、原始的ながら火薬を使う銃器《じゅうき》、空を飛べるペット、そして百人を同時に窒息《ちっそく》させるような極大魔法《きょくだいまほう》までもが存在しているのだ。仮に上空から爆撃《ばくげき》でもされたら、どれほど防壁《ぼうへき》が堅《かた》かろうと意味はない。

「ねえ、リズ」

「ん？」

「確かログハウスのＴｉｐｓに、建築物レベルは、主体建築物に強化や増築を行う、あるいは付帯建築物を建築することで上昇《じょうしょう》させられる……って書いてあったわよね」

「一回読んだだけでよく暗記できるわねえ」

苦笑《くしょう》してから、リズベットはこくりと頷《うなず》いた。

「一字一句そのまんまかどうかは自信ないけど、そんなふうに書いてあったと思うよ」

「だったら、ログハウス本体を改造すれば、もっとレベルを上げられるってことよね」

「え……いいのか、アスナ？」

と背後からキリトに訊《き》かれたので、振り向いて頷《うなず》く。

「うん、やれることは何でもやらないと」

「……そっか」

キリトも微笑《ほほえ》みながら頷《うなず》き返《かえ》す。

躊躇《ためら》う気持ちがないと言えば嘘《うそ》になる。あのログハウスは、アインクラッドの第二十二層で、たった二週間だがキリトと暮らした思い出の家だ。だからこそ、このユナイタル・リング世界に落下してからも懸命《けんめい》に守《まも》り抜いてきたのだし、できればそのままの形でＡＬＯに帰還《きかん》させたい。しかし破壊《はかい》されてしまっては元も子もないし、それに——家の本質は、たぶんかたちではないのだ。

そんなことを考えた時、目の前のキリトが微笑《びしょう》のニュアンスを変えた。

「……どうしたの？」

「いや……アスナがいない時、俺もユイとログハウスの増改築について話し合ったんだけどな。たぶんアスナは嫌《いや》がるだろうな……って思ってたら、ユイがこう言ったんだ。アスナは外見にこだわらない人だから、本質さえ残っていれば家の形が変わってもぜんぜん気にしないだろう、って」

「……ユイちゃんが、そんなことを……」

「で、俺が、本質って何だって訊《き》いたら……」

そこまで言いかけたキリトを、アスナは右手で押しとどめた。

「大丈夫《だいじょうぶ》、解《わか》ってる」

「……そっか」

微笑《ほほえ》みを交《か》わした、その時。

「ウォッホン！」

突然《とつぜん》、背後でわざとらしい咳払《せきばら》いが響《ひび》き、アスナは慌《あわ》てて体を反転させた。

「ご、ごめん、リズ」

「べーっつに謝《あやま》る必要はないですよぉー。ただ、そろそろ仕事に戻《もど》りたいなーって思っただけでぇー」

「し、仕事って？」

「コレよ、コレ」

口調を戻《もど》したリズベットは、ハンマーをこんこん振り下ろすジェスチャーをしてみせた。

「ああ……そっか、リズがログハウスに戻《もど》ってきたのは鍛冶《かじ》仕事をするためだったのね」

「そそ」

「じゃあ、他のみんなはどこに行ったの？」

「決まってるっしょ」

リズベットは右手を持ち上げ、北の空を指差した。

「第二階層に上るための、階段ダンジョンの攻略《こうりゃく》！」

4

整合騎士《せいごうきし》アリス・シンセシス・サーティの記憶《きおく》は、清らかな純白の光に満たされた空間に、薄衣《うすぎぬ》をまとった姿で横たわっている場面から始まる。

瞼《まぶた》を持ち上げ、眩《まぶ》しさのあまり何度か瞬《まばた》きしてから、ゆっくりと体を起こす。周囲を見回し、ふわふわした頭でここはどこだろう、なんでこんなところにいるんだろう……と考えてから、自分が誰《だれ》なのかさえ解《わか》らないことに気付く。名前も、生《お》い立《た》ちも思い出せずに呆然《ぼうぜん》としていると、突然《とつぜん》背後で、砂糖菓子《がし》よりも甘《あま》く、絹よりも滑《なめ》らかな声が響《ひび》く——。

「……姉さま？　どうしたの、アリス姉さま」

そっと肩《かた》を揺《ゆ》すられて、アリスは両目を大きく見開いた。

目の前で心配そうに顔を覗《のぞ》き込んでくるのは、麦わら色の髪《かみ》の少女。いや、もう少女という歳《とし》ではないが、お湯の中の体は昔と変わらずほっそりしている。

「ちょっとうとうとしちゃったみたい。大丈夫《だいじょうぶ》よ、セルカ」

アリスがそう答えると、セルカはにっこり笑った。

「すっごく気持ちいいもんね。あたし、カセドラルのお風呂《ふろ》に姉さまと入るのが夢だったの」

「ふふ……私が暮らしていた森の小屋のお風呂《ふろ》は、小さくて一緒《いっしょ》には入れなかったものね」

「ルーリッドの教会のお風呂《ふろ》は大きいと思ってたけど、この大浴場と比べたら牛と鼠《ねずみ》だよ」

懐《なつ》かしいアンダーワールドの慣用句に、アリスはくすっと笑《え》みを漏《も》らしてしまった。

「……？　何が面白《おもしろ》かったの？」

「ごめんなさい。リアルワールドでは、そんな時《月とすっぽん》って言うのよ」

「すっぽん……って何？」

「私も実物を見たことはないけれど、亀《かめ》の一種らしいわ」

「亀《かめ》⁉　どうしてルナリア……じゃなかった、アドミナと亀《かめ》を比べるのよ。片方は星で、片方は動物じゃないの」

セルカは納得《なっとく》がいかないように水面をぱしゃぱしゃ叩《たた》いたが、その答えはアリスも持ち合わせていない。ここがリアルワールドなら視界にホロウインドウを呼び出し、ネット検索《けんさく》できるのだが……と考えてしまってから、そんなことできなくて当然なのだと自分に言い聞かせる。

代わりにアリスは、お湯の中で両手を広げた。

「向こうの世界には、奇妙《きみょう》な慣用句が山ほどあるのよ」

「ふうん……。そう言えばキリトやアスナも、たまに不思議な言葉を使っていたっけ……」

そう呟《つぶや》くと、セルカは正面の窓を見上げた。アリスも同じ方向を見る。

セントラル・カセドラル大浴場の巨大《きょだい》な窓の向こうには、満天の星が静かに瞬《またた》いている。そ

の一角に浮《う》かぶ金色の半円をアリスはずっと《月《ルナリア》》と呼んできたが、現在では《伴星《ばんせい》アドミナ》が正式名称《めいしょう》だという。

人界《じんかい》が存在するこの星をカルディナ、夜空の彼方《かなた》の双子星《ふたごぼし》をアドミナと名付けたのは恐《おそ》らくキリトだろう。それぞれ、賢者《けんじゃ》カーディナルと最高司祭アドミニストレータが由来であるのは疑いようもない。なぜ、苛烈《かれつ》な戦いの果てに自ら倒《たお》したアドミニストレータの名を星に与《あた》えたのかいつか訊《き》いてみたいが、残念ながら星王《せいおう》時代の記憶《きおく》はいまのキリトにはない。

「……セルカは、アドミナに行ったことはあるの？」

ふと気になってそう訊《たず》ねると、妹はもう一度ぱしゃっと水面を叩《たた》いた。

「もちろん！　あるもなにも、いちばん最初の遠征《えんせい》に同行したのよ。機竜《きりゅう》から降りて、地面が地平線まで黄色い花に覆《おお》われてるのを見た時はびっくりしたなあ」

「……そうか、あなたは神聖術師《しんせいじゅつし》団長《だんちょう》を務めていたんだものね」

二百年前の公理《こうり》教会《きょうかい》には存在していなかった役職だ。教会の神聖術師《しんせいじゅつし》たちは修道士と呼ばれ、四人の上級司祭と、その上に立つ元老長チュデルキンに統括《とうかつ》されていた。なので神聖術師団長は、立場としてはチュデルキンの後任――正確にはセルカの前にアユハ・フリアがいるが――ということになる。

そう考えるといささか複雑だが、前任者がどんな人物であろうと、アユハやセルカの功績が毀損《きそん》されはしない。

「頑張《がんば》ったのね、セルカ」

左手を伸ばし、濡《ぬ》れた髪《かみ》を撫《な》でる。いまのセルカは、肉体の年齢《ねんれい》も精神の年齢《ねんれい》もアリスより上だが、妹は妹だ。セルカも嬉《うれ》しそうに微笑《ほほえ》み、そっと体を預けてくる。

八十階でキリトとアスナが光に包まれて消えた時、アリスは自分もすぐ強制切断されるものと思い、セルカをひしと抱《だ》き締《し》めた。しかし何秒待ってもその気配がないので、少々気まずい思いをしつつ抱擁《ほうよう》を解くはめになった。たぶん神代《こうじろ》博士が気《き》を利かせて、アリスだけはダイブを継続《けいぞく》させてくれたのだろう。

それは大いに有《あ》り難《がた》いが、リアルワールドと交信する手段がないので、いつ切断されるのか解《わか》らない。猶予《ゆうよ》時間をどう過ごすべきか迷っていると、突然《とつぜん》セルカが「あたし、お風呂《ふろ》に入りたい！」と叫《さけ》んだ。

考えてみれば、セルカは雲上庭園《うんじょうていえん》に百四十年も座《すわ》り続《つづ》けていたのだ。石化凍結《せきかとうけつ》した体に積もる埃《ほこり》はエアリーが毎日払《はら》っていたらしいが、お湯に浸《つ》かりたい気持ちはよく解《わか》る。

ロニエとティーゼも即座《そくざ》に賛同したので、一行は八十階から九十階まで移動し、他の仕事があるというエアリーとエオライン以外の六人と一匹《ぴき》で入浴することにした。アリス、スティカ、ローランネイの三人は四時間前に入浴したばかりだったが、カセドラル大浴場の魅力《みりょく》は一日に何回入っても薄《うす》れはしない。

少し離《はな》れたところでは、ロニエたち四人がお湯の中で向かい合い、盛《さか》んに話《はな》し込んでいる。

どうやら子孫二人が一族の歴史を説明しているようだが、二百年ぶんの出来事を仔細《しさい》に語ろうと思ったら何時間あっても足りるまい。

アリスも、いつかセルカと再会できたら話そうと思っていたことが山ほどあったはずなのに、こうして並んでお湯に浸《つ》かっていると、それだけで心と体が温かいものに満たされ、ふわふわと浮《う》き上がるような感覚に包まれる。さっき居眠《いねむ》りしそうになったのはそのせいだ。あれほど待ち望んだ時間なのだから、眠《ねむ》ってしまうなんてもったいない……。

「……姉さま、疲《つか》れてるんでしょう？　眠《ねむ》かったら寝ちゃってもいいよ」

セルカの囁《ささや》き声《ごえ》が聞こえ、アリスはいつの間にか閉じていた瞼《まぶた》を懸命《けんめい》に持ち上げた。

「ううん、大丈夫《だいじょうぶ》よ。せっかくあなたと再会できたんだもの、もっとお話ししなくちゃ」

「ふふ……、姉さま、ちっちゃな子供みたい」

そう言うと、セルカはくすくす笑った。心外ではあるが、エアリーの説明によれば、いまのセルカは精神的には七十歳を超《こ》えている計算になる。対してアリスは、わずか六年と数ヶ月ぶんの記憶《きおく》しか持たない。

アリス・シンセシス・サーティは、アリス・ツーベルクの体に宿るかりそめの魂《たましい》なのだ……と考えることはもうやめた。それでも時々、自分がどうしようもなく幼く、愚《おろ》かに感じられてしまう瞬間《しゅんかん》がある。

アリスはもう一度左手を伸ばし、記憶《きおく》にある容姿よりもいくらか大人びたセルカの頬《ほお》に指先を触《ふ》れさせた。

「……ねえ、セルカ。あなたが天命凍結術式《てんめいとうけつじゅつしき》を受けたのは、私のためなの……？」

訊《き》くつもりではなかった質問が、ぽろりと口から零《こぼ》れた。あっと思ったがもう遅《おそ》い。

セルカはアリスの左手を取り、両手で包《つつ》み込みながら答えた。

「もちろんそれもあるけど、それだけじゃないよ」

「……と言うと？」

「えっとね……。天命凍結術《てんめいとうけつじゅつ》は、天命《てんめい》の減少と外見の変化を停止させるけど、フラクトライトの容量低下や断片化《だんぺんか》は防げないの。姉さまがアンダーワールドに帰ってくる日を待つためには、失われた石化凍結術《せきかとうけつじゅつ》、ディープ・フリーズ術式《じゅつしき》を復活させる必要があった……。でも……」

そこで少しだけ口をつぐむと、セルカは視線を北の空に向け、続けた。

「……あたしはルーリッドのシスター・アザリヤに、人が生まれて、育って、老いて死ぬのは世の理《ことわり》だ、それがステイシアさまの思し召《おぼ》《め》しなんだって教わったから、天命凍結術《てんめいとうけつじゅつ》にも石化凍《せきかとう》結術《けつじゅつ》にも抵抗《ていこう》があったの。姉さまにもう一度会いたいっていうあたしのわがままのために、教会の教えに反する術式《じゅつしき》を甦《よみがえ》らせていいのかってずっと悩《なや》んでたんだ。それで、ある日キリトに相談したら……」

「わがままでいい、って言ったんでしょう」

アリスがつい口を挟《はさ》むと、セルカは一瞬《いっしゅん》目を丸くしてから小さく噴《ふ》き出した。

「あはは、当たり。正確には、『セルカはもっともっとも〜っとわがままになっていい！俺が許す！』だったけど」

「……声が聞こえるようだわ」

「ふふ。しかもそのあと、あたしいちおうシスター見習いとしてカセドラルに来たのに、信仰《しんこう》が根っこからぐらつくようなことまで言ったのよ。この世界で誰《だれ》よりもわがままだった人間は、公理《こうり》教会《きょうかい》と禁忌《きんき》目録《もくろく》を作った最高司祭アドミニストレータさまだ、って。そんな話を聞いちゃったらさ……、あたしの葛藤《かっとう》もそれ自体が独りよがりだったと思えて、あたしはいちばん大切なことを何より優先しようって決めたの」

「大切なこと……？」

「もちろん、姉さまともう一度会うこと」

セルカは、ずっと握《にぎ》ったままだったアリスの左手を自分の胸に押し当て、離《はな》した。

「……そのあと、あたしはアユハさまと一緒《いっしょ》に石化《せきか》凍結術《とうけつじゅつ》の研究を始めて……。その時点ではまだ天命《てんめい》凍結術《とうけつじゅつ》を受けるつもりはなかったんだけど、再会できた時にあたしがおばあちゃんになってたら、姉さまがびっくりしちゃうでしょう？　それに、ちょうどその頃《ころ》、ロニエたちも別の理由で天命《てんめい》凍結《とうけつ》することになって、だったら一緒《いっしょ》にって思ったんだ」

「ロニエたちが……」

再び四人に目を向けながら、アリスは小声で訊《たず》ねた。

「別の理由って何なの？」

「うーん……。それは、本人たちに直接訊《き》いたほうがいいかな……」

そう言われてしまえば、これ以上問《と》い質《ただ》すことはできない。

実のところアリスは、雲上庭園《うんじょうていえん》でエアリーの説明を聞いた時、少しだけ不思議に思ったのだ。ロニエ、ティーゼの二人と交流したのは異界戦争真っ只中《いかいせんそうまっただなか》のほんの数日だけだったが、とても素直《すなお》で優《やさ》しい少女たちだという印象を受けた。勝手な思《おも》い込みではあるが、この二人はいつか相応《ふさわ》しい相手と結婚《けっこん》してそれぞれの家庭を築き、子供を産んで、幸せに、穏《おだ》やかに齢《よわい》を重ねていくのだろうと感じもした。

だから、整合騎士《せいごうきし》になったことはまだしも、二人揃《そろ》って天命凍結術《てんめいとうけつじゅつ》を受けたことがアリスには意外だった。老いないというのは、先刻セルカが言ったとおり、人と世界の理《ことわり》から外れるということだ。百年を遥《はる》かに超《こ》えて生き続けていたかつての整合騎士たち――デュソルバートやファナティオ、そしてベルクーリが、永遠の生に幸福を感じていたとはアリスには思えない。騎士《きし》たちと、そして自らの天命《てんめい》を凍結《とうけつ》した最高司祭アドミニストレータでさえも。

アリスの表情から何かを読み取ったのか、セルカが耳許《みみもと》で囁《ささや》いた。

「あたしが言うのもなんだけど、不幸せな理由じゃないよ。きっと二人とも、快く教えてくれると思う」

「そう……。じゃあ、機会があったら訊《き》いてみるわね」

セルカに微笑《ほほえ》み返《かえ》し、そろそろ上がりましょうかと言おうとした、その時。

脱衣所《だついじょ》に繋《つな》がる戸口のほうで、落ち着いた、それでいてよく通る声が響《ひび》いた。

「皆様《みなさま》、お食事のご用意ができました」

途端《とたん》、言葉の内容を理解したかのように、ミミナガヌレネズミのナツがお湯から飛び出して
「きゅるるー！」と高らかに鳴いた。


お湯から上がり、身支度《みじたく》を終えた一行を、エアリーはカセドラル九十五階の《暁星《ぎょうせい》の望楼《ぼうろう》》へと導いた。

二百年前は空に素通《すどお》しだった外周部は、大理石の長鉢《ながばち》に植えられた若木で目隠《めかく》しされている。広大なフロアの中央に鎮座《ちんざ》するのは、純白の大型機竜《きりゅう》。一見、今日最初にこの階を訪《おとず》れた時と何もかも同じようだが、機竜《きりゅう》——ゼーファン十三型の腹部をよく見ると、装甲《そうこう》が深々と裂《さ》け、内側の配管や機械類も無残に破壊《はかい》されている。アリスは機竜《きりゅう》の仕組みなど何一つ知らないが、それでも簡単に直るような損傷ではないことは直感的に解《わか》る。

階段を出たところで立ち止まり、傷ついた機竜《きりゅう》に見入っていると、左右からティーゼたちがアリスを追い抜き、少し前で立ち止まった。

エアリーは、ゼーファン十三型がロールアウト——恐《おそ》らく《完成》というような意味だろう——したのはちょうど百年前、星界暦《せいかいれき》四八二年だと言っていた。セルカ、ロニエ、ティーゼが

石化凍結《せきかとうけつ》されたのが四四一年だったはずだから、三人はこの機竜《きりゅう》を初めて見るということになる。

推測は当たっていたらしく、やがてティーゼが感嘆《かんたん》するように呟《つぶや》いた。

「これが、キリト先輩《せんぱい》が造った最後の機竜《きりゅう》……」

続いて、ロニエが機体の後部を指差す。

「見て、噴射口《ふんしゃこう》が三つあるよ。先輩《せんぱい》、複座《ふくざ》三発機《さんぱつき》の開発に成功したんだ」

さらに、セルカも口を開く。

「あの損傷で、よくアドミナからカルディナまで飛べたね……」

「いいえ、飛んだわけではありません」

と訂正《ていせい》したのは、ナツを肩《かた》に乗せたエアリーだった。それを聞いたロニエが首を傾《かし》げる。

「え……？　でもさっきの話だと、アドミナで攻撃《こうげき》を受けて損傷したんでしょう？」

「はい。キリトさまは、アドミナからこの場所まで《扉《とびら》》を開き、ゼーファンを転送なさったのです」

「…………」

黙《だま》り込む三人を、アリスは笑いを堪《こら》えながら眺《なが》めた。

正直、アリスが去ったあとのアンダーワールドで、何十年も騎士《きし》として働いたロニエたちに置いていかれてしまったような気が少しだけしていたのだが、キリトの無茶に呆《あき》れさせられるのはどの時代、どの世界でも同じらしい。

「さあ、テーブルにどうぞ」

ロニエたちを促《うなが》したエアリーは、ゼーファンのほうに向けて少しだけ声を張り上げた。

「エオラインさま、お食事にしましょう」

すると、機竜《きりゅう》の腹に穿《うが》たれた大きな傷の中から人影《ひとかげ》が現れ、身軽な動作で地面に飛び降りた。

整合機士団長《せいごうきしだんちょう》、エオライン・ハーレンツだ。

白い覆面《ふくめん》は被《かぶ》ったままだが、先刻まで着ていた機士服《きしふく》を、上下がつながった作業服に着替《きが》えている。その作業服があちこち汚《よご》れているところを見ると、損傷具合の確認《かくにん》、もしくは修理を試みていたらしい。

アリスの後ろから階段を上ってきたスティカとローランネイが、機士団長《きしだんちょう》の姿を見た途端《とたん》、慌《あわ》てたように叫《さけ》んだ。

「閣下、修理はお任せください！」

「すぐに、基地から整備隊を呼ぶ手配をしますから！」

「いや、それは無理だよ」

歩み寄ってきたエオラインは、手拭《てぬぐ》いで首筋の汗《あせ》を拭《ふ》きながら、落ち着いてはいるがどこか張りのない声で言った。

「カセドラルの封印《ふういん》階層に整備隊を入れるわけにはいかないし、ゼーファンを基地に運ぶ手段もない。まあ……キリトなら心意《シンイ》で動かせるかもしれないけど、あの機体には僕も見たことがないような機構や装置が山ほど搭載《とうさい》されている。正直、整備隊長でも手に余るだろうし、情報漏洩《ろうえい》を防ぐためにも、ここから出さないほうがいいだろうね……」

カセドラルから運び出さなくても、機竜《きりゅう》の製作者であるキリトなら直せるのでは——と言いかけて、アリスは口をつぐんだ。いまのキリトに、この機竜《きりゅう》を造った頃《ころ》の記憶《きおく》はないのだ。

権力欲や支配欲とはまったく無縁《むえん》であろうキリトが星王《せいおう》などという大役を引き受けたのは、きっと逃げ道がなかったからだろうが、アンダーワールドのために百年以上も頑張《がんば》ってくれたのは事実だ。その努力と献身《けんしん》に対する感謝をちゃんと伝えるためにも、やはりいつかは記憶《きおく》を取《と》り戻《もど》してほしいという気もするが、そうなったらいまのキリトではなくなってしまうのかもしれないと思うとなかなか口に出しては言えない。

星王《せいおう》、星王妃《せいおうひ》時代の記憶《きおく》の消去を望んだのは、キリトとアスナ自身だったという。記憶《きおく》容量の問題があったにせよ、たとえば重要な記憶《きおく》だけを残すというような操作も、やろうと思えば可能だったのではないか。いったいなぜ二人は、異界戦争《いかいせんそう》の直後からの膨大《ぼうだい》な記憶《きおく》——思い出を、全て消してしまうことを選んだのか——。

そんなことを考えていると、いつの間にか隣《となり》に移動したセルカがアリスの右手を摑《つか》みながら言った。

「姉さま、ごはんだって！」

「え……ええ」

手を引かれるまま歩く先には、大理石でできた純白の長テーブルが燭台《しょくだい》の灯《あか》りに照らされている。テーブルの左右には白金樫《シラカネガシ》の椅子《いす》が五つずつ、計十脚《きゃく》。全て、二百年前の公理《こうり》教会《きょうかい》時代からこの場所に存在しているものだ。

アリスが整合騎士《せいごうきし》としてこの塔《とう》で暮らしていた頃《ころ》、最高司祭アドミニストレータが最上階の自室から出てくることはごくまれだったが、年に数回《暁星《ぎょうせい》の望楼《ぼうろう》》まで呼び出され、まさにこのテーブルでお茶の相手をさせられた。と言っても、アリスが自身の近況や暗黒界の動向を一方的に報告するだけで、会話らしい会話をした記憶《きおく》はほとんどない。しかし、専属料理人のハナが最高司祭のために技巧《ぎこう》を凝《こ》らして作る焼《や》き菓子《がし》は、九十四階の食堂では供されないものばかりで、呼び出されるのが少しだけ楽しみだった。

いま、二百年を経てもまったく古びていないテーブルの上には、新鮮《しんせん》そうなサラダや湯気を上げるシチュー、そして懐《なつ》かしい香りの焼《や》き菓子《がし》と、当時は存在していなかった生クリームを使ったケーキが並べられている。

すでにティーゼ、ロニエ、スティカ、ローランネイの四人は席に着き、アリスたちとエオラインを待っている。ことに年若い二人は、ご馳走《ちそう》を前にした途端《とたん》に空腹が限界に達したらしく、表情がやや虚《うつ》ろだ。

これ以上待たせるのは忍《しの》びないので、アリスは急いでティーゼの向かいに座《すわ》った。セルカも隣《となり》の椅子《いす》に腰掛《こしか》けたが、エオラインは階段に続く通路の途中《とちゅう》で立ち止まり、エアリーに向けて言った。

「トルーム様、私は先に汚《よご》れを落としてきます」

「解《わか》りました。九十階の大浴場をお使いくださいませ」

エアリーの言葉に「ありがとうございます」と応じると、機士《きし》団長《だんちょう》は足早に階段へと向かい、姿を消した。

振り向いたエアリーが、

「皆様《みなさま》、どうぞお召《め》し上がりください」

と促《うなが》した瞬間《しゅんかん》、スティカとローランネイが目にも留まらぬ速さでナイフとフォークを握《にぎ》り、声を絞《しぼ》り出すように叫《さけ》んだ。

「いただきます!!」

5

——自分が二人いればなあ！

と、十八年生きてきてこれほど強く思ったことは、たぶんない。

ユナイタル・リング世界の動きは、もちろん気になる。シリカたちがハチボスを倒《たお》した話や、世界の三段同心円構造と第二階層に続く階段ダンジョンの話、そして二つの勢力が元ALO組に先行している話などを聞いてしまったら、そう簡単にログアウトはできない。

しかし、こうしてゼルエテリオ大森林を移動しているあいだも、アンダーワールドに渦巻《うずま》く陰謀《いんぼう》が頭から離《はな》れてくれない。

惑星《わくせい》アドミナの秘密基地とそこで行われていた非道な生体実験、謎《なぞ》の《銃使《じゅうつか》い》イスタルとエオラインの関係、リアルワールドからの侵入者《しんにゅうしゃ》の正体と目的。

それに、石化凍結術《せきかとうけつじゅつ》から目覚めたロニエ、ティーゼ、セルカとも、まだほとんど会話できていない。セルカとはルーリッドの村を旅立った時以来だし、ロニエ、ティーゼは俺がぎりぎり憶《おぼ》えている暗黒界軍との和睦交渉《わぼくこうしょう》に同行していたはずだが、最後に交《か》わした言葉は残念ながら記憶《きおく》していない。

できることならフラクトライトを複製して、一人はユナイタル・リングに、一人はアンダーワールドに同時にダイブしたい……と考えてから、それでは別の人間になるだけだと気付く。そして俺の性格からして、もう一人のキリトとは絶対に仲良くなれない。なんなら、複製ではない《過去の俺》である星王《せいおう》キリト陛下に対してですら、「この野郎《やろう》」と何度も思ったくらいなのだ。

やはり、二つの世界に交互《こうご》にダイブしながら頑張《がんば》るしかないのか……とため息をつきかけて、ふと思い出す。

セントラル・カセドラルに入る前にエオラインが、『キリト君たちの滞在《たいざい》制限時間の問題を全て解決する方法があるかもしれない』と言っていたが、あれは結局どういう意味だったのか。まさか彼が、俺やアスナの両親を説得して、点滴《てんてき》つきの長時間ダイブを認めさせてくれるわけでもあるまい。

とりとめのない想念を弄《もてあそ》びながら歩いていると、先頭を進んでいたリズベットが立ち止まり、「あそこがハチの巣ドームの入り口だよ」と前方を指差した。

俺は、右手でセルリヤミヒョウのクロを立ち止まらせ、左手の松明《たいまつ》を掲《かか》げた。

五メートルほど先で、鋭《するど》いトゲの生えた灌木《かんぼく》が絡《から》み合《あ》いながら左右に連なり、天然の障壁《しょうへき》を作り出している。フリスコル（から話を聞いたリズベット）によれば、あのトゲ障壁《しょうへき》は東西に何キロも延びていて、迂回《うかい》は不可能らしい。

リズベットが指差しているのは、障壁《しょうへき》の一部に黒々と口を開けたトンネルだった。入り口を飾《かざ》る無数のトゲが、いかにも禍々《まがまが》しい。

「……ボスは再湧出《リポップ》しないのよね？」

ナガハシオオアガマのアガーを連れたアスナが不安そうに確認《かくにん》すると、リズベットはひょいと首を傾《かたむ》けて言った。

「んー、たぶん」

「たぶんって、リズ……」

「あはは、大丈夫《だいじょうぶ》大丈夫《だいじょうぶ》。仮にリポップしててもトンネルの出口は安全地帯だし、ハチの羽音ですぐ解《わか》るから」

「信じるからね！」

アスナの念押《ねんお》しに、アガーも「クワッ！」と調子を合わせる。

ナガハシオオアガマという生物はもちろん現実世界には存在しないが、アガマ科というのはアジアからアフリカにかけて広く分布するキノボリトカゲ科の別名らしい。エリマキトカゲやフトアゴヒゲトカゲあたりが有名で、他のアガマ科もトカゲっぽいトカゲがほとんどなのだが、アガーは小型の肉食恐竜《きょうりゅう》めいた胴体《どうたい》にカモノハシのような頭が乗った、どこがトカゲやねん！と突っ込みたくなる造形をしている。

体は緑がかったうろこ状の皮膚《ひふ》に覆《おお》われ、くちばしの内側には鋭《するど》い牙《きば》がずらりと並ぶ。手足にも凶悪《きょうあく》な形の鉤爪《かぎつめ》が備わり、四匹《ひき》――ピナを入れれば五匹《ひき》のペットの中では最もモンスターらしい姿なのだが、なぜか愛嬌《あいきょう》を感じるのが不思議なところだ。

リズベットはアガーに歩み寄り、「あがががー」と謎《なぞ》の音を発しながら首の下を掻《か》いた。続いてクロの首筋を、「くろろろろー」と言いながらわしゃわしゃ掻《か》きまくり、満足したのか勢いよく振り向いた。

「よし、行くか！」

宣言し、大股《おおまた》にトンネルへ歩いていくリズベットを、俺はアスナと顔を見合わせてから追いかけた。

幸い、ハチボスことギルナリス・ホーネットは再湧出《さいゆうしゅつ》していなかった。討伐《とうばつ》されてからまだ四時間しか経《た》っていないので、今後もずっと復活しないという確証はないが、ＳＡＯのフロアボス的な存在だとすると二度と湧《わ》かない可能性が高い。

そう考えると攻略《こうりゃく》に参加できなかったのが残念な気もするが、シリカやシノンたちが勇戦し、プレイヤーにもＮＰＣにも犠牲《ぎせい》を出さずに撃破《げきは》したことは素直《すなお》に称《たた》えたい。称《たた》えるついでに、どんなお宝が手に入ったのか詳《くわ》しく訊《き》きたい……などと考えながら、大樹の枝葉で形作られた巨大《きょだい》なドームの中を歩く。

ハチの羽音はまったく聞こえないが、地面の各所に咲《さ》いているラフレシアのような花の周囲で、カサカサと不穏《ふおん》な音が響《ひび》いている。リズベットによれば、音を出しているのはラフレシア

——正式名称《めいしょう》《ガルガーモルの花》の蜜《みつ》を吸う、全長十センチもあるダニらしい。

ダニの腹には蜜《みつ》がたっぷり詰《つ》まっているという話なので、捕《つか》まえればこの世界では貴重品の糖分を確保できるかもしれないが、アスナが悲鳴を上げる確率が少なく見積もっても七割ほどあるので我慢《がまん》しておく。

直径五十メートル、ということはラスナリオに迫《せま》るほどの面積があるドームを突っ切ると、行く手にほぼ垂直の岩壁《がんぺき》が現れた。これが、ユナイタル・リング世界の第一階層と第二階層を隔《へだ》てる、高さ二百メートルもの断崖《だんがい》の根元なのだろう。恐《おそ》らく、昼間にゼルエテリオ大森林の高めの木に登れば、北にそびえ立つ壁《かべ》が見えたのではないか。

岩壁《がんぺき》の表面はいかにも硬《かた》そうな鈍《にぶ》い光沢《こうたく》を放ち、手足を掛《か》けられそうな凹凸《おうとつ》はほとんどない。確かに、この壁《かべ》をフリークライミングで登るのは、仮想世界でも自殺行為《じさつこうい》だ。となると、ラスナリオに残してきたニビイロオナガワシのナマリのような飛べるペットなら……と思ってしまうが、そんな安易な手段で突破《とっぱ》できる障壁《しょうへき》ではあるまい。たとえば崖《がけ》の上のほうは滅茶苦茶《めちゃくちゃ》強い飛行型モンスターの縄張りになっていて、飛んで近づくと半殺しにされる、みたいな展開が考えられるが確かめる気にはならない。

ゆえに俺は冒険心《ぼうけんしん》を引っ込め、リズベットに導かれるまま岩壁《がんぺき》に近づいた。三人の松明《たいまつ》が、二本の樹《き》に隠《かく》されるように口を開ける楕円形《だえんけい》の洞窟《どうくつ》を照らし出す。

高さは二メートル、幅《はば》は一メートル半ほどか。入り口付近のごつごつした岩肌《いわはだ》は、自然物なのか人工物なのか咄嗟《とっさ》に見分けられない。知らなければ、これが次の階層に向かうための唯一《ゆいいつ》の通路だとは思わないだろう。

「意外とちっちゃいね……」

アスナの感想に、リズベットも頷《うなず》く。

「だよね。シノンが推測してたんだけど、この大きさは、上の層に連れていけるペットを制限してるんじゃないかって」

「あ……」

呟《つぶや》くと、アスナは傍《かたわ》らのペットを見た。アガーの背丈《せたけ》はアスナと同じくらい、横幅《よこはば》もスリムなのでこの広さなら問題なく通れるだろう。もちろんクロも余裕《よゆう》だが、ラスナリオで待機しているミーシャは肩《かた》を擦《こす》りそうだ。

「シリカがミーシャを連れていかなかったのは、中でハマったらヤバいからか？」

「そそ。いちど人間だけで出口まで行って、ミーシャが通れるかどうか確認《かくにん》するって」

「なるほどな……。ちなみに、洞窟《どうくつ》に入ってるのはどんなメンツなんだ？」

「えっと、シリカ、シノン、クライン、アルゴ、リーファ、ユイちゃん、ホルガー、ザリオン、シシー、フリスコル……かな」

指折り数えながら名前を挙げたリズベットは、顔を上げて続けた。

「ハチボス攻略戦《こうりゃくせん》にはもっといっぱい参加してたんだけど、全員いったんラスナリオに戻《もど》って、まだダイブしていられる人で改めて洞窟攻略《どうくつこうりゃく》レイドを組んだのよ。バシン族《ぞく》とパッテル族《ぞく》は、《最果ての壁《かべ》を登ってはならない》っていう掟《おきて》があるんだって」

「最果ての壁《かべ》……」

アンダーワールドの人界《じんかい》を囲む《果ての山脈》とどこか似た名前だが、さすがに偶然《ぐうぜん》だろう。

「リズはどうしてレイドに参加しなかったの？」

アスナの質問に、リズベットはなぜかニマッと笑ってみせた。

「すぐ解《わか》るわよ」

洞窟《どうくつ》の中はひんやりしていたが、マルバ川の下流で発見した《滝裏《たきうら》の洞窟《どうくつ》》のように湿《しめ》っていないので快適に歩けた。

曲がりくねった通路をほんの二十メートルほど進むと、広い空間に出た。奥《おく》には、明らかに人が掘《ほ》ったと思《おぼ》しき上り階段が見える。念のため松明《たいまつ》で部屋の隅々《すみずみ》まで照らすが、モンスターの姿はない。

代わりに俺は、濃《こ》い灰色の壁面《へきめん》からわずかに突き出した赤黒い岩塊《がんかい》を見つけて、「おっ」と声を上げた。駆《か》け寄《よ》り、手で撫《な》でてみると冷たくざらついた感触《かんしょく》が伝わる。間違《まちが》いなく鉄鉱石だ。

「ありゃ、この部屋にもまだ残ってたか」

後ろでリズベットの声が聞こえたので、俺は振り向いて言った。

「なるほど、この洞窟《どうくつ》で鉄鉱石を補充《ほじゅう》できたから、ラスナリオに残って鍛冶《かじ》仕事をするつもりだったんだな」

「そそ」

「だったら、作業の邪魔《じゃま》しちゃったね。案内させてごめんね、リズ」

謝《あやま》るアスナに、リズベットは大きくかぶりを振る。

「いーのいーの、店の在庫は一晩保《も》つくらいは残ってるし、鉄鉱石はいくらあってもいいしね！」

そう言うと、つるはし片手に壁《かべ》に近づき、慣れた手つきで鉱石を叩《たた》いた。わずか五回の打撃《だげき》で鉱石は二つに砕《くだ》け、地面に転がる。

俺はその片方を拾うと、リズベットに渡《わた》した。改めて四方を見回すが、もう鉄鉱石は残っていない。

クロとアガーに干し肉を与《あた》え、俺たちもTP、SPを回復させてから階段に足を踏《ふ》み入《い》れる。

現実世界のビル三階ぶんほども上ると、再び横向きの通路に出る。どうやらアインクラッドの迷宮区《めいきゅうく》タワーと同じく階段とフロアが連続する構造になっているようだが、あちらが最大でも百メートルだったのに対して、こちらは二百メートル。東京都庁舎に迫《せま》るくらいの高さがあるわけだ。

二階からはモンスターも出現し始めたが、頻度《ひんど》はかなり低い。一時間半くらい先行しているシリカたちが、道中を掃除《そうじ》していってくれたおかげだろう。

サソリやコウモリ、ムカデといった洞窟《どうくつ》の定番モンスターを処理する傍《かたわ》ら、鉄鉱石も極力回収しつつ先を急ぐ。大いに助かったのは、先行組が分岐点《ぶんきてん》に目印を残していってくれたことだ。次の階段に繋《つな》がる道に、マルバ川で採れる灰崩岩《かいほうがん》の欠片《かけら》を置くという簡単なマーキングだが、この洞窟《どうくつ》の岩と比べるとずっと明るい色合いなので見落とす恐《おそ》れはない。

五階、六階、七階も順調に突破《とっぱ》し、そろそろ半分くらいは上ったかな……と思った、その時だった。

俺の耳がキィン、というかすかな金属音を捉《とら》え、同時にクロが「ぐる……」と低く唸《うな》った。聴覚《ちょうかく》の鋭《するど》いクロが反応したということは、気のせいではない。そしてこの洞窟《どうくつ》で戦闘《せんとう》が行われているなら、片方はほぼ確実にシリカたちだ。

「戦闘音《せんとうおん》だ！」

押《お》し殺《ころ》した声でアスナとリズベットに伝えると、俺は走り始めた。

次の階段に飛び込むと、戦いの音も明瞭《めいりょう》になる。同時に、嫌《いや》な予感が胸をかすめる。サソリやムカデと戦っているなら、ここまで金属音が連続することはない。もしこれが武器と武器、武器と防具がぶつかり合う音なら、シリカたちが戦っている相手もまた人間——プレイヤーの可能性がある。

ビル三階ぶん、約十二メートルの階段をフルスピードで駆《か》け上《のぼ》り、八階に飛び込んだ俺が見たのは、予想が半分だけ当たった光景だった。

バスケットボールコートほどもある空間は、自然洞窟《どうくつ》と大差なかったいままでのフロアとは明らかに意匠《いしょう》が異なる。床《ゆか》と天井《てんじょう》は完全な平面に削《けず》り出され、左右の壁《かべ》には半円形の柱が並ぶ。柱と柱のあいだにある壁龕《へきがん》には壺《つぼ》が置かれ、中に油でも入っているのか、青白い炎《ほのお》が不気味に揺《ゆ》れている。

広間の手前側で、こちらに背を向けて菱形《ひしがた》のフォーメーションを組んでいるのは、間違《まちが》いなく俺の仲間たちだ。

しかし、彼らが対峙《たいじ》しているのはプレイヤーではなかった。身《み》の丈《たけ》三メートルはありそうな、岩でできた巨人《きょじん》──いわゆるゴーレム。

仲間たちは、まだこちらに気付いていない。みんな、と呼びかけようとしてぐっと堪《こら》える。高度な連携《れんけい》が必要なフォーメーション戦闘中《せんとうちゅう》にうかつな声掛《こえか》けをすると、動きを乱してしまいかねない。アスナとリズベット、クロとアガーまでもが俺の後ろで立ち止まり、沈黙《ちんもく》を保っている。

焦《あせ》りを抑《おさ》え込み、俺は戦況《せんきょう》を把握《はあく》しようとした。

フォーメーションの前衛を受け持っているのは、ホルガー、ザリオン、クライン、リーファ。盾持《たても》ちのホルガーと、カブトムシ人間のザリオンが中央でゴーレムの攻撃《こうげき》を防ぎ、クラインとリーファが左右で補助している。

中衛は、シリカ、アルゴ、フリスコルと、ほっそりしたフォルムの昆虫人間《シックス》。たぶんあれがシシーだろう。四人はゴーレムの隙《すき》を狙《ねら》って左右から攻撃《こうげき》を試みるが、派手に火花が散るだけで有効打が入っている気配はない。

そして後衛に、ユイとシノン。ユイは魔法《まほう》、シノンはマスケット銃《じゅう》でダメージを与《あた》える作戦だろうが、二人とも手と銃《じゅう》を構えたままだ。

俺が状況把握《じょうきょうはあく》を終えたのと同時に、ゴーレムが奇怪《きかい》な咆哮《ほうこう》を迸《ほとばし》らせた。

「ゴオオォ――――ン!!」

巨岩《きょがん》から削《けず》り出したかの如《ごと》き両拳《りょうこぶし》を胸の前で合体させ、高々と振りかぶる。

「叩《たた》き付《つ》け、来んぞォ!」

クラインが叫《さけ》び、腰《こし》を落とした。前衛四人がいかに堅《かた》くとも、あの強攻撃《きょうこうげき》を受け止めるのは無理だと直感した俺は、「避《よ》けろ!」と叫《さけ》びそうになった。しかし、それは四人も解《わか》っているはずなので、今回も我慢《がまん》する。

ゴーレムは、焦《じ》らすかのように二秒以上も溜《た》めを入れてから、空気が揺《ゆ》らぐほどのスピードで両拳《りょうこぶし》を叩《たた》き付《つ》けた。

前衛四人が、溜《た》めに惑《まど》わされることなくジャストタイミングで飛《と》び退《の》く。ゴーレムの両拳《りょうこぶし》は轟音《ごうおん》とともに地面を打《う》ち据《す》えたが、しかし単なる空振《からぶ》りでは終わらなかった。発生した衝撃波《しょうげきは》が床面《ゆかめん》を扇状《おうぎじょう》に広がり、クラインたちの足をすくってよろめかせる。近距離《きんきょり》で避《よ》けるのは絶対に不可能と確信できるスピードだが、俺はゴーレムから充分《じゅうぶん》に離《はな》れていたので、衝撃波《しょうげきは》を見てからジャンプする余裕《よゆう》があった。

空中で、愛剣《あいけん》を右肩《みぎかた》の上に構える。刀身が甲高《かんだか》い振動音《しんどうおん》と、ライトグリーンの輝《かがや》きを放つ。

衝撃波《しょうげきは》を跳《と》び越《こ》えて着地すると同時に、ソードスキル《ソニック・リープ》を発動させる。システムアシストの推進力をフルパワーの蹴《け》り足《あし》でブーストし、八メートル前方、三メートル上方にあるゴーレムの頭めがけて一直線に飛翔《ひしょう》する。

ゴーレムの手足が金属なみに硬《かた》いのは明らかだが、果たして頭はどうか。

「お……らあッ！」

渾身《こんしん》の力を込めた斬撃《ざんげき》を、ゴーレムの眉間《みけん》に叩《たた》き込む。確か、元ネタであるユダヤ教の伝承では額が弱点だったはずだ。

しかし。

愛剣《あいけん》は狙《ねら》った箇所《かしょ》にヒットしたものの、ギイィィン！　という耳をつんざくような金属音と、視界が一瞬《いっしゅん》白く焼き付くほどの火花を生んだだけで、あっけなく弾《はじ》き返《かえ》された。強烈《きょうれつ》な反動で姿勢が崩《くず》れたが、かろうじてゴーレムの肩《かた》を蹴《け》ることに成功し、後方宙返りを一回入れてから着地する。

「のわっ⁉　……き、キリの字か⁉」

左後方で喚《わめ》くクラインに、俺は挨拶《あいさつ》を省略してまくし立てた。

「悪い、あと十秒タゲ取ってくれ！」

「お、おう、任せろ！」

言いたいことを色々呑《の》み込んだような顔で叫《さけ》ぶと、クラインはシミターを腰撓《こしだ》めに構えた。

俺の渾身《こんしん》の一撃《いちげき》は、弾《はじ》かれはしたものの多少のスタン効果を与《あた》えたようで、ゴーレムは動きを止めている。そこにクラインが、特注の長尺シミターでソードスキル《リーバー》を繰《く》り出し、ゴーレムのすねを痛撃《つうげき》した。

「グオオオンッ！」

別に弱点というわけではないだろうが、ゴーレムは怒《いか》りの気配が滲《にじ》む声で吼《ほ》えると、クラインめがけて左拳《ひだりこぶし》を突き出した。それを、ザリオンが分厚い額の甲殻《こうかく》で受け止める。

そこまで見届けると、俺はダッシュしてゴーレムの後方に回り込んだ。

もちろんクラインたちも、背中への攻撃《こうげき》はすでに試《ため》しただろう。事実、ゴーレムの背中には真新しい傷が縦横に走っているが、どれも表面を引《ひ》っ掻《か》いた程度の深さしかない。

両目を見開き、ゴーレムの全身をくまなく眺《なが》め回《まわ》す。

前面に弱点を示す目印らしいものが存在しないことはすでに確認《かくにん》している。ならば背中側に何かあるのでは……と思ったのだが、文字も、宝石も、紋章《もんしょう》も、わずかな突起《とっき》や凹《へこ》みでさえも見つからない。

旧アインクラッド第五層のフロアボスだった《フスクス・ザ・ヴェイカントコロッサス》と

いうゴーレムは、最初は額に弱点の紋章《もんしょう》があり、戦闘《せんとう》が進むとそれが体のあちこちに移動するというギミックを備えていた。見た目はまったく似ていないがゴーレムはゴーレム、こいつの体のどこかにも弱点があるはずだという俺の目算は、どうやら大外れだったらしい。

ゴーレムが、再び左右の手を合体させ、振りかぶった。

さきほど一撃喰《いちげきく》らわせたので、俺の視界にもゴーレムのスピンドルカーソルが出現している。HPバーは二段、固有名は【Statue of Aur-Dah】と表示されているが、スタチュー・オブ……の先をどう読んでいいのか解《わか》らない。

ゴーレムのHPはほぼ満タン、対して前衛メンバーのHPは七割近くまで減っている。

再び繰《く》り出された叩《たた》き付《つ》けの強攻撃《きょうこうげき》を、クラインたちは今度もバックジャンプで回避《かいひ》したが、やはり衝撃波《しょうげきは》は避《さ》けられずによろめく。そこを、ゴーレムが蹴散《けち》らそうとする。

「…………!?」

蹴《け》り攻撃《こうげき》の準備モーションで、大きく後ろに引かれた右足の裏に、何かが見えた気がした。

「ゴオンッ！」

直後、ゴーレムが猛然《もうぜん》と足を突き出した。よろめき中の前衛四人は回避《かいひ》できず、盾《たて》や武器でガードしようとしたが、受け切れずに吹《ふ》き飛《と》ばされる。それを、中衛四人が受け止める。隊列崩壊《ほうかい》は免《まぬが》れたが、前衛はさらにダメージを喰《く》らい、中央にいたザリオンとホルガーのHPが五割を下回った。

そこに、後方から飛《と》び込んでくる人影《ひとかげ》があった。

「はあああああっ！」

「うりゃあああっ！」

白とオレンジ、二色のソードスキルの輝《かがや》き。レイピアとメイスがゴーレムの腹部を痛撃《つうげき》し、数メートルもノックバックさせる。

この攻撃《こうげき》でもゴーレムのHPは数ドットしか減らなかったが、よろめかせることには成功した。

「ザリオン、ホルガー、下がって回復して！　リーファちゃんとクラインは、わたしとリズのサイドについて！」

アスナの指示で、メンバーたちが素早《すばや》く動く。フォーメーションが組み直されると同時に、ゴーレムもよろめき状態から立ち直る。

ここまで、俺もただ状況《じょうきょう》を眺《なが》めていたわけではない。先刻の気付きを確信に変えるために、地面に這《は》いつくばって懸命《けんめい》に目を凝《こ》らしていたのだ。

やはり気のせいではないようだ。だが、どうやって——。

動き始めたゴーレムから視線を外し、俺は広間をぐるりと見回した。クロとアガーが入り口で待機しているが、二匹《ひき》の爪《つめ》や牙《きば》もゴーレムには文字どおり歯が立つまい。反対側の壁《かべ》には扉《とびら》が見えるが、ゴーレムを倒《たお》すまで開かないだろう。

部屋の左右には、柱と壁《かべ》があるばかり。正確には、壁《かべ》の上部に穿《うが》たれた壁龕《へきがん》の中で油壺《あぶらつぼ》が炎《ほのお》を灯《とも》しているが、あれを割れば恐《おそ》らく、床《ゆか》全体に流れ出した油が燃え上がって戦闘《せんとう》どころではなくなってしまう。

よくよく見ると、全ての壺《つぼ》が燃えているわけではない。左右の壁《かべ》に十個ずつ、計二十個ある壺《つぼ》のうち、五個は火が点《つ》いていないようだ。そのことに何か意味があるのか。全ての壺《つぼ》に点火すればゴーレムが弱体化する？　ゲームではよくあるギミックだが、物事の因果関係が明確なユナイタル・リング世界には馴染《なじ》まない気がするし、その手の仕掛《しか》けにしては火を点《つ》ける壺《つぼ》が五個は少なすぎる。

——いや。

違《ちが》う。火を点《つ》けるのではない。重要なのは炎《ほのお》ではなく、壺《つぼ》の中の油なのだ。

床《ゆか》から跳《は》ね起《お》きると、俺は叫《さけ》んだ。

「アスナ、あと一分頼《たの》む！」

「了解《りょうかい》！」

歯切れの良《い》い返事を聞いてから、フォーメーションの最後尾《さいこうび》に向けて叫《さけ》ぶ。

「シノン、来てくれ！」

呼びかけに応じ、隊列を離《はな》れて広間の中央まで走ってきたシノンは、この状況《じょうきょう》でもニヤッと不敵に笑ってみせた。

「やっと何か思いついたわけ？」

「まあ、一応な。シノン、壁龕《へきがん》の中の壺《つぼ》のうち、火が点《つ》いてない五つを銃《じゅう》で全部割ってくれるか」

「はあ？　まあ……割れと言われれば割るけど」

怪訝《けげん》そうな顔をしつつも、シノンはマスケット銃《じゅう》を構えた。

ゴーレムの猛攻《もうこう》をアスナたちが受け止める重々しい衝撃音《しょうげきおん》に、乾《かわ》いた銃声《じゅうせい》が重なる。

シノンが立射で放った弾丸《だんがん》は、燃えていない壺《つぼ》の一つに見事命中し、粉々に打《う》ち砕《くだ》いた。

どっと溢《あふ》れ出た油が、壁《かべ》を伝って流れ落ち、床《ゆか》に広がる。シノンは淀《よど》みのない動作で火薬と弾丸《だんがん》を再装填《さいそうてん》し、次の壺《つぼ》を撃《う》つ。

五つの壺《つぼ》が粉砕《ふんさい》されるのに、わずか三十秒しかかからなかった。流れ出た油は広間の中央に集まり、直径七メートルほどもある水、ではなく油溜《あぶらだ》まりを作り出した。

ここまでは予定どおり。あとは、俺の見立てが当たっているかどうかだ。

「ナイスショット、シノン！」

名手をねぎらうと、俺は広間の後方に向けて新たな指示を飛ばした。

「クロ、アガー！　ゴーレムの足を一回攻撃《こうげき》、その後俺の位置まで移動！」

ペットに出す指示としては最も複雑な部類だったが、二匹《ひき》は待機位置から猛然《もうぜん》とダッシュし、クロがゴーレムの右足を、アガーが左足を鋭《するど》い鉤爪《かぎつめ》で思い切り引《ひ》っ掻《か》いて、そのままサイドを走《はし》り抜けた。

今回もダメージは与《あた》えられなかったものの、ターゲットを取ることには成功し、ゴーレムは怒《いか》りの声らしきものを響《ひび》かせつつ振り向くと、二匹《ひき》を追いかけ始めた。

タイミングを計り、さらに指示する。

「クロ、アガー、ジャンプ！」

二匹《ひき》がしなやかに跳躍《ちょうやく》し、黒光りする油溜《あぶらだ》まりを軽々と跳《と》び越《こ》えて、俺の左右に着地する。

手振《てぶ》りでさらに後退させつつ、俺もシノンと一緒《いっしょ》に下がる。

「ゴオオオンッ‼」

開かない口から割《わ》れ鐘《がね》のような咆哮《ほうこう》を迸《ほとばし》らせながら、ゴーレムは一直線に突《つ》き進《すす》んでくる。

巨体《きょたい》を前傾《ぜんけい》させ、両手を高々と掲《かか》げて、俺たちを叩《たた》き潰《つぶ》さんと肉薄《にくはく》する。

岩の柱のような足が、油溜《あぶらだ》まりに突っ込んだ。

ゴーレムは油をまったく意に介《かい》さず、一歩、二歩と前進したが、三歩目で足裏のグリップが失われ、巨体《きょたい》が一瞬《いっしゅん》宙に浮《う》くほどの勢いで前のめりに滑《すべ》った。

広間全体が揺《ゆ》れるほどの衝撃《しょうげき》。大量の油を跳《は》ね散《ち》らかし、胸から地面に激突《げきとつ》したゴーレムが動きを止める。さすがに膨大《ぼうだい》な自重によるダメージは吸収しきれなかったらしく、ＨＰバーが目に見えて減少した。

しかし、俺の狙《ねら》いはそこではない。

ゴーレムが前方に転んだため、俺からは足裏は見えない。巨体《きょたい》の向こう側で唖然《あぜん》としている様子の仲間たちに、大声で呼びかける。

「みんな、ゴーレムの足の裏に何かないか!?」

「——あるよ‼」

と真っ先に叫《さけ》んだのは、アスナの隣《となり》でバスタードソードを構えるリーファだった。

「右足の裏に、なんか丸い金属板みたいのが嵌《は》まってる！」

やはり。這《は》いつくばりながら懸命《けんめい》に覗《のぞ》き込んだゴーレムの足の裏に、何か光を反射するものが見えたのは気のせいではなかったのだ。

「そこがこいつの弱点だ！　攻撃《こうげき》してくれ！」

という指示に、ふと気付いて付け加える。

「でも油は踏《ふ》むなよ！　滑《すべ》ってまともに動けなくなるぞ！」

仲間たちはすでに走り始めていたが、それを聞いた途端《とたん》に揃《そろ》ってたたらを踏《ふ》んだ。油溜《あぶらだ》まりの端《はし》から、倒《たお》れたゴーレムの足裏までは二メートル近くある。剣はもちろん、槍《やり》でも簡単には届かない距離《きょり》だ。

「ゴオン……」

低く唸《うな》ったゴーレムが、右手を地面に突く。立ち上がられたら、また転ぶのを待たなくてはならない。

しまった、油を踏まずに弱点を攻撃《こうげき》する手段を考えておくんだった……と歯嚙《はが》みした、その時。

立《た》ち尽《つ》くすアスナとリーファのあいだ、わずか二十センチほどの空間を、銀色の光が貫《つらぬ》いた。後方から、誰《だれ》かが金属製の何かを投げたのだ。

俺の位置からはゴーレムの足裏は見えないが、キイィン！　とひときわ高い金属音が響《ひび》いた。同時にゴーレムが、いままでとはトーンの違《ちが》う声で「グオッ！」と吼《ほ》え、巨体《きょたい》を激しく震《ふる》わせた。HPバーも、一段目が一割以上も減少する。

「弱点攻撃《こうげき》は任せロ！　でもタゲ取りは頼《たの》むゼ！」

と叫《さけ》びながら走り出てきたのは、砂色のフーデッドケープをまとったアルゴだった。左手に、俺がSAOで使っていた投げ針《ピック》とよく似た細身の投擲《とうてき》武器を、三本まとめて挟《はさ》み持《も》っている。

「あいつ、いつの間にあんなものを……」

思わずそう呟《つぶや》くと、隣《となり》でシノンが言った。

「出発前に、リズに作ってもらったみたいよ」

「いいなあ、俺も……」

と言いかけた時、ゴーレムが再び右手を地面に突いた。油まみれの巨体《きょたい》を一気に引き起こし、立ち上がる。

もう一度転ばせるためには、ゴーレムを油溜《あぶらだ》まりから脱出《だっしゅつ》させてはならない。しかしそれも簡単ではあるまい。さてどうしたものか……と思っていると。

「飛び道具持ち以外は全員、油の周りを反時計回りにとにかく走れ！」

回復を終えて復帰したホルガーが、片手剣《かたてけん》を振りかざしながら叫《さけ》んだ。足を止めることなく油溜《あぶらだ》まりに近づき、縁《ふち》ぎりぎりのところをすたこら走り始める。

俺を含《ふく》め、ホルガー以外の全員が一瞬唖然《いっしゅんあぜん》としたが、すぐにアスナとリーファがホルガーを追いかけた。アルゴとユイを除いた残りのメンバーも、列に加わる。

「……あんたも行ってきなさいよ」

シノンにそう言われ、俺はハッと我に返った。

「あ……ああ。弱点攻撃《こうげき》、よろしく」

そう言い残し、ザリオンとフリスコルのあいだに滑《すべ》り込む。油溜《あぶらだ》まりの直径を七メートルとすると、円周は約二十二メートル。十人並んで走るのは相当に窮屈《きゅうくつ》だし、曲率も帰還者《きかんしゃ》学校の四百メートルトラックより遥《はる》かにきつい。そこを高速で走るのは思った以上に難しかったが、ホルガーの意図はすぐに解《わか》った。

ゴーレムは、十人の誰《だれ》をターゲットしても、油溜《あぶらだ》まりの中央でぐるぐる回転することになる。下が普通《ふつう》の地面なら、それでもいつかは攻撃《こうげき》が飛んでくるだろうが、いまはぬるぬるの油の中だ。ただでさえ重心の高い石巨人《いしきょじん》が、回転モーメントがついた状態で足を踏《ふ》み出そうとすればどうなるか。

ずるっ、とゴーレムは再び足を滑《すべ》らせ、転倒《てんとう》した。

十人はすかさず立ち止まり、足が向いたほうに大きくスペースを空ける。その方向で待機していた飛び道具持ち――今回はシノンが、右足の裏の弱点を狙《ねら》い撃《う》つ。

さすがにマスケット銃《じゅう》の威力《いりょく》は投げ針とは比べものにならず、一段目のＨＰバーが三割近くも減った。それを見届けて、十人は再び走り始める。

三回目の転倒《てんとう》ではアルゴが投げ針を命中させ、四回目はまたシノン。そしてゴーレムが五回目に転んだ時、足裏が向いた先にいたのはユイだった。

俺はてっきり得意の火魔法《ひまほう》で攻撃《こうげき》するものと思ったが、ユイは両手でまったく予想外の武器を構えていた。全長五十センチほどの、小型の弓だ。

驚愕《きょうがく》する暇《ひま》もなく、ビン！　と弦《つる》が鳴る。発射された矢は、ゴーレムの足裏に嵌《は》まる金属板の中央に、吸い込まれるように命中する。

この一撃《いちげき》で、一段目のＨＰバーが消滅《しょうめつ》した。

アインクラッドのフロアボスなら、二段目に移行すると同時に行動パターンが変わったし、リズベットに聞いた話ではこの階段洞窟《どうくつ》を守っていたハチボス――《ギルナリス・クイーン・ホーネット》もそうだったらしい。

しかしゴーレムは、二段目でも相変わらず旋回《せんかい》と転倒《てんとう》を繰《く》り返《かえ》すだけだった。もしかしたら新しい攻撃《こうげき》手段が追加されたのかもしれないが、ホルガーのぐるぐる作戦がそれを完封《かんぷう》してしまったのだろう。二段目のＨＰバーも、シノンの銃《じゅう》とアルゴの投げ針、そしてユイの弓で着実に削《けず》られていき――。

俺がこの広間に到達《とうたつ》してからおよそ十五分後、ゴーレムの右足の裏に嵌《は》められた金属板が、まるでガラスのように細かく砕《くだ》け散《ち》った。

ＨＰを全て失ったゴーレム――正式名称《めいしょう》《スタチュー・オブ・ナントカ》は、最後にひと声「ゴオオオォォォォン……」と低く吼《ほ》えてから、完全に動きを止めた。直後、全ての関節部が分離《ぶんり》し、大量の岩塊《がんかい》となって床《ゆか》に転がる。

突然訪《とつぜんおとず》れた静寂《せいじゃく》を、最初に破ったのは意外にも、ハンミョウ人間のシシーだった。

「We made it《やったぜ》!! Wooooo-Hoooooo!!」

ほっそりした両手を突き上げて叫《さけ》び、ホルガーの背中をばんばん叩《たた》く。その後も早口の英語でまくし立てているところを見ると、ぐるぐる作戦がよほど気に入ったらしい。

続いてクラインとフリスコルが「うっしゃー！」とガッツポーズを決め、シノンやリーファ、シリカも笑顔《えがお》でハイタッチをしている。

ホルガーに、どうして反時計回りだったのか訊《き》きたい気もするが、そんなものは後でいい。

俺は喜ぶ仲間たちのあいだをすり抜け、ユイのところへ急いだ。しかし途中《とちゅう》でアスナに追い抜かれる。

「ユイちゃん！」

まだ右手に弓を持ったままのユイを、アスナは両手で抱《だ》き上げた。

「すごかったよ！　いつのまに弓を使えるようになったの？」

そう訊《き》かれたユイは、はにかむようにエヘへと笑ってから答えた。

「これは、ギルナリス・ホーネットの巣にあった戦利品です。分配の時、希望して譲《ゆず》っていただいたのです」

「えっ……じゃあ、手に入れたのはほんの数時間前ってこと⁉　それであんなにうまく使えるの⁉」

驚《おどろ》きの声を上げるアスナの横で、俺もぽかんと口を開けた。するとユイは、なぜか少し目を伏《ふ》せてから、俺たちにだけ聞こえる音量で言った。

「何度か試《ため》し撃《う》ちをして解《わか》ったのですが、私は弓を使う場合、足場が安定していて、弾道計算《だんどうけいさん》のための時間が足りていれば、突発的《とっぱつてき》な強風などの外乱以外で的を外すことはないようなのです」

「…………」

再び唖然《あぜん》としてしまう。

確かログハウスがこの世界に落下した翌日だったと思うが、俺はユイがアリス相手に剣技《けんぎ》の練習をしているところを見かけた。あの時はなかなか筋がいいと思ったが、それはつまりまだぎこちなさがあったということだ。なのに、明らかに剣より難しいであろう弓は、ほんの数回試《ため》し撃《う》ちしただけでマスターできたというのか。

俺の疑問を察したかのように、ユイは続けて言った。

「剣を振る動作は、アバターの全身を精密に連動させる必要があって、それは私にも容易には最適化できません。でも弓はアバターの大部分を固定し、リリースの時に指を開くだけなので、能力をほぼ全て弾道計算《だんどうけいさん》に使えるのです」

そんなに簡単な話かな〜〜〜、と心の中で呟《つぶや》いてしまう。

俺は弓道《きゅうどう》に関してはまるで門外漢だが、確か《射法八節《しゃほうはっせつ》》といって、立ってから射るまでにいろいろ精密な動作が求められたはずだ。しかし考えてみればそれは現実世界での話で、仮想世界の弓はアバターを石像のように固定したほうが命中率も上がる、のかもしれない。

フルダイブ・コンフォーメーション、つまりフルダイブマシンとの適合度を測定する簡易的な方法として、片足立ちを何秒続けられるか計るというものがある。脳から出力される信号の強度と精度が足りないとそもそもアバターが安定しないし、最初はうまく片足立ちできても、現実世界とは平衡感覚《へいこうかんかく》や重力感覚に微妙《びみょう》な違《ちが》いがあるせいで徐々《じょじょ》にバランスが取れなくなり、たいていの人間は二、三十秒で足をついてしまう。

しかしＡＩであるユイには、信号のぶれも感覚の狂《くる》いも存在しない。恐《おそ》らく片足立ちくらいなら無限に続けられるだろうし、同じ理由でアバターを完全固定することも容易、というわけだ。

先刻ユイが目を伏《ふ》せたのは、その能力がチート的だと思ったからだろう。いまの話を聞けば、実際にそう非難するプレイヤーもいるかもしれない。だがユイは、望んでユナイタル・リングのプレイヤーになったわけではないのだ。意図せず巻《ま》き込まれた世界で、持てる能力の全てを発揮することを責められる謂《いわ》れはない。絶対に。

そんな思いを込めて、俺はユイの頭を撫《な》でた。

「ありがとうユイ、さっきのゴーレム、倒《たお》せたのはユイが弓を使ってくれたおかげだよ。もし火魔法《ひまほう》を撃《う》ってたら、床《ゆか》の油に火が点《つ》いて俺たちまで燃えてたもんな。これからも、その弓でみんなを助けてくれ」

「……はい！」

笑顔《えがお》で頷《うなず》いたユイに向けて、いつの間にか周りに集まっていた仲間たちが、いっせいに拍手《はくしゅ》を送った。

それが収まると、リズベットが俺に近づき、なぜかつるはしを差し出した。

「はい、これ」

「……はいって言われても、どうすりゃいいんだ、これ？」

「決まってるでしょ、ゴーレムの残骸《ざんがい》を砕《くだ》いて回収するの。きっと高級な鉱石が採れるよ！他の人も、つるはし持ってたら手伝ってね！」

すると、アスナもユイを下ろしてウインドウを開き、大量の素焼《すや》き瓶《びん》をオブジェクト化した。

「つるはしがない人は、床《ゆか》の油を回収するのを手伝ってくれるかな！」

——二人とも、俺よりこの世界に順応してるなあ。

と思いながら、俺はつるはしを担《かつ》ぎ、ゴーレムの残骸《ざんがい》が転がる場所へと向かった。

6

アリスがデザートの焼《や》き菓子《がし》を食べ終えると同時に、七時半の時鐘《じしょう》が鳴った。

エオラインはほんの十分前に大浴場から戻《もど》ると、自分のぶんの料理を七割ほど食べ、残したことをエアリーに詫《わ》びた。セントラル・カセドラルを訪《おとず》れる前に立ち寄った料理店でもあまり食べていなかったので、もともと小食なのかもしれない。

あの時は、久しぶりに食べるセントリア風の料理が懐《なつ》かしくていささか食べすぎてしまい、しかも銅貨一枚持っていなかったので、食事代を全額エオラインに払《はら》ってもらうはめになり、大変恥《は》ずかしい思いをした。

今後もこの世界で活動を続けるためにいくらかお金を確保しておきたいが、どうやって入手すればいいのかまるで思いつかない。まさか、ルーリッドで暮らしていた頃《ころ》のように、金木犀《きんもくせい》の剣で木を伐《き》って稼《かせ》ぐわけにもいくまい。

どうしたものかと思いながら無意識のうちに動かした右手が、ベルトに装着した革《かわ》のポーチに触《ふ》れた。

アンダーワールドを再訪して以来、肌身《はだみ》離《はな》さず持っているこのポーチには、握《にぎ》り拳大《こぶしだい》の卵が二つ収められている。異界戦争《いかいせんそう》の時に命を落としかけたアリスの愛竜《あいりゅう》《雨縁《アマヨリ》》と、その兄竜《あにりゅう》である《滝刳《タキグリ》》を、キリトが心意《シンイ》の力で生まれる前まで巻《ま》き戻《もど》したのだ。

アリスがこの世界に戻《もど》った理由は二つ。一つは妹のセルカと再会することで、それはついに叶《かな》った。

そしてもう一つは、二つの卵を孵化《ふか》させ、元の姿にまで育てること。こちらも、実は相当に難しい。卵は適切な環境《かんきょう》で温めればいずれ孵《かえ》るだろうが、思いのほか繊細《せんさい》な生物である飛竜《ひりゅう》の雛《ひな》を育てるには、つきっきりで世話をする必要がある。いまのアリスは何ヶ月もこの世界には居続けられないので、誰《だれ》か知識と技術と愛情がある人に託《たく》さねばならない。

そう考えた途端《とたん》、いままで直視を避《さ》けていた現実が目の前に立ちはだかり、アリスはそっと唇《くちびる》を嚙《か》んだ。

ようやく、ようやくセルカと再会できたのに、一緒《いっしょ》に暮らすことはできないのだ。こうして一緒《いっしょ》に食事をしていられるのも、神代《こうじろ》博士が五時の予定だったログアウトを遅《おく》らせてくれたからで、いつ切断されてもおかしくないし文句も言えない。

「アリス姉さま、どうしたの？」

名前を呼ばれ、アリスは俯《うつむ》けていた顔を上げた。

「ううん……何でもないの。セルカ、もっと食べたら？」

まだ残っているショートケーキの大皿を引き寄せようとしたが、妹は苦笑《くしょう》しながらかぶりを振った。

「もうお腹《なか》いっぱい！　ロニエたちは？」

訊《き》かれたロニエも、笑顔《えがお》で答える。

「私ももう入らないよ。ティーゼはどうする？」

「………」

答えが聞こえないので、アリスはちらりと視線を向けた。

ティーゼは、紅葉色の瞳《ひとみ》にどこか茫洋《ぼうよう》とした光を揺蕩《たゆた》わせながら、自分の左斜《ひだりなな》め前方を見ていた。そちらには焼き菓子《がし》の大皿があるが、見ているのはそれではあるまい。皿の向こうに座《すわ》り、コヒル茶を飲んでいる覆面《ふくめん》の男——機士団長《きしだんちょう》エオライン・ハーレンツ。

セルカとロニエは、エオラインがユージオと似ているだけの別人なのだという説明を表面的には受け入れたようだが、ティーゼはまだ半信半疑なのだろう。

気持ちは解《わか》る。アリスは、ユージオと面と向かって言葉を交《か》わした回数は両手で数えられるほどしかないが、それでも北セントリア郊外《こうがい》の屋敷《やしき》で初めてエオラインと対面した時は、驚《おどろ》きのあまり危《あや》うく声を上げてしまうところだった。

ならば、修剣学院《しゅうけんがくいん》でユージオの傍付《そばづ》きをしていたというティーゼが心ここにあらずの状態になってしまうのも無理はない。いや、たぶんセルカもロニエも、ティーゼのために敢《あ》えて普通《ふつう》に振《ふ》る舞《ま》っているだけで、心の中にはいまなお疑問が渦巻《うずま》いているのではないか。

そしてまた、当のエオラインも何やら物思いに沈《しず》んでいるようだった。こちらも当然と言えば当然だ、ずっと仮説に過ぎなかった反乱勢力の存在が、これ以上ないほど確実な形で明らかになってしまったのだから。

いつしか訪《おとず》れた沈黙《ちんもく》を、エアリーの落ち着いた声が破った。

「皆様《みなさま》、お食事はお済みでしょうか」

「あ……ええ、ありがとうエアリー殿《どの》、じゃなくてエアリー。とても美味《おい》しかったわ、ご馳走《ちそう》様《さま》」

アリスがお礼を言うと、セルカとロニエ、そして我に返った様子のティーゼとエオラインもご馳走様《ちそうさま》と口を揃《そろ》えた。

食卓《しょくたく》が片付くと、エオライン、スティカ、ローランネイの三人は基地に戻《もど》ることになった。少女機士《きし》たちはカセドラルに泊《と》まっていきたいと駄々《だだ》をこねたのだが、二人が直属の上官から交付された《終日外出許可証《ちょうかいしんさ》》の有効期限は宇宙軍基地の閉門時間である夜九時までで、一分でも遅刻《ちこく》すると懲戒審査にかけられてしまうのだそうだ。

それでもローランネイは、全軍の総司令官を兼《か》ねる整合機士《せいごうきし》団長《だんちょう》なら有効期限を延長できるはずですと食い下がったが、エオラインは首を縦に振らなかった。彼自身《じしん》はほとんどの規則に縛《しば》られない立場ながら、連絡《れんらく》もせずに外泊《がいはく》すると副官に叱《しか》られてしまうらしい。

機士《きし》たちのやり取りを傍《かたわ》らで聞きながら、アリスはかつての騎士《きし》長《ちょう》ベルクーリと副長ファナティオを思い出していた。自由奔放《ほんぽう》なベルクーリは、実際によくファナティオに叱《しか》られていた。二人が子供を作ったことにも驚《おどろ》かされたが、その子の遠い子孫が現在の星界統一会議《せいかいとういつかいぎ》の議長で、エオラインはその養子だというのだから人の縁《えん》というのは不思議なものだ。

最終的にスティカとローランネイはカセドラルに泊《と》まることを断念したので、いったん全員で八十階まで降りた。昇降洞《しょうこうどう》に繋《つな》がる大扉《おおとびら》は、鍵《かぎ》となる四本の剣を解錠《かいじょう》装置から抜いた瞬間《しゅんかん》に元どおり閉ざされてしまったのだが、扉《とびら》の右側の壁《かべ》にレバーが隠《かく》されていて、エアリーがそれを引くと再び開いた。

昇降機《しょうこうき》に乗った機士《きし》二人と機士《きし》団長《だんちょう》の姿が見えなくなると、アリスたちは再び大扉《おおとびら》を閉め、九十五階に戻《もど》ることにした。

異界戦争《いかいせんそう》のあと、以前は五十階から八十階までしか行けなかった昇降洞《しょうこうどう》は、自動化されると同時に一階から九十階まで行き来できるようになったらしい。しかし高層階の封印《ふういん》に伴《ともな》って、現在は再び八十階止まり──しかも八十階に行くには心意《シンイ》力《りよく》で隠《かく》しボタンを押す必要がある──となっている。

ゆえに雲上庭園《うんじょうていえん》から大浴場、さらに暁星《ぎょうせい》の望楼《ぼうろう》へ行き来するには大階段を延々上り下りするしかないのだが、アリスはこの過程が公理《こうり》教会《きょうかい》時代から案外嫌《きら》いではない。赤い絨毯《じゅうたん》が敷《し》かれた階段を一段一段踏《ふ》み締《し》めているうちに雑念が消える気がするし、セントラル・カセドラルの壮大《そうだい》さを実感できるからだ。

もっとも、白亜《はくあ》の巨塔《きょとう》に象徴《しょうちょう》されていた最高司祭アドミニストレータの神性、無謬性《むびゅうせい》は全て虚構《きょこう》だったわけだが、それでもアリスはこの塔《とう》そのものを嫌う気《き》にはなれない。考えてみれば、星王《せいおう》となったキリトならカセドラルを取《と》り壊《こわ》すことも可能だったはずなのに、彼はここを人界《じんかい》統一会議《とういつかいぎ》の本部として、そして後年は自分とアスナの隠棲地《いんせいち》として使い続けたのだ。そこに、どんな理由があったのか……。

あれこれ考えながら階段を上っていると、いつの間にか九十五階に到着《とうちゃく》していた。外周に並ぶ植木越《ご》しに澄《す》んだ星空を見上げ、ふと首を傾《かし》げる。

「ねえエアリー、いまは十二月よね？　この階は壁《かべ》がないのに、どうしてあんまり寒くないの？」

アリスが訊《たず》ねると、エアリーは視線を足許《あしもと》に向けながら答えた。

「植木が風を遮《さえぎ》っているのと、床《ゆか》の中に埋《う》め込まれた配管に、九十四階にある冷温機から温水が供給されているのです」

「冷温機……」

どこかで聞いた言葉だ、と首を傾《かし》げてから思い出す。セントリアのアラベル家で、ローランネイの弟であるフェルシィが、冷温機による暖房《だんぼう》の仕組みを教えてくれたのだ。近いうちにまたアラベル家を訪問して、フェルシィが秘奥義《ひおうぎ》を発動できない理由を解明してやらないと……と思いながら、アリスはしゃがみ込んで大理石の床《ゆか》に触《ふ》れた。すると、確かにじんわりとした熱を感じる。立ち上がり、再びエアリーに問いかける。

「昔はこんな仕組み、なかったわよね？」

「はい。設置されたのは星王妃《せいおうひ》さままでです。《床暖房《ゆかだんぼう》》と呼んでおられました」

「そうか、アスナの仕業なのね」

くすっと笑ってしまってから、アリスはもう一度こうべを回《めぐ》らせた。

少し離《はな》れた場所で、セルカとティーゼ、そして再びナツを抱《だ》いたロニエが、並んで夜空を見上げている。三人の視線の先で静かに瞬《またた》く橙色《だいだいいろ》の光は、セントリアからいずこへか飛んでいく大型機竜《きりゅう》の噴炎《ふんえん》か。

ロニエとティーゼは、キリトに向かって「騎士《きし》の任に服します」と宣言していたが、現状、キリトがこの世界を訪《おとず》れられるのは現実世界の土曜と日曜だけだ。こうして石化凍結《せきかとうけつ》状態から目覚めた以上、彼女たちも日々暮らしていかねばならないわけだが、公的な身分はどうなるのだろう。まさかアラベル家とシュトリーネン家を訪《おとず》れ、ご先祖様だと名乗るわけにもいくまい。

それはセルカも同じだ。

三人を凍結《とうけつ》させる時、キリト、ではなく星王《せいおう》はちゃんとそのあたりのことを考えていたのか……とアリスが眉《まゆ》を寄せた時。

エアリーが、なぜかすうはあと深呼吸してから、毅然《きぜん》とした声で言った。

「皆様《みなさま》。これから私の、封印《ふういん》階層の守人《もりびと》としての最後の役目を果たしたいと思います」

それを聞いたティーゼたちが、いっせいに振り向く。

「最後の役目……？　どういう意味なの、エアリー？」

セルカの問いかけに、エアリーは静かに答えた。

「皆様《みなさま》に選択《せんたく》していただくことです」

エアリーがアリスたちを導いたのは、《暁星の望楼《ぎょうせいのぼうろう》》の北東の隅《すみ》だった。一見なにもない場所のようだったが、近くの円柱に隠《かく》されたボタンを押すと、高い天井《てんじょう》から円形の螺旋《らせん》階段が降りてきて、床《ゆか》に接する。

思い起こしてみれば、二百年前はフロアの北側に階段があったのだが、いまはその場所にはゼーファン十三型の翼が突き出している。階段を移設するのはいいとして、なぜ隠《かく》し階段《かいだん》めいた仕組みにしたのか。それに、エアリーが口にした《選択《せんたく》》という言葉の意味も解《わか》らない。

様々な疑問を抱《かか》えたまま、アリスはエアリーに続いて螺旋《らせん》階段を上った。

九十五階の上は、九十六階。かつては上位整合騎士《せいごうきし》ですら、許可なく足を踏《ふ》み入《い》れることは許されていなかった場所だ。いったい何があったんだったか……という思考が答えに到達《とうたつ》したのと、ブーツの底が上階の床《ゆか》を踏《ふ》んだのはほぼ同時だった。

九十六階にあったのは《元老院》だ。天命《てんめい》を凍結《とうけつ》され、感情と思考を奪《うば》われた人間たちが、壁《かべ》に据《す》え付《つ》けられた無数の箱の中で、生きた監視《かんし》装置《そうち》として人界《じんかい》全土の禁忌《きんき》目録《もくろく》違反者《いはんしゃ》を捜索《そうさく》していた場所。

システム・コール……という嗄《か》れた声が聞こえた気がして、アリスはびくりと体を震《ふる》わせた。

思わず閉じそうになった両目を懸命《けんめい》に見開くが、フロアは闇《やみ》に包まれていて何も見えない。

立《た》ち尽《つ》くすアリスのすぐ先で、かちりという音がかすかに響《ひび》いた。

直後、ずっと上のほうで仄《ほの》かな光が灯《とも》り、周囲の空間を照らし出した。

二百年前の元老院とは、構造がまったく異なっている。横幅《よこはば》十メルはありそうな広い通路がまっすぐ延び、左右には倉庫めいた区画がいくつも並ぶ。天井《てんじょう》もやたらと高く、まるでかつて三十階にあった飛竜《ひりゅう》発着場のようだ。階段の出口から少し進んだ場所には操作盤《そうさばん》らしき石柱が設置され、その横にエアリーが立っている。

「姉さま、前に進んでよ」

不意に背中をつつかれ、アリスは慌《あわ》てて数歩前に出た。階段を上ってきたセルカが、ぐるりと周囲を見回す。

「……そっか、ここをあの子たちの寝床《ねどこ》に改装したのね」

アリスには意味を摑《つか》めない言葉を口にすると、先に歩いていく。続いてロニエとティーゼが現れ、一瞬《いっしゅん》目を瞠《みは》ってからセルカを追う。

アリスも奥《おく》へと進み、右側手前の区画を覗《のぞ》き込んだ。

「……あっ！」

途端《とたん》、小さく叫《さけ》んでしまう。

飛竜《ひりゅう》発着場のような、ではなくそれそのものだ。小屋一つぶんくらいありそうな区画の中で、巨大《きょだい》な体を丸めて眠《ねむ》っているのは、一頭の飛竜《ひりゅう》。しかし、本来は金属光沢《こうたく》があるはずの全身の鱗《うろこ》が、石のように艶《つや》を失い、くすんでいる。

まさか、眠《ねむ》っているのではなく遺骸《いがい》なのか——と思ってから気付く。この飛竜《ひりゅう》は、覚醒《かくせい》する前のセルカたちと同じく、石化凍結《せきかとうけつ》されているのだ。

振り向くと、反対側の区画でも飛竜《ひりゅう》が眠《ねむ》っている。区画一つの幅《はば》は六メルほど、通路は長さ五十メル弱なので、片側に八区画、合計で十六区画ある計算か。その全てに飛竜《ひりゅう》が収容されているのだろうか……。

「月駆《ツキガケ》！」

「霜咲《シモサキ》！」

突然《とつぜん》、二つの声が重なって響《ひび》き、アリスは通路の先を見た。すると、中ほどにある区画へと飛び込んでいくティーゼとロニエの姿が見えた。

急いでその場所まで走り、覗《のぞ》き込む。隣《とな》り合《あ》う区画の左側ではティーゼ、右側ではロニエが、それぞれ石化した飛竜《ひりゅう》の首に抱《だ》きついている。

「……この子たちが、二人の騎竜《きりゅう》なの？」

手前にいたセルカに小声で訊《たず》ねると、妹はこくりと首肯《しゅこう》した。

「うん。左の子がティーゼの霜咲《シモサキ》、右の子がロニエの月駆《ツキガケ》だよ」

「そう……」

今朝、セントラル・カセドラルの敷地《しきち》から飛竜《ひりゅう》厩舎《きゅうしゃ》が消滅《しょうめつ》していることに気付いたアリスは、エオラインに「竜《りゅう》たちはどうしたのですか」と訊《たず》ねた。するとエオラインは、「騎士団《きしだん》が封印《ふういん》されたのと同時期に、セントラル・カセドラルで飼育されていた飛竜《ひりゅう》の半数はウェスダラスの生息域に戻《もど》され、半数は騎士《きし》たちと共に封《ふう》じられたと聞いてます」と答えた。

その時は、封印《ふういん》という言葉の意味が解《わか》らなかったのだが、石化《せきか》凍結《とうけつ》状態のことだったわけだ。

ならば、セルカたちと同様、術式《じゅつしき》で覚醒《かくせい》させられるはず。

とそこまで考えてから、アリスは鋭《するど》く息を吸い込んだ。

エオラインは、飛竜《ひりゅう》たちと同様に、整合騎士団《せいごうきしだん》も封印《ふういん》されたのだと言っていた。

だとすると、それは、つまり……。

「ティーゼさま、ロニエさま」

エアリーが、騎士《きし》たちに穏《おだ》やかな声で呼びかけた。

「私たちは上の階に行きますが、いかがなさいますか」

すると、肩《かた》にナツを乗せたままのロニエが少しだけ振り向き、掠《かす》れた声で答えた。

「もうちょっとここにいるね。すぐに追いかけるから」

「かしこまりました」

頷《うなず》いたエアリーが、アリスを見る。

「それでは参りましょう、アリスさま、セルカさま」

一礼して体を回《めぐ》らせ、通路の奥《おく》へと歩いていく。アリスはセルカと目を見交《みか》わしてから追いかけた。

通路の突き当たりは、飛竜《ひりゅう》発着場と同じく跳《は》ね上げ式の大戸になっていて、その横手に人間サイズの扉《とびら》があった。エアリーに続いて扉《とびら》の中に入ると、またしても階段が延びている。

カセドラルのフロア三階ぶんはありそうな階段をひたすら上りながら、アリスは以前にこの場所を訪《おとず》れた時の記憶《きおく》を辿《たど》った。

確か、かつての元老院も、九十六階から九十八階までを占《し》めていたはずだ。しかし床面積《ゆかめんせき》はそれほど広くなく、ちょうどこの階段室のあたりに元老長チュデルキンの部屋が隠《かく》されていて、そこからこんなふうな細長い階段を上っていった先が九十九階──。

《シンセサイズの儀式《ぎしき》》を施《ほどこ》されたアリスが、全ての記憶《きおく》をなくした状態で目覚めた場所。そして、同じくシンセサイズされて整合騎士となったユージオが、キリトと戦った場所だ。

エアリーが、階段の突き当たりにある扉《とびら》を開け、その先へと消えた。

アリスは、ほんの一瞬《いっしゅん》だけ躊躇《ちゅうちょ》してから、扉《とびら》をくぐった。この階も暗闇《くらやみ》に閉ざされていて、一メル先も見通せない。

不意に、ぽっと白い輝《かがや》きが生まれた。エアリーが、光素《こうそ》をいくつか無詠唱《むえいしょう》で生成したのだ。空中を漂《ただよ》う光が、周囲を照らし出す。

記憶《きおく》にあるとおりの、真っ白い広間。

完全な円形で、直径は三十メルほど。床《ゆか》も天井《てんじょう》も磨《みが》き抜かれた白大理石で、調度のたぐいは一つもない。ここまではかつて見た時と同じだが、二百年前には存在しなかったものがある。

弧を描く壁際《かべぎわ》に、六メルほどの間隔《かんかく》を空けて整然と並ぶ、十六体の石像たち。

アリスは、もつれそうになる足をどうにか動かし、一体の石像の前に立った。

緩《ゆる》く波打つ長い髪《かみ》。屋敷《やしき》に置いてきたアリスの鎧《よろい》と酷似《こくじ》した意匠《いしょう》の全身鎧《よろい》。瞼《まぶた》を閉じた顔は、石になっていてもなお見とれてしまうほど美しい。

もう一歩近づくと、アリスはほとんど音にならない声でその名を呼んだ。

「……ファナティオ殿《どの》……」

7

幸いなことに、階段ダンジョンの出口前に二匹目《ひきめ》のボスはいなかった。

高低差二百メートルにも達する地中の塔《とう》を、ゴーレムとの戦闘《せんとう》を含《ふく》めて約一時間で登り切った俺たちは、半ば崩《くず》れた大扉《おおとびら》を抜けて外へ出た。

湿《しめ》り気《け》を帯びた夜風が顔を撫《な》でる。見上げると、漆黒《しっこく》の空に鎌《かま》のような三日月が白々と輝《かがや》いている。

次いで周囲を見回す。松明《たいまつ》の光だけでは遠くまでは見通せないが、辺りが緩《ゆる》やかに起伏《きふく》する草原であることは解《わか》る。後続のレイドメンバーが次々と出てくる階段は、遺跡《いせき》めいた石造りの四阿《あずまや》に覆《おお》われていて、どこか旧アインクラッドの往還《おうかん》階段を思い起こさせる。

「よーし、ここで十分小休止！　落ちてトイレ行きたいヤツは行っとけよ！」

レイドリーダーであるホルガーの指示で、数人が膝立《ひざだ》ちになり、リングメニューを開いた。ログアウトボタンを押した途端《とたん》、アバターがくりと脱力《だつりょく》する。ログアウトしてもアバターがいつまでも消滅《しょうめつ》しないというユナイタル・リングの仕様にはいい加減慣れたつもりだったが、こうして仲間たちの無力すぎる姿を見るとやはり不安になる。

そんな俺の内心を察したわけでもないだろうが、こちらに歩み寄ってきたクラインが、何かを確かめるように右足で地面をどすどす踏《ふ》みながら言った。

「おうキリの字、ホントにここがユナリン世界の第二階層なのかよ？」

「俺に訊《き》かれてもなあ……」

「そりゃそーだけどよォ、なんか実感ねェんだよな……。もっとこう、フィールドの見た目ががらっと変わるとか、かわい子ちゃんのＮＰＣがコングラってくれるとかさァ……」

「………」

エギルがいれば引っ張ってきて、魅惑《みわく》のバリトンボイスで「コングラチュレーションズ！」と言わせるところだが、今夜はダイシー・カフェに貸し切りパーティーの予約が入っているらしく、奥《おく》さんのハイミーともども不参加だ。

少し考えてから、「ちょっと来いよ」とクラインの手を引っ張り、四阿《あずまや》の裏側に向かう。

草原をほんの二十メートル足らず進んだ先には、俺が予想したとおりの光景――いや、絶景が広がっていた。

地面が、まるで神のナイフで断《た》ち切られたかの如《ごと》き唐突《とうとつ》さで消え去り。

眼下には、青白い月光を浴びる森と平原が見渡《みわた》す限《かぎ》りどこまでも続いている。

「うおっ……す～～～っげ……」

感嘆《かんたん》の声を漏《も》らしたクラインが、断崖絶壁《だんがいぜっぺき》の縁《ふち》ぎりぎりのところまで近づこうとしたので、俺は慌《あわ》ててバンダナの尻尾《しっぽ》を摑《つか》んだ。

「おい、落ちたら百パー死ぬぞ！」

「わーってるよゥ。しっかし……スゲェな……」

「これで、第二階層まで来たって納得《なっとく》できただろ」

そう言いながら、俺も改めて絶景に見入った。

垂直に切り立った崖《がけ》の真下から、恐《おそ》らく数百平方キロメートルもの規模で南に広がっているのは、この六日間、俺たちの冒険《ぼうけん》の主たる舞台《ぶたい》となったゼルエテリオ大森林だ。その一角で、温かいオレンジ色の光を放っているのが我らがラスナリオだろう。

視線をさらに遠くへ動かしていくと、月明かりを反射してきらきら光るマルバ川が見える。その遥《はる》か下流でぼんやり光るのは、ALOプレイヤーのスタート地点となったスティス遺跡《いせき》か。そして遺跡《いせき》の手前、やや東側に黒々とそびえ立つ鋭利《えいり》なシルエットは、墜落《ついらく》した浮遊城《ふゆうじょう》アインクラッドに違《ちが》いない。

もともとの高さが高さなので、下側四分の一が圧壊《あっかい》してしまっても、最上部まではいまなお七千メートル以上ある計算だ。遥《はる》か離《はな》れた第二階層からでも見上げるほど巨大《きょだい》な城に、明かりはひとつもない。

スティス遺跡《いせき》へ遠征《えんせい》した時、同行してくれたアリスが、あの城で暮らしていたNPCたちはどうなったのかと心配していた。確かに気になるので、時間を見つけて調査に行こうと思ったのだが、気付けば四日も経《た》ってしまった。

第二階層の探索《たんさく》が一段落したら、次はアインクラッドに向かおう……と脳内のスケジューラに書《か》き込んだ時。

「よーし、ミーティング始めるぞ！」

　というホルガーの声が聞こえ、俺は顔の角度を戻《もど》した。最後にもう一度だけラスナリオの光を見てから、二歩下がって振り向く。

「ほんじゃ、もうひと頑張《がんば》りすっかね」

　大きく伸びをするクラインに、「するべえ」と埼玉弁《さいたまべん》で答え、俺たちは小走りに仲間たちのところへ戻《もど》った。


　ユナイタル・リングでも情報屋として八面六臂《はちめんろっぴ》の活躍《かつやく》をしているアルゴと、ムタシーナ軍の密偵《みってい》だったフリスコルによれば、第二階層は大きく四つのエリアに分かれているのだという。

　西側と東側が森林地帯。北側は氷雪地帯。そして俺たちがいる南側が草原地帯。

　それぞれのエリアには、いくつかの小規模な集落と、少なくとも一つの中規模な町がある。集落や町にはＮＰＣが暮らしていて、拠点化《きょてんか》できれば《極光の指し示す地》を目指すための貴重な中継地《ちゅうけいち》になり得るが、いまのところ全てのＮＰＣが非常に敵対的で、集落に近づいただけで攻撃《こうげき》してくるらしい。

　アルゴがそこまで説明した時、リーファが「はいはーい！」と右手を挙げた。

「でもさ、あたしたちより先に進んでる勢力って、アスカ・エンパイアとアポカリプティック・デートの二つだけなんだよね？　そいつらがファーストコンタクトに失敗しただけで、全部のNPCが最初から敵対的ってわけじゃない……って可能性もあるんじゃない？」

「あるヨ、もちろん」

そう答えると、アルゴは近くに落ちていた枯《か》れ枝《えだ》を拾い上げ、地面にユナイタル・リング世界の模式図を描《えが》いた。

「アスカ組が進行してるのは、オイラたちがいるこの草原地帯からはワールドマップの反対側になる北部の氷雪地帯で、アポデ組が進行してるのは西部の森林地帯ダ。アスカ組は地の果てだし、アポデ組の拠点《きょてん》も何百キロも離《はな》れてて、とてもゲーム内で直接接触《せっしょく》はできナイ。いまの話はリアルワールド経由で取ってきた二次情報とか三次情報だからナ……正直、確度はあんまり高くないヨ」

アルゴが肩《かた》をすくめると、入《い》れ替《か》わりにフリスコルが話し始めた。

「アスカとアポデに関してはオレの情報も似たようなモンだけど、いっこ気になる話があってな……。最近、スティス遺跡《いせき》にALOの初期装備で現れて、初期勢にあれこれ話を聞きたがる新顔プレイヤーがチラホラいるらしいんだよな」

「……その話が、アスカやアポデにどう繋《つな》がるの？」

首を傾《かし》げるシノンに向けて、フリスコルは大仰《おおぎょう》な仕草で両手を広げた。

「こりゃオレの根拠《こんきょ》レスな想像だけど、そいつら、アスカ組かアポデ組のスパイじゃねーのかなーって」

「スパイ……？」

突然《とつぜん》飛び出したきな臭《くさ》い単語に、アスナの通訳を聞いていたザリオンとシシーを含《ふく》めた全員が顔を見合わせる。

まさかそんな、と思うが仕組み的には不可能ではない。

現在、ＡＬＯの運営会社は新規のアカウント作成を受け付けていないが、ザ・シード連結体《ネクサス》のルールに則したキャラクター・コンバートは、サーバーが動いているかぎり拒否《きょひ》できない。つまり、アスカ・エンパイアやアポカリプティック・デートのプレイヤーが、事件前に作って放置していた別アカウントのキャラクターをＡＬＯにコンバートさせれば、数百キロ彼方《かなた》からスティス遺跡《いせき》にスパイを送《おく》り込むことは可能なわけだ。

しかし、先行勢力がそこまでしてＡＬＯ組の内情を探《さぐ》ろうとするだろうか。いちどコンバートさせてしまえば、そのキャラクターはもう情報収集以外の目的には使えなくなってしまうのだ。

という俺の疑念を感じ取ったかのように、フリスコルはこちらを見てニヤリと笑った。

「どうもキリトさんは自陣営《じじんえい》を過小評価してるみたいだけど、アスカ組もアポデ組も、ＡＬＯ組っつーか、キリトチームのことは警戒《けいかい》してると思うぜ。中継点《ちゅうけいてん》としてのラスナリオの存在もだけど、何せリーダーがあのキリトさんだからな」

「……言っとくけど、俺は《あの》じゃないし、このレイドにキリトチームなんて名前つけた覚えもないからな」

とりあえずそう宣言すると、なぜかシノンが澄《す》まし顔《がお》で言い返してきた。

「いまさら遅《おそ》いわよ。どうしても違《ちが》う名前にしたいなら、いまここで代案を出してよね」

「…………」

その手のネーミングが大の苦手という自覚がある俺は、ぐぬぬぬと唸《うな》った。途端《とたん》、他のメンバーたちがいっせいに噴《ふ》き出した。


三分後。

ひとまず、NPCの集落を発見したら近づかずに観察、先制攻撃《こうげき》されたら反撃《はんげき》せずに撤退《てったい》──という方針を決めた俺たちは、TP、SPを回復させてから移動を再開した。

四阿《あずまや》から延びるうっすらとした道を辿《たど》り、北へと向かう。時刻は二十二時ちょうど、いつもならこれからが本番という時間帯だが、今日は朝の四時に起きてラース六本木《ろっぽんぎ》支部《しぶ》に移動し、アンダーワールドで大冒険《だいぼうけん》を繰《く》り広《ひろ》げてきたのでさすがに疲労《ひろう》を感じる。

しかし、同じ条件のアスナが頑張《がんば》っているのだし、菊岡《きくおか》が車で送ってくれたおかげで三十分ほどだが眠《ねむ》れたので、俺はまだやれる！　と自分に言い聞かせて歩き続ける。

夜の草原に出現するモンスターは、ハイエナに似た肉食獣《にくしょくじゅう》やガゼルのような草食獣《そうしょくじゅう》、やたらすばしっこいリクガメといった動物系がほとんどだったが、第二階層だけあってゼルエテリオ大森林のモンスターより明らかに強かった。

とは言えこちらも、町作りだけに興じていたわけではない。俺とシノンはレベル20を超《こ》え、リーファやシリカたちが18から19、少し出遅《でおく》れていたアスナとアルゴ、クラインも16、17に達している。頼《たの》もしいアタッカーであるアリスの不在が辛《つら》いところだが、それでもただの一度も窮地《きゅうち》を招くことなくモンスターを退け続け、移動を始めて三十分でいったん草原が途切《とぎ》れるところまで到達《とうたつ》した。

緩《ゆる》やかに下っていく道の先には、幅《はば》が二十メートル以上ありそうな川が北東から南西方向へと流れ、対岸には複数の建物らしき影《かげ》が見える。明かりが一つもないし、屋根や壁《かべ》も半分以上崩《くず》れているようなので、人が暮らしている集落ではなく廃墟《はいきょ》らしい。

もちろん確実ではないし、住民がいなければモンスターが棲《す》み着《つ》いている可能性が高いので警戒《けいかい》は怠《おこた》れないが、偵察《ていさつ》するにも川を渡《わた》る必要がある。

まずアルゴとシシーが先行し、砂中や水中に危険がないことを確認《かくにん》してから、全員で川岸に降りる。クロは川面《かわも》に鼻面《はなづら》を突っ込むようにして水を飲み、アガーに至っては川に飛び込んですいすい泳ぎ回っているが、それができるのはかなりの水深があるからだ。

よく見ると、俺たちが辿《たど》ってきた道が川に突き当たる場所に、橋桁《はしげた》の遺構らしきものが残されている。かつては立派な橋が架《か》かっていたが、対岸の廃墟《はいきょ》と同じく、ずっと昔に破壊《はかい》されてしまったのだろう。その理由が自然災害か、人の手によるのかは不明だが。

「この川、わたしたちが泳いで渡《わた》るのは危険そうだね」

アガーが泳ぐ様子を見守っていたアスナが、俺の隣《となり》に来て言った。

「そうだなあ、水棲《すいせい》モンスターはいないっぽいけど、真ん中あたりは深さが二メートル以上ありそうだし、流れも速いし……」

「となると、橋を架《か》けるか、舟《ふね》を作るかかな」

「橋はコストが高いから、できれば舟《ふね》で渡《わた》りたいとこだけど、作るのに《製材された太い丸太》が必要なんだよな。このへん、でかい木がないからなあ」

言いながら周囲を見回す。草原地帯といっても木がまったく生えていないわけではないが、その大部分が背の低い灌木《かんぼく》で、いわゆる大木はいまのところ一本も見かけていない。アリスとスティス遺跡《いせき》に行った時に作った《粗雑《そざつ》な大型の丸木舟《まるきぶね》》をストレージに入れてなかったっけ、とリングメニューを開こうとして、重すぎて収納できなかったのでマルバ川の岸辺に係留したままだったと思い出す。

草原地帯は歩きやすいし水や食料の確保もさほど苦労しないが、木材や石材を入手しづらいという難点があるわけだ。ユナイタル・リングでは、何を建てるにもまず木と石なので、このエリアにラスナリオ規模の拠点《きょてん》を築こうとしたらかなり苦労しそうだ。

その点では、森林地帯を進行しているというアポカリプティック・デート組のほうが有利と見るべきか。アスカ・エンパイア組が攻略中《こうりゃくちゅう》の氷雪地帯というのは、どのくらいの雪国感なのだろう。

あれこれ思索《しさく》を巡《めぐ》らせていると、後ろから二人ぶんの足音が近づいてくるのが聞こえ、俺はアスナと同時に振り向いた。

「なあ、ちょっといいか」

と声を掛《か》けてきたのはホルガーで、隣《となり》にはフリスコルの姿もある。二人の視線は、俺ではなくアスナに向いているようだ。

「どうしたの？」

アスナが訊《たず》ねると、ホルガーは申し訳なさそうに言った。

「可能ならでいいんだが……川を渡《わた》るのに、アスナさんのペットの力を貸してもらえないかな。橋を架《か》けるにも舟《ふね》を造るにも、素材がかなり不足しそうなんだ」

「力を貸すって……ああ、一人ずつアガーの背中に乗って川を渡《わた》ろうってこと？」

「そういうこった」

今度はフリスコルが口を開く。

「このあたりにゃ木が少ねーし、いまから橋や舟《ふね》の素材集めてたら一時間以上かかりそうだからな。あのトカゲちゃん、泳ぎが達者みてーだし、一人くれーなら乗せて泳げるんじゃねーかなーと」

「そうね……」

アスナは体の向きを変え、澄《す》んだ水の中をすいすい泳いでいるアガーを見やった。その姿はトカゲというより巨大《きょだい》な水鳥《みずどり》のようで、確かに一人なら向こう岸まで運ぶのも難しくなさそうだが、問題は事故が起きた時、流されるのはアガーではなく背中のプレイヤーだということだ。恐《おそ》らくこの川は下流のどこかで滝《たき》となり、二百メートル下の第一階層まで流れ落ちているのだろうから、そこまでに岸へ上がれなければまず間違《まちが》いなく死ぬ。

できれば別の水場で一回試してみたいところだが、そんな時間はない。せめて、安全装置的なものを用意できれば……と考えていると。

「でしたら、私がテストします！」

ホルガーたちの背後からぴょんと飛び出てきたユイが、右手を挙げてそう宣言した。

「ええっ⁉　だ……」

アスナが、途中《とちゅう》で言葉を呑《の》み込む。恐《おそ》らく「だめよ」と言おうとして、頭ごなしに否定するものではないと思い直したのだろう。

俺も正直賛成はできないが、テストパイロットをやるなら最軽量のユイが適任であることも事実だ。だとしても、やはり安全装置は欲《ほ》しい。アインクラッド第四層でアスナと川を泳いだ時は浮《う》き輪《わ》を使ったが、いまはそれだけでは万全《ばんぜん》ではない。浮《う》き輪《わ》で溺死《できし》は防げたとしても、最終的に滝《たき》から落ちてしまえば結果は一緒《いっしょ》だからだ。

アスナも同じ懸念《けねん》を抱《いだ》いたはずだが、振り切るようにリングメニューを開き、一巻きの細いロープをオブジェクト化した。いままで大活躍《だいかつやく》してきた《アマネ草の粗雑《そざつ》な細縄《ほそなわ》》ではなく、いかにも高級そうな光沢《こうたく》のある純白の繊維《せんい》でできている。

「それは？」

「ニーディーさんに吐《は》いてもらった糸を編んで作ったの」

という答えに、一瞬唖然《いっしゅんあぜん》としてしまう。ニーディーは、ザリオンと一緒《いっしょ》にラスナリオに来たインセクサイト組の昆虫人間《シックス》だが、マルモンコロギスというバッタの仲間がモデルで、口から丈夫《じょうぶ》な糸を吐《は》ける。ムタシーナ軍の密偵《みってい》だったフリスコルをぐるぐる巻きにして捕《と》らえたのもニーディーで、彼の糸を撚《よ》り合《あ》わせて作ったロープなら強度は折り紙付きだろう。

アスナはまずユイの武器防具を全てストレージに収納させると、ワンピースの上からロープをもやい結びでしっかり結《ゆ》わえ付《つ》けた。

「ユイちゃん、もし水に落ちても慌《あわ》てないでね。わたしたちが絶対岸まで引っ張ってあげるから」

「はい、ママ！」

ユイが頷《うなず》くと、アガーを呼んで水際《みずぎわ》でしゃがませる。俺がユイを抱《だ》き上げ、アガーの背中に乗せる。いままで騎乗《きじょう》を試《ため》したことはなかったが、骨盤《こつばん》の前あたりがいい具合に凹《へこ》んでいて、座《すわ》り心地《ごこち》は悪くなさそうだ。

ユイがアガーの首の付け根あたりにしっかり抱《だ》きつくと、アスナはロープの端《はし》を握《にぎ》ったまま数歩下がり、対岸に目を向けた。俺も改めて水中と対岸をチェックするが、モンスターの気配はない。

納得《なっとく》したらしく、アスナはペットに命令した。

「アガー、水に潜《もぐ》らずに、ゆっくり向こう岸まで泳いで！」

「クワーッ！」

任せとけとばかりに一鳴きすると、アガーはほとんど飛沫《しぶき》も立てずに泳ぎ始めた。背中を水面に出したまま、手足と尻尾《しっぽ》で水を掻《か》いて進んでいく。やがて川の中央部に到達《とうたつ》するが、器用に推進力《すいしんりょく》を調節し、ほとんど押《お》し流《なが》されることなく泳ぎ続ける。ロープの長さも問題なさそうだ。

そう言えば、古い仲間たちは皆《みな》ユイがＡＩだと知っているが、ホルガーやザリオンたちにはまだ教えていない。となると彼らは、見た目が幼い少女で俺とアスナをパパ、ママと呼ぶユイのことをどう認識《にんしき》しているのか。よもや本当の子供だとは思っていないだろうが、それ以外のどんな解釈《かいしゃく》が有り得るのか。

俺が思考を脱線《だっせん》させているあいだにも、一人と一匹《ぴき》は着実に遠ざかり、幅《はば》二十メートル以上ある川を三十秒足らずで渡《わた》り終《お》えた。アガーが対岸に上がると、背中からユイが滑《すべ》り降《お》りて、笑顔《えがお》で俺たちに手を振る。ワンピースの裾《すそ》が水に浸《つ》かってしまったこと以外は、特にトラブルもなさそうだ。

「ユイちゃん、ありがとー！　ロープを解《ほど》いてくれるー？」

アスナの呼びかけに、ユイは「はーい！」と応じると、アスナが渾身《こんしん》の力で結んだロープをさして手間取りもせずに解《ほど》いた。それを引っ張って回収しながら、アスナはさらに叫《さけ》ぶ。

「そこでちょっとだけ待っててね！　アガー、戻《もど》ってきて！」

クワッ！　と答えると、アガーは再び水に飛び込んだ。今度は水中で全身をくねらせ、行きの倍以上のスピードで近づいてくる。

「よし、うまくいきそうだな。次はキリトさんが行くか？」

ホルガーにそう訊《き》かれ、俺は束《つか》の間《ま》迷った。早くユイのところに行ってやりたいが、いつまでも守られるだけの子供扱《こどもあつか》いするのも、彼女の望むところではないかもしれない。この世界でユイは、自分が知恵《ちえ》と勇気を兼《か》ね備《そな》えた一人前の戦士であることを常に証明し続けてきたのだから。

「……いや、俺はあとでいいから、軽い順に行こう。次はシリカかアルゴが……」

そう言いながら、俺は仲間たちのほうを見た。

突然《とつぜん》、近くで伏《ふ》せていたクロがいきなり立ち上がり、警戒《けいかい》するように低く唸《うな》った。

「……!?」

反射的に対岸を見る。白いワンピース姿のユイが、きょとんとした様子でこちらを見ている。

その右後方で、草むらが大きく揺《ゆ》れ——。

そこから人間大の影《かげ》が飛び出し、一直線にユイめがけて走り始めた。

「ユイ!!」

「ユイちゃん!!」

俺とアスナが叫《さけ》んだ時にはもう、ユイも動き始めていた。人間のプレイヤーなら振り向き、襲撃者《しゅうげきしゃ》の姿を確認《かくにん》しようとするところだが、迷うことなく前に走る。武装を全解除しているので迎撃《げいげき》は不可能と判断し、川に飛び込んでいちかばちか泳ぐことを選んだのだろう。

この状況《じょうきょう》では恐《おそ》らく最適解だ。しかし、襲撃者《しゅうげきしゃ》は想像を絶する速度でユイに追いすがると、驚《おどろ》くほど遠くから左腕《ひだりうで》を伸ばしてワンピースの襟《えり》ぐりを摑《つか》んだ。

すでに水面の上に飛び出していたユイが、後方に引《ひ》き戻《もど》される。ここでようやく俺は、月光に照らされた襲撃者《しゅうげきしゃ》の姿を捉《とら》えた。

全身を覆《おお》う黒い毛皮。異様に長い腕《うで》でがっちりとユイを抱《かか》え込み、同じく長い尻尾《しっぽ》を左右に揺《ゆ》らしている。

サルだ。体型が明らかに人のそれではないので、毛皮を着込んだプレイヤーではなく本物、つまりモンスターだと思われるが、左脇《ひだりわき》に抱《かか》えたユイを攻撃《こうげき》する気配はない。ユイのＨＰバーがわずかでも減れば敵対フラグが立ち、パーティーメンバーの俺の視界にもサルのスピンドルカーソルが表示されるはずなのに、意図的にそれを避《さ》けているかのようだ。

サルは、もがくユイをしっかり抱《かか》え直《なお》すと、対岸の俺たちを一瞥《いちべつ》し——。

直後、身を翻《ひるがえ》して下流方向へと猛然《もうぜん》と走り始めた。

ダーン！　という銃声《じゅうせい》が響《ひび》く。シノンがマスケット銃《じゅう》を撃ったのだ。しかし、サルの足許《あしもと》の砂が弾《はじ》けただけで命中した様子はない。ユイに当たってしまうことを恐《おそ》れ、狙《ねら》いきれなかったのだろう。

それでも、銃声《じゅうせい》には俺の金縛《かなしば》り状態を解く力があった。

「アスナ、アガーに乗るんだ！」

叫《さけ》び、自分もクロにまたがる。「行けっ！」と命じた途端《とたん》、クロが全速力《ぜんそくりょく》で走り始める。ちらりと振り向くと、アスナを乗せて前傾《ぜんけい》姿勢で疾駆《しつく》するアガーが見えた。陸上でも、走るスピードはクロと大差ない。

ユイを攫《さら》ったサルは、対岸の三十メートルほど先を走っている。暗闇《くらやみ》の中の漆黒《しつこく》のサルは、単体だったら見失っていたかもしれないが、ユイの白ワンピースが月光を反射し、かろうじて位置を教えてくれる。

「キリト、任せたわよ！」

後ろから、リズベットの叫《さけ》び声《ごえ》が追いかけてきた。

——絶対に助ける！

心の中で叫《さけ》び返《かえ》すと、俺は少しでも空気抵抗《ていこう》を減らすため、限界まで上体を伏《ふ》せた。

8

——人界統一会議《じんかいとういつかいぎ》直属神聖術《しんせいじゅつし》師団《だん》の第二代団長《だんちょう》セルカ・ツーベルク様と、整合騎士《せいごうきし》ティーゼ・シュトリーネン・サーティツー様、同じく整合騎士ロニエ・アラベル・サーティスリー様がこの場所で長い眠《ねむ》りに就《つ》かれたのは、人界暦《じんかいれき》四四一年……統一会議《とういつかいぎ》の発足《ほっそく》から六十年後のことです。

その年、伝統ある整合騎士団《せいごうきしだん》の解散と、一字を変えた整合機士団《せいごうきしだん》の新設が決定されました。騎士《きし》の方々は、新たな機士団《きしだん》に移籍《いせき》するか、任を辞して自由に暮らされるか、あるいは自らの意思でディープ・フリーズ術式《じゅつしき》を施《ほどこ》されるかを選ぶこととなりました。

騎士《きし》さまがたの中には、機士団《きしだん》に移籍《いせき》された方も、新たな生き方をお選びになった方もおられましたが、多くは凍結《とうけつ》されることを望みました。いくらかの時が経《た》ち、人界暦《じんかいれき》四七五年、最も長く両陛下のお側《そば》におられたファナティオさまがお眠《ねむ》りになり……その三年後に星王《せいおう》さまと王妃《おうひ》さまも、全権限を人界統一会議に委譲《いじょう》し、退位されました。

約九時間前、雲上庭園《うんじょうていえん》で再会したエアリーは、かつての整合騎士団が歴史の表舞台《おもてぶたい》から姿を消した経緯《けいい》をそう説明した。

当時、アリスの頭はセルカのことでいっぱいで、騎士《きし》たちに思いを馳《は》せる余裕《よゆう》はなかったのだが、こうして石化凍結《せきかとうけつ》された姿を目の当《ま》《あ》たりにすると、やはり胸に迫《せま》るものがある。

異界戦争《いかいせんそう》が終結したのが人界暦《じんかいれき》三八〇年の十一月だから、ファナティオはアリスがリアルワールドへ旅立ったあとも、百年近くもキリト、アスナを助けてアンダーワールドの維持《いじ》と発展に尽《つ》くしたのだ。その彼女が、どんな思いを抱《いだ》いて自らこの場所で眠《ねむ》ることを選んだのだろうか。

立《た》ち尽《つ》くすアリスの耳に、かすかな足音が届いてきた。

見ると、両手をエプロンの前で重ねたエアリーが、夜明け前の空の色をした瞳《ひとみ》でまっすぐにアリスを見詰《みつ》めていた。唇《くちびる》が動き、わずかな反響《はんきょう》を伴《ともな》った声を響《ひび》かせる。

「星王《せいおう》さまと王妃《おうひ》さまは、私にアリスさまへの伝言を託《たく》されました。もしいつかアリスさまがこの世界に帰還《きかん》されて、セルカさま、ティーゼさま、ロニエさまを目覚めさせる時が来たら、整合騎士団の封印《ふういん》を解くかどうかは、セルカさまたちと話し合って決めてほしい……と」

「……それが、さっきあなたが言っていた《選択《せんたく》》なのね？」

「そのとおりです」

頷《うなず》くエアリーから視線を外し、アリスは再びファナティオを見た。

かつては猛禽《もうきん》を模した兜《かぶと》で常に顔を隠《かく》し、神器《じんき》《天穿剣《てんせんけん》》で数多《あまた》の敵を屠《ほふ》った副騎士団長《ふくきしだんちょう》の表情は、一切《いっさい》の重圧から解き放たれたかのように穏《おだ》やかだ。もしファナティオが、果たすべき責務を全て果たしたと感じたがゆえに石化凍結《せきかとうけつ》を望んだのなら、もう一度会いたいというアリスの個人的な動機で眠《ねむ》りを破ることは許されない。

ファナティオの前から離《はな》れ、左に歩く。

隣《となり》に立っているのは、アリスも知らない男性騎士《だんせいきし》だ。恐《おそ》らく、アリスが整合騎士《せいごうきし》として目覚めた時にはもう最高司祭《さいこうしさい》の手によってカセドラルのどこかに封印《ふういん》されていた、番号一桁台《ひとけただい》の騎《き》士《し》だろう。

その隣《となり》も、会ったことがない女性騎士《じょせいきし》。しかし四人目の顔を見上げた途端《とたん》、「あっ……」と声が漏《も》れる。魁偉《かいい》な容貌《ようぼう》の男性騎士《だんせいきし》は、《熾焔弓《しえんきゅう》》デュソルバート・シンセシス・セブンに間《ま》違《ちが》いない。

生真面目《きまじめ》な彼のことだから、異界戦争《いかいせんそう》の後も、自由奔放《ほんぽう》なキリトに付き合わされて気苦労が絶えなかったことだろう。そう考えると、ファナティオとはまた別の意味で目覚めさせるのが躊躇《ためら》われる。

——デュソルバート殿《どの》、私はどうすればいいのですか。

心の中で呼びかけた時、階段のほうから新たな足音が聞こえてきた。

振り向くと、上ってきたのはティーゼと、肩《かた》にナツを乗せたロニエだった。

二人は、九十九階にあるものを推測していたらしい。光素《こうそ》に照らされた純白の広間を見回し、一方向に歩き始める。

アリスはしばし迷ってから二人を追いかけた。途中《とちゅう》でロニエが立ち止まり、ティーゼだけがさらに数メル進む。その先で眠《ねむ》る、小柄《こがら》な騎士《きし》は——。

「……レンリ殿《どの》……」

小声で呟《つぶや》いてから、アリスは悟《さと》った。

ティーゼが結婚《けっこん》し、子供をもうけた相手。それは、《雙翼刃《そうよくじん》》レンリ・シンセシス・トゥエニセブンなのだ。

レンリの前に立ったティーゼは、石化《せきか》した頰《ほお》をそっと撫《な》でながら何か語りかけたようだったが、アリスには聞こえなかった。

ロニエの隣《となり》で足を止め、ティーゼの背中を見詰《みつ》める。セルカとエアリーも、口を開こうとはしない。あれほど騒《さわ》がしかったナツまでもが、何かを感じたかのようにおとなしくしている。

分厚い壁《かべ》の向こうで、鐘《かね》の音がかすかに響《ひび》いた。

それをきっかけにティーゼはレンリから離《はな》れると、振り返ってアリスたちのところまで歩いてきた。

表情は穏《おだ》やかだが、瞳《ひとみ》には寂《さび》しさや迷いが入り混じった憂《うれ》いの色が宿っているように見える。何か言葉を掛《か》けたいが、ティーゼが生きてきた時の重みを改めて感じたせいか、口が動こうとしない。

そんなアリスの葛藤《かっとう》を察したのか、ティーゼは仄《ほの》かな微笑《ほほえ》みを浮《う》かべ、言った。

「アリスさま、アンダーワールドを守ってくださって、本当にありがとうございます。アリスさまのおかげで、私もレンリも騎士《きし》としてだけではなく、人として、また親として、幸せな時を過ごすことができました」

「……アンダーワールドを守ったのはあなたたちよ。私は、皇帝《こうてい》ベクタから逃げることしかできなかったから……」

どうにかそう答えると、今度はロニエがアリスの前へと移動し、大きくかぶりを振った。

「そんなことはありません。《大門の戦い》で、アリスさまが人界軍《じんかいぐん》の希望の光という重責を背負ってくださったからこそ、私たちは戦場に踏《ふ》み留《とど》まることができたのです。異界戦争《いかいせんそう》の後に起きた《四帝国《よんていこく》の大乱》や《黒皇戦争《こっこうせんそう》》でも、多くの騎士《きし》や衛士たちが、アリスさまのお姿を胸に抱《いだ》いて戦ったんですよ」

「こっこうせんそう……？」

耳慣れない言葉に、アリスは眉《まゆ》を寄せた。少なくともスティカやローランネイ、エオラインの口からは聞いた覚えがない。

「黒皇帝《くろこうてい》たちとの戦いのことだよ、姉さま」

セルカがそう注釈《ちゅうしゃく》してくれたが、謎《なぞ》は深まるばかりだ。しかしアリスがさらなる疑問を投げかける前に、セルカがエアリーに質問した。

「そういえばエアリー、黒皇戦争《こっこうせんそう》はどうなったの？」

「セルカさまたちがお眠《ねむ》りになられてからおよそ三十年後、人界暦《じんかいれき》四七五年に最後の黒皇帝《くろこうてい》が討《う》ち取《と》られました。アビッサル・ホラーだけは欠片《かけら》を逃《のが》してしまいましたが」

四七五年というのは、確かファナティオが凍結《とうけつ》された年だ。あるいは、その黒皇戦争《こっこうせんそう》の終結を見届けたことが、眠《ねむ》りに就《つ》くきっかけになったのかもしれない。

「三十年も……」

と呟《つぶや》いたティーゼは、エアリーに歩み寄ると、エプロンの前で組まれた両手に自分の両手を重ねた。

「ごめんなさいね、エアリー。最後まで一緒《いっしょ》に戦えなくて」

「謝《あやま》る必要はありませんよ。ティーゼさまとロニエさま、セルカさまは黒皇戦争《こっこうせんそう》に於《お》いて数多《あまた》の武勲《ぶくん》を立てられたのですから」

そこまで聞いて、アリスはとうとう我慢《がまん》できなくなり、ティーゼに訊《たず》ねた。

「ねえ、ティーゼさん。あなたが天命凍結術《てんめいとうけつじゅつ》を受けたのは、レンリ殿《どの》が天命凍結《てんめいとうけつ》されていたからなの？」

「ええ、そのとおりです」

頷《うなず》くと、ティーゼはゆっくりと語り始めた。

「四皇帝《こうてい》が公理教会《こうりきょうかい》に反旗を翻《ひるがえ》したそもそもの理由は、天命凍結術《てんめいとうけつじゅつ》を欲《ほっ》したがゆえでした。私とロニエはずっと、術式《じゅつしき》がもたらす永遠の命は世界の理《ことわり》に反するものだと感じていましたし、戦争の原因にもなった天命凍結術《てんめいとうけつじゅつ》を受けるつもりはなかったのです。でも……」

目を伏《ふ》せたティーゼに代わって、ロニエが口を開く。

「……最高司祭《さいこうしさい》アドミニストレータさまは原則的に、シンセサイズした騎士《きし》が若かった場合は成長して天命値《てんめいち》が最大になった時点で天命凍結術《てんめいとうけつじゅつ》を施《ほどこ》しておられたようですが、フィゼルさま、リネルさま、そしてレンリさまの三人だけは、なぜかシンセサイズと同時に天命《てんめい》も凍結《とうけつ》されたのです。結婚《けっこん》して子供が生まれても、レンリさまはずっとお若い姿のままなのに、ティーゼはどんどん歳《とし》を取っていく……。ある頃《ころ》から二人が思《おも》い悩《なや》む様子が増えたことに気付いた私は、キリト先輩《せんぱい》に天命凍結術《てんめいとうけつじゅつ》を甦《よみがえ》らせるようお願いしました。たとえ理《ことわり》に反することだとしても、それでティーゼとレンリさまがずっと一緒《いっしょ》に笑っていられるならと思ったんです。そうしたら、実はもうアユハさまとセルカが、天命凍結術《てんめいとうけつじゅつ》の復活に成功していると教えられて……」

視線を向けられたセルカは、申し訳なさそうに首を縮めながら言った。

「私の意思で秘密にしてたわけじゃないのよ。石化凍結術《せきかとうけつじゅつ》を復活させるためには、まず基礎《きそ》になっている天命凍結術《てんめいとうけつじゅつ》を再現する必要があって……。でも再現に成功した時、アユハさまが、この術式《じゅつしき》は人を惑《まど》わせるから、報告するのはキリト先輩《せんぱい》とアスナさまだけにしておきましょうと仰《おっしゃ》ったの」

「別に責めてないよ、セルカ。いかにもアユハさまらしい配慮《はいりょ》だよね」

そう言って懐《なつ》かしそうに微笑《ほほえ》むロニエに、アリスは小声で訊《たず》ねた。

「アユハは……自分に天命凍結術《てんめいとうけつじゅつ》は使わなかったの？」

「私が知る限りでは。……アユハさまは、ずっとアリスさまのことを気に掛《か》けておいでしたよ。私の神聖術《しんせいじゅつ》の先生はアリスさまだって、いつも言っていました」

「先生だなんて……私が教えたことなんか、何もないのに……」

「そんなことないです。アリスさまがアユハさまに伝授した《ホロウスフィア・シェイプ》の式句《しきく》は、アユハさまからアスナさまへ、さらには私やセルカ、エアリーに受《う》け継《つ》がれました。この式句《しきく》がなかったら、安定した永久熱素封密缶《えいきゅうねつそふうみつかん》は開発できなかったってエアリーが言ってましたよ」

アリスが目を向けると、エアリーは真剣《しんけん》な顔で頷《うなず》いた。

「そのとおりです。数多《あまた》ある神聖術《しんせいじゅつ》の式句《しきく》のなかで、私が風素解放術《ふうそかいほうじゅつ》の次に好きな式句《しきく》です」

「そんな、大げさな……」

つい苦笑《くしょう》してしまう。確かにホロウスフィアの式句《しきく》を発見したのはアリスだが、鋼素《こうそ》や晶素《しょうそ》を空洞《くうどう》の球に成形するという、単体では地味な部類の神聖術《しんせいじゅつ》だ。とは言え、この世界では二百年も昔にアリスが残していった術式《じゅつしき》が、建物の冷暖房《れいだんぼう》から機竜《きりゅう》の推進器にまで使用されている技術のいしずえになったというのは悪い気分ではない。もともとは、無慈悲《むじひ》な殺戮《さつりく》をもたらす《反射凝集光線術《はんしやぎょうしゅうこうせんじゅつ》》のために開発した式句《しきく》なのだからなおさらだ。

「でも、そう言ってもらえて嬉《うれ》しいわ。ありがとう」

アリスはエアリーに微笑《ほほえ》みかけると、話を戻《もど》した。

「ティーゼさんが天命凍結術《てんめいとうけつじゅつ》を受けた事情は解《わか》ったわ。ロニエさんとセルカも、ティーゼさんと一緒《いっしょ》に受けたのね？」

「はい、友達ですから」

とロニエが即答《そくとう》し、セルカもこくりと頷《うなず》いた。

「そうよ、姉さま。あたしの場合は、姉さまに再会するためっていう理由もあったけどね」

実際には少なからず葛藤《かっとう》しただろうに、笑顔《えがお》でそう言い切るセルカを、アリスはもういちど強く抱《だ》き締《し》めたくなったがどうにか堪《こら》える。

これで、三人が二十代半ばで天命《てんめい》を凍結《とうけつ》された事情は解《わか》った。

その後セルカはアユハとともに石化凍結術《せきかとうけつじゅつ》の復活に取り組み、長い時間をかけて成《な》し遂《と》げて、およそ五十年後の人界暦《じんかいれき》四四一年に、ティーゼ、ロニエとともに雲上庭園《うんじょうていえん》で長い眠《ねむ》りに就《つ》いたわけだ。同時期にレンリや他の騎士《きし》たちも、自らの意思によってこの九十九階で石化凍結《せきかとうけつ》されるか、新生整合機士《しんせいせいごうきし》団《だん》に移籍《いせき》するか、退任して新たな道を進むかを選び、そして人界暦《じんかいれき》四七五年、最後まで星王《せいおう》に仕えたファナティオが凍結《とうけつ》されたことで、全ての整合騎士《せいごうきし》が姿を消した——。

だが、まだ解《わか》らないことがいくつかある。

「……あちらにおられる古い騎士《きし》さまたちは、どこに封印《ふういん》されていたの？」

アリスがファナティオの左側に並ぶ一桁台《ひとけただい》の騎士《きし》たちを指し示すと、エアリーが答えた。

「九十六階にあった元老院《げんろういん》を取り囲むように、輪っか状の空間が隠《かく》されていて、そこに七名の騎士《きし》さまが溶《と》けない氷に包まれて眠《ねむ》っておられました。ただ、氷の除去には成功したのですが、キリトさまによると魂《たましい》の状態が不安定で、セルカさまが復活させた石化凍結術《せきかとうけつじゅつ》でも安全に目覚めさせるのは難しく……」

「あたしとアユハさまが再現した術式《じゅつしき》は、たぶんアドミニストレータさまが生み出した原型の石化凍結術《せきかとうけつじゅつ》とは細部が少しだけ違《ちが》うの」

手振《てぶ》りを交えつつ、セルカが説明を加える。

「ファナティオさまから聞いた話では、公理教会《こうりきょうかい》時代に修道士団を率いておられた元老長《げんろうちょう》チュデルキンさまは、起句《きく》と《ディープ・フリーズ》の式句《しきく》、対象指定の式句《しきく》だけで石化凍結術《せきかとうけつじゅつ》を使えたらしいの。でも、私たちが同じ術式《じゅつしき》を唱えても何も起きなかった。たぶんチュデルキンさまは、術式《じゅつしき》を補助する媒介具《ばいかいぐ》のようなものを身につけていたはず」

──チュデルキンに「さま」をつける必要はありません。

と口を挟《はさ》みそうになるのを堪《こら》え、アリスはセルカの話を聞いた。

「その媒介具《ばいかいぐ》も探したんだけど、見つからなくて……。だから私たちが再現した石化凍結術《せきかとうけつじゅつ》は、凍結《とうけつ》の術式《じゅつしき》も解凍《かいとう》の術式《じゅつしき》も、全部唱えるのに一分以上かかるくらい長くなっちゃったの。当然、原型の術式《じゅつしき》とは細かい違《ちが》いがいくつもあるはずだから、この術式《じゅつしき》をアドミニストレータさまやチュデルキンさまが凍結《とうけつ》した騎士《きし》さまに使うと、何らかの不具合が出る可能性が否定できない。

だから、キリトたちも元老院《げんろういん》で眠《ねむ》っていた七人の騎士《きし》さまを目覚めさせるのは諦《あきら》めて、この階に移動させたんだと思う」

「……そういうことだったのね……」

呟《つぶや》き、石化《せきか》した騎士《きし》たちをもう一度見やった途端《とたん》、アリスは新たな謎《なぞ》に気付いた。

「待って……いま、元老院《げんろういん》で眠《ねむ》っていた騎士《きし》は七人って言ったわよね。それだと数が足りないんじゃ……？　そうよ、番号順に並んでいるんだとしたら、ファナティオ殿《どの》とデュソルバート殿《どの》のあいだに四人いるはず……」

何度見ても、二番《ツー》のファナティオと七番《セブン》のデュソルバートに挟《はさ》まれて立っている騎士《きし》は二人だけだ。

するとと今度はエアリーが、少しだけ睫毛《まつげ》を伏《ふ》せながら答えた。

「そのとおりです。消息が判明しているのは、十六番のネルギウスさま以降の騎士《きし》さまだけで、元老院《げんろういん》で凍結《とうけつ》されていた《いにしえの七騎士《きし》》は四番、五番、九番、十番、十三番、十四番、十五番でしたから、十二番のシェータさまを除くと三番、六番、八番、十一番の四名の行方《ゆくえ》が解《わか》っていません。キリトさまは、ずっと昔に魂《たましい》の寿命《じゅみょう》が尽《つ》きて、世を去られたのではないかと推測しておられました」

「……そう……」

恐《おそ》らく、その推測は正しいのだろう。

アリスは目を閉じ、四人の騎士《きし》たちのフラクトライトが魂《たましい》の源流たるメイン・ビジュアライザーの中で安らぎを得ているよう祈《いの》ってから、顔を上げてエアリーに訊《き》いた。

「シェータ殿《どの》はどうされたの？　この部屋にはおられないみたいだけど」

整合騎士《せいごうきし》シェータ・シンセシス・トゥエルブも天命凍結《てんめいとうけつ》されていたはず——と思って発した質問だったが、答えは予想もしないものだった。

「シェータさまは、暗黒界《あんこくかい》の首都オブシディアの行政府《ぎょうせいふ》、かつてのオブシディア城で眠《ねむ》っておられます」

「オブシディアで⁉　なんでまた……」

「シェータさまは、異界戦争《いかいせんそう》の時の暗黒界軍拳闘士団長《あんこくかいぐんけんとうしだんちょう》だったイスカーンさまと結婚《けっこん》されたんですよ、アリスさま」

ティーゼが懐《なつ》かしそうに言ったので、アリスは唖然《あぜん》と口を開けた。あのシェータが、暗黒界《あんこくかい》の拳闘士《けんとうし》と？　いったい何がどう運べばそんなことになるのか？　根掘《ねほ》り葉掘《はほ》り訊《き》きたいところだが、この森厳《しんげん》たる空間で噂話《うわさばなし》に興じるのも気が引ける。いまは我慢《がまん》しておいて、「そうだったのね」とだけ答える。

これで、心に残る疑問はあと二つ。

一つは、ティーゼの夫となったのが騎士《きし》レンリなら、ロニエはいったい誰《だれ》と結婚《けっこん》したのかということだ。

だが、アリスはその問いを口に出せなかった。深呼吸で胸《むね》の奥底《おくそこ》に押し込め、石像と化したかつての朋輩《ほうばい》たちをぐるりと見回してから、エアリーに正面から向かい合う。

「エアリー、この部屋の騎士《きし》たちは、いますぐにでも目覚めさせられるの？」

するとエアリーは、確かな動作で首肯《しゅこう》した。

「はい。《いにしえの七騎士《きし》》を除く九名は、キリトさまがアドミナから持ち帰られたスクロールの術式《じゅつしき》をそのまま唱えればアリスさまご自身で覚醒《かくせい》させられますし、セルカさまに術式《じゅつしき》をポーション化していただくのもよかろうかと存じます」

「うん、いつでもやるよ、姉さま。少し時間はかかるけど」

「ありがとう、セルカ」

妹に微笑《ほほえ》みかけると、アリスは再びエアリーを見て、最後の疑問を口にした。

「でも、エアリー、魂《たましい》の寿命《じゅみょう》はどうなるの？　確か、ファナティオ殿《どの》やデュソルバート殿《どの》は、異界戦争《いかいせんそう》の時点で百年を超《こ》える時を生きておられたわ。その後、さらに百年近くも騎士《きし》として務めを果たし続けたなら、凍結《とうけつ》された時点ですでに魂《たましい》の寿命《じゅみょう》は限界に達していたのではないの？……あなたも例外ではないはずよ、エアリー」

耳の奥《おく》に、かつてこの広間のすぐ上、セントラル・カセドラル百階で聞いた言葉がまざまざと甦《よみがえ》る。

――かわいそうなアリスちゃんに教えてあげるわ。ベルクーリが、その手の下らない話にうじうじ悩《なや》むのは初めてじゃないのよ。実はね、百年くらい前にも、あの子は同じようなことを言い出したの。だからね、私が直してあげたのよ。

——ベルクーリの記憶《きおく》を覗《のぞ》いて、そこに詰《つ》まってる悩《なや》みだの苦しみだのを、ぜーんぶ消してあげたわ。あの子だけじゃない……百年以上経《た》ってる騎士《きし》は、みんなそう。辛《つら》いことは、何もかも忘れさせてあげたのよ。

「……まさかキリトは、最高司祭《さいこうしさい》さまがしていたように、ファナティオ殿《どの》たちやあなたの記憶《きおく》を消したのですか？」

　そんなはずはない、と念じながら発した言葉だったが、果たしてエアリーはそっと、しかし確かな動作でかぶりを振った。

「キリトさまは、人界統一会議《じんかいとういつかいぎ》の代表として、また星王《せいおう》として多くの功績を残されましたが、その中で機竜《きりゅう》の開発や亜人族《あじんぞく》の地位向上と同じくらい力を注がれたのが、《記憶圧縮術式《きおくあっしゅくじゅつしき》》の開発です」

「記憶《きおく》……圧縮？」

「はい。主に遠い過去の、頻繁《ひんぱん》には参照されない記憶《きおく》を圧縮保存することで魂《たましい》の容量を増やし、劣化《れっか》や崩壊《ほうかい》を防止するのです。圧縮された記憶《きおく》を思い出そうとすると、解凍《かいとう》処理が行われるので少し時間がかかりますが、記憶《きおく》の欠落や人格変容が起きることはありません」

　エアリーのきっぱりとした口調から、彼女自身《じしん》にもその記憶圧縮術式《きおくあっしゅくじゅつしき》が施《ほどこ》されているのだとアリスは直感した。

「……その術式《じゅつしき》で、魂《たましい》の寿命《じゅみょう》はどのくらいまで延ばせるの？」

「一日の記銘量《きめいりょう》と圧縮強度にもよりますが、安全性を優先すれば二百年、最大で三百年程度ではないかとキリトさまは推測していました」

「三百年……」

しばし呆然《ぼうぜん》としてしまう。主観時間で六年と数ヶ月しか生きていないアリスには想像もつかない長さだ。

しかし、それだけの余裕《よゆう》があれば、ファナティオやデュソルバートの石化凍結術《せきかとうけつじゅつ》を解いてもフラクトライトに問題が起きることはあるまい。

「この部屋で眠《ねむ》っている騎士《きし》たちは、全員その記憶圧縮術式《きおくあっしゅくじゅつしき》で魂《たましい》を保護されているのね？」

念のために確認《かくにん》すると、エアリーはさっとかぶりを振った。

「いえ、最高司祭《さいこうしさい》さまの手で凍結《とうけつ》、封印《ふういん》された七名の騎士《きし》さまはご本人の意思を確認《かくにん》する手段がないため、術式《じゅつしき》は施《ほどこ》されていません。それ以外の騎士《きし》さまで、百年前後の活動歴がある方は全員、記憶圧縮《きおくあっしゅく》を受けておられます」

「ああ……七人はそもそも覚醒《かくせい》させられないんだものね。解《わか》ったわ、ありがとう」

これで、アリスの懸念《けねん》は全て解消された。あとは、《いにしえの七騎士《きし》》を除く九人の騎士《きし》を目覚めさせるかどうかだ。

――いや、星王《せいおう》と星王妃《せいおうひ》がエアリーに託《たく》した伝言は、「整合騎士団《せいごうきしだん》の封印《ふういん》を解くかどうかは、セルカたちと話し合って決めてほしい」という内容だったはず。ならば、アリスが一人で結論を出すわけにはいかない。

「ティーゼさん、ロニエさん、それにセルカ。あなたたちは、ファナティオ殿《どの》たち九人を目覚めさせるべきだと思う？」

順番に顔を見ながらアリスが問いかけると、三人はすでに答えを決めていたかのように頷《うなず》き、代表してロニエが答えた。

「はい、そう思います、アリスさま」

「理由を訊《き》いていい？」

「恐《おそ》らく、これからファナティオさまたちのお力が必要になるからです。八十階でキリト先輩《せんぱい》が言っていた整合機士団《せいごうきしだん》に対する攻撃《こうげき》は、本来、絶対に起こり得ないことなのです。なぜなら私たちアンダーワールド人は、原則的に上位の人間、または組織には反抗《はんこう》できないのですから」

「……そのとおりね」

ロニエの言わんとするところは、かつて《右目の封印《ふういん》》に抗《あらが》ったアリスには痛いほど理解できる。

頷《うなず》いたアリスを、ロニエは覚醒《かくせい》して以来、最も真剣《しんけん》な表情で見詰《みつ》めた。

「現在の整合機士団は、アンダーワールド地上軍《ちじょうぐん》と宇宙軍《うちゅうぐん》を統轄《とうかつ》する権限を持っていて、より上位の組織は星界統一会議《せいかいとういつかいぎ》だけだ、とローランネイたちが言っていました。つまり機士団《きしだん》への攻撃《こうげき》を計画、命令できるのは、統一会議《とういつかいぎ》の評議員か、それに準ずる立場の人間だけということになります。仮にその人物が表に出てくれば、整合機士たちは反撃《はんげき》できなくなってしまうかもしれません」

「そうか……その場合も、機士《きし》ではなく騎士《きし》なら……」

「ええ。私やティーゼを含《ふく》む全ての整合騎士が剣を捧《ささ》げたのは、キリトさまとアスナさまだけです。お二人以外のいかなる人物が現れようと、戦えなくなることは有り得ません。そして、その備えが遠からず必要になるという予感がするのです」

9

耳許《みみもと》で、川霧《かわぎり》を含《ふく》んだ風がびょうびょうと唸《うな》る。

他に聞こえるのは、疾走《しっそう》するクロの足音と追随《ついずい》するアガーの足音、そして二頭の呼吸音だけ。体を限界まで伏《ふ》せているので前方の地面はまったく見えず、障害物や他のモンスターの回避《かいひ》はクロを信じて任せるしかない。

俺は顔を右に傾《かたむ》け、滔々《とうとう》と流れる川の対岸を睨《にら》んだ。

三十メートルほど前方に、河川敷《かせんじき》を飛《と》び跳《は》ねるように走る人型の影《かげ》が見える。明かりが月の光だけなのでともすると暗闇《くらやみ》に紛《まぎ》れそうになるが、かろうじて見失わずにいられるのは、暗視スキルによる補正と、影《かげ》の腕《うで》の中で激しくはためく白いワンピースのおかげだ。

影《かげ》——ユイを攫《さら》ったサル型モンスターを追跡《ついせき》し始《はじ》めてから、すでに二分以上が経過している。どうにかして川を渡《わた》る必要があるが、いまのところ水に入らずに対岸までジャンプできそうな地形は見つからない。アガーならアスナを乗せたまま泳いで渡《わた》れるはずだが、最短でも三十秒はかかるだろうから、そのあいだにサルは遥《はる》か先まで逃げてしまう。

唯一《ゆいいつ》の好材料は、対岸の奥側《おくがわ》が、高さ十メートル近い急斜面《きゅうしゃめん》になっていることだ。さすがのサルもユイを抱《かか》えたままでは上れないようだが、いつか斜面《しゃめん》が切れたらその瞬間《しゅんかん》に進路を変え、俺たちの視界から消え去るだろう。

こちらが対岸に渡《わた》るのが先か、あちらが河川敷《かせんじき》から脱出《だっしゅつ》するのが先か。サルは下流めがけて逃げているので、川幅《かわはば》は少しずつ広がり、すでに二十五メートル近くもありそうだ。このまま走っていてもチャンスが減るいっぽうのように思えるが、懸命《けんめい》に焦《あせ》りを抑《おさ》え込む。

フリスコルは、この第二階層には複数の集落と町があると言っていた。人が住んでいるなら道があり、道があるなら必然的に、川とぶつかる場所には――。

「……………あった！」

俺は押《お》し殺《ころ》した声で叫《さけ》んだ。

前方、約百メートル先で、川を四連のアーチが横切っている。橋だ。

しかし、現在は使われていないものなのか、二箇所《かしょ》ほど崩落《ほうらく》しているようだ。それでもあの橋が、サルに追いつくラストチャンスであることは間違《まちが》いない。

「アスナ、あそこを渡《わた》るぞ！」

一瞬《いっしゅん》振り向いて叫《さけ》ぶと、「うん！」という声が聞こえた。

サルにどの程度の知能があるのかは不明だが、向こうも橋に気付いているはず。何か妨害《ぼうがい》を仕《し》掛《か》けてくる可能性はあるものの、ここまできたら強行突破《とっぱ》するしかない。

いったんクロの進路を少し左に振ってから、橋の手前で右に急ターンさせる。砂煙《すなけむり》を立てて曲がったクロは、半壊《はんかい》した橋を恐《おそ》れる様子もなくフルスピードで突入《とつにゅう》する。

俺は少しだけ顔を上げ、サルの様子を確認《かくにん》した。ことによると、こちらに石か何かを投げてくるのではと思ったのだが、俺が見たのは同じく右にターンし、全力疾走《しっそう》で逃げていくサルの後ろ姿だった。

対岸にある橋のたもとからは、粗《あら》く舗装《ほそう》された道が延び、いままでサルの離脱《りだつ》を妨《さまた》げていた急斜面《きゅうしゃめん》を貫《つらぬ》いて北西へと続いている。サルはその道を通って一目散に走り去っていく。まずい……もし橋を渡《わた》るのに手間取れば、サルを見失ってしまう。

──頼《たの》む、クロ！

強く念じた直後、クロが大きく跳躍《ちょうやく》した。

五メートル近くありそうな崩落《ほうらく》部分を、フル武装の俺を乗せたまま悠々《ゆうゆう》と跳《と》び越《こ》え、橋の中央あたりに着地。その先にもう一箇所《かしょ》ある間隙《かんげき》も、ほとんど助走なしでクリアする。

崩《くず》れ残《のこ》った橋を渡《わた》り、対岸に着いてから振り向くと、ちょうどアガーも二つ目の間隙《かんげき》を跳《と》び越《こ》えるところだった。跳躍距離《ちょうやくきょり》がわずかに足りず、一瞬《いっしゅん》ひやっとしたが、アガーは両手両足の鋭《するど》い鉤爪《かぎつめ》を崩落面《ほうらくめん》に突き立てながら橋床《きょうしょう》までよじ登り、俺とクロを追ってくる。

ナイス、と叫《さけ》びたいところだがそれはまだ早い。無言で背後にサムズアップだけして、再びクロの背中に伏《ふ》せる。

行く手には、地層が浮《う》き出《で》た急斜面《きゅうしゃめん》が立ちはだかっているが、道はその一部を穿《うが》ち、暗闇《くらやみ》の中へと延びている。目を凝《こ》らすと、彼方《かなた》を疾駆《しっく》するサルの姿がどうにか見て取れる。

橋を渡《わた》る時にやや引《ひ》き離《はな》されてしまったが、これでようやくサルの逃走《とうそう》ルートに合流できた。あとは追いつくだけ——なのだが、クロとアガーのTPが目に見えて減り始めている。これがゼロになると、次はHPが減ってしまう。

だが、条件はユイを抱《かか》えているサルも同じはずだ。頑張《がんば》ってくれ、とクロに念じかけ、ひたと前方を睨《にら》む。

追う俺たちと逃げるサルの移動速度はほぼ拮抗《きっこう》している。あとはどちらが先に消耗《しょうもう》するかだ……と考えた時、アスナがアガーを俺の右横まで前進させ、風音に負けない音量で話しかけてきた。

「ねえ、キリトくん。あれ、本当にモンスターなの？」

「え……だって、見た目は……」

と言いかけてから気付く。外見だけなら、昆虫人間《シックス》のザリオンやビーミングのほうがよほどモンスターらしい。

加えて、あまりにも逃走距離《とうそうきょり》が長すぎる。《集団の中で最も小柄《こがら》なプレイヤーを拉致《らち》する》という行動パターンのモンスターがいても不思議はない——実際、ギルナリス・ホーネットはパッテル族《ぞく》のチェットを攫《さら》ったらしい——が、サルは恐《おそ》らくもう四キロメートル以上も走っている。万が一これがイベントのたぐいだとしても遠くまで逃げすぎだし、騎乗動物《きじょうどうぶつ》を使っても追いつけないのはいくらなんでも足が速すぎる。

「プレイヤー……だとしたら、狙《ねら》いは何だ……？」

そう呟《つぶや》いてから、俺はさっとかぶりを振った。

「いや、動機は後でいい。いまは、あいつがプレイヤーだという前提で、追いつく方法を見つけないと」

「……うん」

頷《うなず》いたアスナが、ぎりっと歯を食《く》い縛《しば》る。

幅《はば》二メートル足らずの小道は、サバンナのような草原を貫《つらぬ》いてどこまでも続いている。草の背丈《せたけ》は五十センチほどで、たとえ飛び込んでもサルの体格なら姿を隠《かく》すことは不可能。しかしこの地形が無限に続くとは思えないので、一本道の追いかけっこをしていられるうちに距離《きょり》を詰《つ》めなければ。

サルがプレイヤーなら、大きな音で気を引くとか、食べ物の匂《にお》いで釣《つ》るような単純な仕掛《しか》けには反応すらしてくれないだろう。しかしいっぽうで、ザ・ライフハーベスターのような理不《りふ》尽《じん》な戦闘力《せんとうりょく》は持っていないはずだ。ならば――。

「アスナ、こいつらを信じよう！」

そう言いながら、躍動《やくどう》するクロの背中に右手を触《ふ》れさせると、アスナは一瞬《いっしゅん》間《ま》を置いてから答えた。

「解《わか》った！」

「ゼロで後ろに降りるぞ！」

再び前方を睨《にら》み、タイミングを計る。短い直線に差《さ》し掛《か》かった瞬間《しゅんかん》、叫《さけ》ぶ。

「二、一、ゼロ！」

俺とアスナは同時に体を浮《う》かせ、それぞれのペットの後方に着地した。

「クロ、行け！」

「アガー、お願い！」

具体性皆無《かいむ》な指示だったが、二頭は「ガウッ！」「クワッ！」と短く吼《ほ》え、一気に加速した。

クロとアガーは、ここまで俺とアスナを背中に乗せたまま、サルと同じ速さで走り続けた。それはつまり、重い乗り手がいなくなれば、もっとスピードを出せるということだ。いっぽうサルは、攫《さら》ったユイを手放すことはできない。

五十メートル近くあった距離《きより》を、クロとアガーはみるみる縮めていく。俺とアスナも、二頭を追って懸命《けんめい》に走る。

サルがちらりと振り向き、人間臭《にんげんくさ》く口を歪《ゆが》めた。チッ、という舌打ちの音が聞こえるようだ。

直後、サルは予想外のアクションを起こした。再び前を向くと、空の右手を低く振りかぶる。アンダースローで何かを投げ上げるような仕草。俺の暗視スキルが、闇《やみ》に尾《お》を引く二筋の火花を捉《とら》える。

不意に、夜空の驚《おどろ》くほど高いところで、青と赤の閃光《せんこう》が弾《はじ》けた。一瞬遅《いっしゅんおく》れて、パン、パン！

という破裂音《はれつおん》。

光──正確には色つきの炎《ほのお》はすぐには消えずに、空中を漂《ただよ》い続《つづ》ける。手投げ式の信号弾《しんごうだん》か。青と赤の光が意味するところは不明だが、あの炎《ほのお》が見える範囲内《はんいない》にサルの仲間がいるということだ。

すでにクロとアガーは十メートルを切るところまで迫《せま》っている。二頭がサルを五秒間足止めしてくれれば俺とアスナが追いついて、サルを殺してユイを取《と》り戻《もど》し、このエリアから離脱《りだつ》できる……はずだ。ユイを攫《さら》った理由を訊《き》かずに殺すことには多少の躊躇《ちゆうちょ》もあるが、優先順位を間違《まちが》ってはならない。

サルはまたしても後ろを見ると、逃げられないと判断したのか立ち止まった。左腕《ひだりうで》にユイを抱《かか》えたまま、素手《すで》でクロとアガーを迎《むか》え撃《う》つつもりらしい。しかし今日までの戦いで、クロはレベル8、アガーはレベル7に到達《とうたつ》している。たとえサルがプレイヤーでも、武器なしで撃退《げきたい》できるほどヤワな二頭ではない。

クロとアガーが、跳躍《ちょうやく》モーションに入る。

刹那《せつな》、サルは口を大きく開けながら、思い切り体を仰《の》け反《ぞ》らせた。空気を吸い込んだのか、胸が風船のように膨《ふく》らむ。四本の犬歯が激しく噛《か》み合《あ》わされ、火花を散らす──。

ゴオッ！　と俺の耳にまで届く音を立てて、サルの口から赤々とした炎《ほのお》が吐《は》き出された。

「なっ……」

なんでサルが火炎《かえん》ブレスを⁉　と驚愕《きょうがく》する暇《ひま》もなく、クロとアガーが炎《ほのお》に呑《の》み込まれた。

二頭のＨＰバーが、瞬時《しゅんじ》に三割以上も減少する。しかも、バーの右側に点灯した炎《ほのお》マークのアイコンは、恐《おそ》らく火傷《やけど》の状態異常だろう。

クロとアガーは、悲鳴を上げながらもんどり打って倒《たお》れた。いますぐ手当てしてやりたいが、恐《おそ》らく火炎《かえん》ブレスはサルの奥《おく》の手《て》だ。これほどの威力《いりょく》の攻撃《こうげき》を連発できるとは思えないので、冷却《クール》タイムが終わる前に距離《きょり》を詰《つ》めなければならない。

──クロ、アガー、少しだけ我慢《がまん》してくれ！

と心の中で叫《さけ》ぶと、俺は限界までスピードを上げた。倒《たお》れた二頭を跳《と》び越《こ》え、空中で愛剣《あいけん》を抜く。

サルまでは残り五メートル。

クロたちを攻撃《こうげき》したことでようやく敵対フラグが立ち、サルの頭上にスピンドルカーソルが出現している。紡錘《スピンドル》の色は、敵対プレイヤー特有の、仄《ほの》かにマゼンタがかったルビーレッド。満タンのＨＰバーの下には、【Ｍａｓａｒｕ】という人を食った名前が読み取れる。

嫌《きら》いなセンスではないが、ユイを攫《さら》おうとしたことは絶対に許せない。

もうソードスキルの間合いだったが、サル改めマサルがユイを盾《たて》にする可能性があるので、俺は剣技《けんぎ》発動のモーションをフェイントに使いつつ一気に肉薄《にくはく》した。

「ハアッ！」

敵はユイを左腕《ひだりうで》で抱《かか》えているので、右脇腹《みぎわきばら》を狙《ねら》って逆袈裟《ぎゃくけさ》に斬《き》り上げる。バックジャンプで危なげなく回避《かいひ》されたが、それが狙《ねら》いだ。

俺は高く掲《かか》げた剣でマサルの視線を遮《さえぎ》りつつ、体を右に回す。すぐ後ろを走っていたアスナが、俺の背中を掠《かす》めながら飛び出す。キイィィンという高周波が響《ひび》き、クリアシルバーの閃光《せんこう》が闇《やみ》を切《き》り裂《さ》く。

「ウオッ……」

ここで初めて、マサルが声を上げた。

レイピアを構えたアスナが、不可視の翼《つばさ》を羽ばたかせたかの如《ごと》き角度とスピードで突進《とっしん》する。ソードスキル《シューティングスター》。宙に浮《う》いた状態で、この最速剣技《けんぎ》を回避《かいひ》する方法はない。

マサルはユイを草むらに放り捨て、両腕《りょううで》をクロスさせた。

二本の腕《うで》を、銀光をまとったレイピアが深々と穿《うが》った。

「ぐはっ！」

野太い苦鳴。リズベットが鍛《きた》えた鋼《はがね》のレイピアは、十センチ以上もマサルの胸を貫《つらぬ》いてから、轟音《ごうおん》とともに吹《ふ》き飛《と》ばした。直立すれば俺より背丈《せたけ》がありそうな体が、地面に叩《たた》き付《つ》けられてごろごろ転がる。

倒《たお》れ方《かた》は派手だが、HPは二割ほどしか減っていない。草むらに倒《たお》れたユイに駆《か》け寄《よ》りたい

ッシュする。

衝動《しょうどう》を抑《おさ》え込み、技後硬直中《ぎごこうちょくちゅう》のアスナに「ユイを頼《たの》む！」とだけ声を掛《か》けて、マサルめがけてダ
剣を振りかぶり、ソードスキル《バーチカル》を発動させようとした、その時。

「ゴアアアアッ‼」

という凄《すさ》まじい咆哮《ほうこう》が、夜の草原に轟《とどろ》き渡《わた》った。

「――⁉」

剣技《けんぎ》を保留しつつ顔を上げると、北西に延びる道の先から、猛《もう》スピードで接近してくる三つの影《かげ》が見えた。恐《おそ》らく、マサルが信号弾《しんごうだん》で合図した相手だ。

いますぐ反転し、ユイを抱《だ》き上げて逃げる……という選択肢《せんたくし》を俺は頭の中から払《はら》い落《お》とした。新手の三人もマサルなみに走れるなら、クロとアガーの火傷《やけど》デバフが消えないうちは振り切れない。いまは冷静な計算ではなく、狂気《きょうき》で敵を圧倒《あっとう》すべき時だ。

「うおあああッ‼」

負けじと雄叫《おたけ》びを迸《ほとばし》らせ、俺は倒《たお》れたマサルの横を駆《か》け抜けた。

突進《とっしん》してくる三人を、見開いた両目で睨《にら》む。右と左は小柄《こがら》だが、中央の一人はかなり大きい。しかも両手で大型の武器を握《にぎ》っているようだ。

あいつがリーダーだろうと判断し、狙《ねら》いを定める。もし外れていたらほぼ確実に負けるが、その時はその時だ。

距離《きょり》が二十メートルを切る。月光と暗視スキルが、敵リーダーの姿を浮《う》き上がらせる。

やはり普通《ふつう》の人間ではない。二本の脚《あし》で走っているし、胴体《どうたい》には革鎧《かわよろい》らしきものを装備しているが、四肢《しし》は黒い縞模様《しまもよう》のある毛皮に覆《おお》われ、頭部はネコ科の猛獣《もうじゅう》そのもの。

トラだ。身《み》の丈《たけ》二メートル近いトラ人間。

俺は遅《おそ》まきながら敵の正体を悟《さと》った。こいつらは、自キャラの選択肢《せんたくし》が獣人《じゅうじん》だけというVRMMO、アポカリプティック・デート——通称《つうしょう》《アポデ》のプレイヤーたちだ。

ALO組より先行しているはずのアポデ組が、なぜ俺たちを待ち伏《ぶ》せし、なぜユイを攫《さら》うのか。

いや、いまは敵の事情などどうでもいい。闘争《とうそう》本能の炎《ほのお》に百パーセント身を任せなくては、この危地は打破できない。

トラ人間が、巨大《きよだい》な両手《りようて》斧《おの》を高々と振りかぶった。

生半可な回避《かいひ》では体勢を崩《くず》されるし、中途《ちゅうと》半端《はんぱ》に受けたら剣を砕《くだ》かれる。前へ……敵の想定を超《こ》えて、さらに前へ。

「ゴウアアッ‼」

トラが轟然《ごうぜん》と振り下ろした斧の真下へ、

「おおおッ‼」

俺は渾身《こんしん》の力で地面を蹴《け》って飛び込んだ。

同時に繰《く》り出した上段斬《じょうだんぎ》りが、両手斧《りょうておの》の柄《え》と激突《げきとつ》する。純白の火花が飛び散り、途方《とほう》もない衝撃《しょうげき》に全身の関節が軋《きし》む。もし柄《え》ではなく分厚い刃《やいば》と斬《き》り結《むす》んでいたら、剣ごと叩《たた》き潰《つぶ》されていただろうと確信できるほどの一撃《いちげき》だ。

しかし、《剛力《ごうりき》》アビリティで強化したアバターと、リズベットが打ってくれた《上質な鋼《はがね》の長剣《ちょうけん》》は、両手斧《りょうておの》を受け止め、一瞬《いっしゅん》の膠着《こうちゃく》状態を経て押《お》し戻《もど》した。トラが上体を仰《の》け反《ぞ》らせる。同時に俺の剣も弾《はじ》き返《かえ》される。

このブレイクポイントを狙《ねら》ったのだろう、右前方から小柄《こがら》な獣人《じゅうじん》が突っ込んできた。種類は解《わか》らないが、握《にぎ》っているのは湾曲《わんきょく》したダガーだ。ただ硬直《こうちょく》が解けるのを待っているだけなら、回避《かいひ》も防御《ぼうぎょ》も間に合わないタイミング。

しかし俺は、両手斧《りょうておの》と斬《き》り結《むす》んでいる時点で剣が跳《は》ね返《かえ》される角度を予測し、自分の姿勢を微調整《びちょうせい》していた。跳《は》ね返《かえ》ってきた剣は、吸い込まれるように右肩《みぎかた》の上に収まり、ソードスキルの発動モーションを形作る。

「う……らぁ‼」

剣が青い輝《かがや》きを帯びた瞬間《しゅんかん》、俺は迷わず《バーチカル・アーク》を発動させた。右から迫《せま》ってきたダガーが脇腹《わきばら》の装甲《そうこう》を掠《かす》めるのを感じながら、まだ仰《の》け反《ぞ》り中《ちゅう》のトラ人間めがけて剣を叩《たた》き込む。

ドカッ！　と重い手応え。肉厚の刀身が、敵のレザーアーマーを深々と斬《き》り裂《さ》き、下死点で鋭角《えいかく》に跳《は》ね上がる。

「グァッ‼」

巨体《きょたい》にVの字のダメージ痕《こん》を刻まれたトラ人間は、数メートルも宙を飛び、背中から地面に落下した。

同時に俺も技後硬直《ぎごこうちょく》を課せられる。そこに、左側から短い槍《やり》を握《にぎ》った三人目が肉薄《にくはく》してくる。

今度はもうソードスキルによる硬直《こうちょく》キャンセルはできない。しかし。

硬直中《こうちょくちゅう》でも、両手の手首から先だけは動かせる。

俺は愛剣《あいけん》の柄《つか》から手を離《はな》し、両手の指先を左右から接触《せっしょく》させた。手の中に灰色の光が宿った瞬間《しゅんかん》、指を離《はな》し、角度を調整し、両手を握《にぎ》る。

怖気《おぞけ》をふるうような効果音とともに発射された灰色の粘液塊《ねんえきかい》──腐属性魔法《ふぞくせいまほう》《腐《くさ》れ弾《だま》》は、左から迫《せま》る敵の胸元《むなもと》に命中し、飛び散った。

「キャーン！」

という犬の悲鳴にも似た声が響《ひび》く。《腐《くさ》れ弾《だま》》に攻撃力《こうげきりょく》はないが、凄《すさ》まじい腐臭《ふしゅう》と不味《ふみ》は、最大限の覚悟《かくご》が決まっていなければ耐《た》えられるものではない。

硬直《こうちょく》が解けた瞬間《しゅんかん》、俺は右足の爪先《つまさき》で落下途中《とちゅう》の愛剣《あいけん》を跳《は》ね上げ、再び握《にぎ》った。右後方から追いすがる気配が伝わってくるが、無視して思い切りジャンプする。

前方では、トラ人間が起き上がりつつある。凶悪《きょうあく》なまでに鋭《するど》い牙《きば》が生えた口に、愛剣《あいけん》を容赦《ようしゃ》なく突き込む。剣尖《けんせん》が柔《やわ》らかい喉《のど》を貫《つらぬ》き、首の後へと抜ける。

「ガッ‼」

短い苦鳴を漏《も》らすトラの腹に着地すると、ソードスキル《レイジスパイク》のモーションを起こす。このままスキルを発動させれば、恐《おそ》らくトラの頭は消し飛ぶ。甲高《かんだか》い振動音《しんどうおん》とともに、トラの口からペールブルーの閃光《せんこう》が迸《ほとばし》る――。

「ま、待ってくれ！」

背後で裏返った声が響《ひび》き、俺はソードスキルを準備状態のまま保留した。鮮《あざ》やかな水色の光が、俺とトラの顔を照らす。

「降参する！　武器を捨てる！　だからソイツを殺さないでくれ！」

――ユイを攫《さら》っておいて勝手なことを。

という怒《いか》りが頭の中で渦巻《うずま》いたが、一度の深呼吸でどうにか抑《おさ》え込む。サル人間のマサルは、ユイを拉致《らち》はしたもののダメージは与《あた》えなかった。ユイのHPを一ドットでも減らしていたら皆殺《みなごろ》しだったぞ、と胸の中で呟《つぶや》いてから、肩越《かたご》しに指示する。

「……後ろの二人、武器を右側の草むらに思いきり投げろ」

すると、すぐさまブンッと空気が震《ふる》え、ダガーとショートスピアが十メートル以上も飛んでいくのが見えた。残る武器は、トラ人間が右手で握《にぎ》ったままの両手斧《りょうておの》だけだ。

「あんたも斧を放せ」

トラ人間は瞬《まばた》きで降伏《こうふく》の意を示すと、両手《りょうて》斧《おの》を路上に落とした。俺はそれを左足で遠ざけ、右手の剣をゆっくりと口から引き抜いた。

トラの腹に乗せていた右足も下ろして、二歩左に動く。両手《りょうて》斧《おの》の柄《え》を踏《ふ》み、振り向く。

三メートルほど先に並んで立っているのは、恐《おそ》らくアライグマの獣人《じゅうじん》とキツネの獣人《じゅうじん》だった。キツネのほうはまだ盛大《せいだい》に顔を歪《ゆが》め、ぺっ、ぺっと唾《つば》を吐《は》いている。

二人のさらに後方を見やると、地面に座《すわ》り込んだサル人間に、アスナがレイピアを、そしてユイがショートソードを突きつけていた。

「いやぁ……聞きしに勝《まさ》るバーサーカーぶりだワな」

というのが、獣人《じゅうじん》四人組のリーダー、トラ人間のオットーの第一声だった。

道端《みちばた》に並んで座《すわ》る四人は、例のニーディーロープで両足首《りょうあしくび》を拘束《こうそく》したうえで互《たが》いに連結されている。武器は取り上げたが、アポデ組の獣人《じゅうじん》には鋭《するど》い爪《つめ》と牙《きば》があるので決して油断できない。

俺は右手に剣を握《にぎ》ったまま、ぶっきらぼうに反論した。

「さっきの戦闘《せんとう》のどこがバーサーカーなんだよ。めちゃくちゃクレバーだったろ」

「よく言うよ」

パッテル族《ぞく》に似た甲高《かんだか》いキーキー声で、アライグマ人間のラルカスが毒づく。「ラスカルにしろよ！」と言ってやりたいところだが、プレイヤーネームはアイデンティティーそのものなので、何らかのこだわりがあるのだろうと思って我慢《がまん》する。

「普通《ふつう》、三対一なら逃げるか、少なくとも止まるんだよ。スピードアップして突っ込んでくるのはイカレてるっての」

まくし立てるラルカスの隣《となり》で、キツネ人間のアズキはいまだに口をモゴモゴさせている。

「うええ……まだ変な味が消えない……。何なのよ、さっきの魔法《まほう》……」

声からすると四人の中で唯一《ゆいいつ》の女性プレイヤーであるらしいアズキに、俺はストレージから取り出した素焼《すや》き瓶《びん》を放った。キツネ人間は両手で受け止めたものの、不信感たっぷりな視線を向けてくる。

「ただの水だよ」

そう言って、右端《みぎはし》に座《すわ》るサル人間のマサルに目を向ける。

「それで……あんたらは、なんであの子を拉致《らち》しようとしたんだ？」

するとマサルは、俺の左後方をちらりと見やった。

少し離《はな》れた場所には、ユイを抱《かか》えたアスナと、クロ、アガーが固まって立っている。二頭の火傷《やけど》は、アスナが製薬《せいやく》スキルで作った軟膏《なんこう》で治療《ちりょう》し、ポーションも飲ませたのでＨＰは全回復しているが、表情はいまにも四人に飛びかかりそうなほど剣呑《けんのん》だ。

「……ええと、どこから話したものかな……」

サルアバターにマサルなどという名前を付けているくせに、やけに理知的な美声でそう前置きすると、マサルは説明を開始した。

「ボクたちアポデ組が第二階層に到達《とうたつ》したのは一昨日の午前で、アスカ組から半日遅《おく》れてた。ただ、あっちは寒さ対策必須《ひっす》の氷雪地帯で、こっちは水も食料も資源も豊富な森林地帯だったから、すぐに追いつけるはずだった。五パーティー四十人の先遣《せんけん》部隊で最初の十キロを順調に踏破《とうは》して、きれいな湧《わ》き水《みず》のある空き地を発見したから、ひとまずそこに補給拠点《きょてん》を作ることにしたんだ─」

「ちょっと待った。先遣《せんけん》部隊が四十人ってことは、あんたらアポデ組は、何人が第二階層まで到達《とうたつ》してるんだ？」

俺が口を挟《はさ》むと、マサルは左に座《すわ》るオットーをちらりと見てから答えた。

「訊《き》かれたことには答えるけど、それが真実だという証拠《しょうこ》はないよ」

「真実かどうかはこっちが判断する」

「……約二百人だ。もちろん、その全員が同時にダイブしてるわけじゃないけど」

──にひゃくうぅ⁉

と叫《さけ》びそうになり、俺はぐっと口を引き結んだ。

何せ、ALO組でいま第二階層まで到達《とうたつ》しているのは、俺とアスナ、ユイを含《ふく》めてたったの十三人なのだ。さすがに二百人はブラフだろうと思いたいが、マサルのサル顔からはまったく真偽《しんぎ》を読み取れない。

諦《あきら》め、先を促《うなが》そうとしたその時、背後でユイが言った。

「その人、たぶん嘘《うそ》はついていません」

なんで解《わか》るんだ？　と訊《き》こうとして悟《さと》る。恐《おそ》らくユイはマサルの口調や声音《こわね》を分析《ぶんせき》したのだ。

それを四人の前で言わせるわけにはいかない。

「そうか、じゃあ、まあ、いちおう信じるよ」

「それに、確実ではありませんが検証も可能です」

「へ？」

今度こそ目を丸くしてしまう。

「ど、どうやって？」

「マサルさんにリングメニューを開かせ、フレンドリストの登録人数を確認《かくにん》すればいいのです」

「あ……ああ、なるほど……」

俺が呟《つぶや》いたのと同時に、マサルも「そんな手が……」と唸《うな》った。

フレンドメッセージは、過酷《かこく》なまでにリアルなこのユナイタル・リング世界で、プレイヤーに与《あた》えられた数少ない特権だ。誰《だれ》に連絡《れんらく》の必要が生じるか解《わか》らないのだから、仲間を全員登録している可能性が高い。

俺の指示を待たず、マサルは自主的にリングメニューを開き、コミュニケーションアイコンを叩《たた》いた。後ろから覗《のぞ》き込むと、フレンドリストの上段右側に、２１８という数字が記されている。

「……納得《なっとく》したよ」

「それはよかった」

そう言ってメニューを消すと、マサルは説明に戻《もど》った。

「で、森の中の空き地に拠点《きょてん》を作るために、ボクらはまず木の伐採《ばっさい》から始めたんだ。面積が少し足りなかったし、空き地の周りには高級そうな針葉樹が山ほど生えてたしね。ウチにはそこのオットーみたいに、力自慢《ちからじまん》のセリアンがいっぱいいるから、さくさくと……」

「セリアンって何だ？」

「ああ、セリアンスロープの略だよ。アポデじゃ、獣人《じゅうじん》をそう呼ぶんだ」

「なるほど。続けてくれ」

「……さくさくと針葉樹を五、六本伐《き》り倒《たお》して、同時進行で製材も始めようとした時だった。森の奥《おく》から、二十人くらいのＮＰＣがいきなり弓矢で攻撃《こうげき》してきてね。この矢が、当たるわ痛いわで……」

「大げさでなく百発百中だったワな」

オットーも、巨体《きょたい》をぶるりと震《ふる》わせる。

「死人が出なかったのは奇跡《きせき》だワ。キャスパーの撤退《てったい》指示が早かったおかげだワな」

また新しい名前が出てきたが、いちいち注釈《ちゅうしゃく》を求めていたらいつまで経《た》っても話が進まないので、後回しにしてマサルの話を聞く。

「で、その場はとにかく逃げたんだけど、ＮＰＣもしつこく追ってきてね。ボクたちは結局、八キロも後退するハメになったんだ。森を出たらやっと追撃《ついげき》が止まったんで、ひとまずそこでキャンプして、隠密《おんみつ》行動が得意なセリアン八人で組んだ偵察《ていさつ》部隊を出すことにした。ボクと、そこのアズキも参加したよ」

マサルが視線を向けると、水を飲んでようやく腐《くさ》れ弾《だま》の後味が消えたらしいアズキがこくんと頷《うなず》いた。

「マサルとウチと、あとはイタチとかマングースとかオセロットとか、スニーキングには自信アリな奴《やつ》らばっかりでさ。もちろん全員アビは《俊敏《しゅんびん》》ツリーで、《隠《かく》れ身《み》》とか《軽業《かるわざ》》も取ってて、敵が誰《だれ》だろうと見つかるわけないと思ってたのよ。実際、例の空き地までは何事もなく到着《とうちゃく》できて、そこからはもうニンジャパワー全開で、めちゃくちゃ慎重《しんちょう》に敵の拠点《きょてん》を探したんだけど……」

アズキが、尖《とが》った鼻面《はなづら》を項垂《うなだ》れさせた。

話を引き取ったマサルの声にも、悔《くや》しさと恐怖《きょうふ》が滲《にじ》んでいる。

「……森の奥《おく》に向かって、三百メートルくらい進んだ時だったかな。誰《だれ》も気付かないうちに、例のＮＰＣにぐるっと取り囲まれててね。弓矢を向けられて、何か言われたんだけどぜんぜん理解できなくて……。これは死んだな、と思った時、マングースのマゲシマが《黒煙《こくえん》の息》を使って……」

「こ、こくえんのいき？　何だそれ？」

たまらず口を挟《はさ》むと、マサルは軽く肩《かた》を上下させた。

「煙幕《えんまく》を吐《は》く引《ひ》き継《つ》ぎスキルだよ。ボクがさっき使った《火炎《かえん》の息》と一緒《いっしょ》さ」

「ああ……」

引《ひ》き継《つ》ぎスキルというのは、強制コンバート前のゲームから、たった一つ持《も》ち込むことを許された能力のことだ。

言われてみればこのサル人間は、クロとアガーに向けてファイアブレスを吐《は》いたのだ。サルが火を吐《は》くなよと思ったが、どうやらアポカリプティック・デートから持《も》ち込んだ能力らしい。となるとオットーやラルカス、アズキも何らかのブレスを吐《は》くのか気になるが、これも後回しにして続きを聞く。

「……事前に、マゲシマが煙幕《えんまく》を吐《は》いたらとにかく逃げるって打ち合わせしてたから、ボクは必死に逃げたんだ。矢がびゅんびゅん飛んでくる中をジグザグに走りまくって、どうにか敵を撒《ま》いて、これも事前に決めてた合流地点に戻《もど》ったんだけど……辿《たど》り着《つ》けたのは、八人のうちの五人だけだった」

「……残り三人は死んだのか？」

「いや。マゲシマとカトコとシュバインは敵に捕《つか》まった」

「…………」

現状ではマサルたちも敵なのだが、思わず唇《くちびる》を嚙《か》んでしまう。ＶＲＭＭＯでの捕縛《ほばく》、監禁《かんきん》は絶望展開の最たるもので、一回死んだら終わりのユナイタル・リングでも気分的にはまったく変わらない。

「そりゃお気の毒さま……と思うけど、それとあの子を攫《さら》ったことがどう関係するんだ？」

ユイをちらりと見ながらそう訊《き》くと、マサルは深々とため息をついてから答えた。

「……マゲシマたちを見捨てるわけにはいかない。けど、仮に二百人全員でかかっても、森で奴《やつ》らと戦うのは無理だ。あとはもう、交渉《こうしょう》でどうにかするしかないけど……キリトさんたちも知ってるだろ。対応する言語スキルを習得してないと、ＮＰＣの言葉は言葉にすら聞こえない。言語スキルを習得するにはＮＰＣと根気強く話すしかないけど、奴《やつ》らはボクたちを見た瞬間《しゅんかん》に攻撃《こうげき》してくる。初手で敵対してしまった時点で、交渉《こうしょう》ルートは詰《つ》みなんだ」

「でもよォ！」

納得《なっとく》いかない、とばかりにラルカスが喚《わめ》く。

「初手で敵対も何も、アイツら、拠点《きょてん》作ってるだけのオレたちにいきなり矢ァぶっ放してきたじゃねーか。そりゃ、この世界のＮＰＣはたいてい敵対的だけどよォ、アレはいくらなんでも理不尽《りふじん》だろーがよ！」

「それを言ったら、ユナリンの存在そのものが理不尽《りふじん》だワな」

オットーの言葉に、「まったくだ」と相づちを打ちそうになり、俺は口をへの字に曲げた。話が興味深いので引き込まれそうになるが、この四人が敵であることを忘れてはならない。

「……先制攻撃《こうげき》された理由、ボクなりに考えてることはあるけど……それは後にしよう」

落ち着いた声でそう言うと、マサルは一瞬《いっしゅん》だけユイに視線を向けた。

「武力による救出も、平和的な交渉《こうしょう》も不可能……あとは、何かウラワザを見つけるしかない。そう考えたボクたちは、一昨日の夕方から情報を集めまくった。その一環《いっかん》として、サブアカを温存してた仲間が、いくつかの有力タイトルにキャラをコンバートしたんだけど……ALOのスタート地点に潜入《せんにゅう》したヤツが、興味深い話を聞いてきたんだ。あの有名な《黒の剣士》が、第二階層のすぐ手前に大規模な拠点《きょてん》を築いて、そこにNPCを二種族も移住させてるってね。NPCと友好関係を築くのも大変なのに、この短期間で移住まで了承《りょうしょう》させたっていうのはただごとじゃない。詳《くわ》しく調べるために、追加で何人もスティス遺跡《いせき》に潜入《せんにゅう》させたら、そのうち一人がキリトさんの町……ラスナリオに向かうキャラバンに運良く紛《まぎ》れ込めたんだ」

そういえばフリスコルが、最近スティス遺跡《いせき》に初期装備で現れて、あれこれ話を聞きたがる新顔プレイヤーがチラホラいるらしいと言っていた。彼はアスカ組かアポデ組のスパイではないかと推測していたが、大当たりだったわけだ。

「で、そいつがラスナリオでも聞《き》き込みをしたら、キリトさんの仲間に不思議なプレイヤーがいるっていう情報があってね。見た目は小さい女の子なのに、NPCとばりばりコミュニケーションしてて、もしかしたらラスナリオに移住するよう説得したのもその子じゃないか、っていう……。本当にそんなことが可能だとしたら、理由は一つしか考えられない」

人間ではなくAIだからだ——と言い出すのではと俺は焦《あせ》った。

しかし、もう一度ユイを見たマサルが口にしたのは、予想外の言葉だった。

「その子は、何か言語系のスキルを引《ひ》き継《つ》いでるんだろう？　どんな種族とでも会話できる、みたいな……。そのスキルがユナリンのNPCにも有効なら、マゲシマたちを攫《さら》った奴《やつ》らともコミュニケーションが取れるはずだ」

ユイから俺に視線を移すと、マサルは落ち着いた声で言った。

「これで、ボクらがその子を攫《さら》おうとした理由が解《わか》っただろう？」

「…………」

——解《わか》ったけど、納得《なっとく》は一ミリグラムもしてないぞ。

と俺は言おうとしたのだが、一瞬《いっしゅん》早くユイ自身がマサルに問いかけた。

「なら、どうして平和的に協力を依頼《いらい》しようとしなかったのですか？」

虚《きょ》を突かれたように瞬《まばた》きするマサルの隣《となり》で、オットーが巨大《きょだい》な両手を軽く持ち上げた。

「依頼《いらい》したら、引き受けてくれたのかい？」

「もちろんです！」

アスナの腕《うで》のなかで精一杯《せいいっぱい》胸を張るユイを、俺は誇《ほこ》らしい気持ちで見詰《みつ》めた。

しかし、保護者として了承《りょうしょう》できるか否《いな》かはまた別の問題だ。個々がこれほどの戦闘力《せんとうりょく》を持つアポデ組の精鋭《せいえい》四十人を、苦もなく敗走させたという西のNPC——そんな奴《やつ》らの矢面《やおもて》にユイを立たせることを想像しただけで、背中がひやっと冷たくなる。

「……本人があぁ言ってるからって、いまから依頼《いらい》しようとか虫のいいことを考えるなよ」

呆気《あっけ》にとられた様子のマサルたちに釘《くぎ》を刺しておいてから、俺はもっと早く訊《き》いておくべきだったことを訊《き》いた。

「そもそもだな……、そのNPCってどんな連中なんだ？」

「ああ、言わなかったっけ。エルフだよ……肌《はだ》が黒っぽかったから、たぶん、いわゆるダークエルフってやつだ」

「ダーク……エルフ」

呟《つぶや》いた俺の顔を、少しばかり訝《いぶか》しそうに見上げながら、マサルは付け足した。

「さっきも言ったとおり言葉はぜんぜん解《わか》らなかったけど、唯一《ゆいいつ》、奴《やつ》らの自称《じしょう》……種族名だか、国名だかは聞き取れたよ。確か……ルースラとか、リュースラとか、そんな感じだった」

10

「……本当に、見事なものね」

アリスが感嘆《かんたん》の声を漏《も》らすと、セルカは完成したばかりの解凍薬《かいとうやく》を胸に抱《だ》いたまま振り向き、微笑《ほほえ》んだ。

「姉さまも、手順さえ覚えればできるわよ。術式権限はあたしより高いんだから」

確かにアリスのシステム・コントロール権限レベルは、いまのセルカと比べてもわずかに高かったのだが、それは恐《おそ》らくアビッサル・ホラーを撃破《げきは》したからで、地道な修業《しゅぎょう》の積み重ねで上げたわけではない。

もちろん下位騎士《かいきし》だった頃《ころ》は一生懸命《いっしょうけんめい》術式の勉強をしたし、素因《そいん》を操《あやつ》る技術にもそれなりの自負はあるが、シスター見習いから神聖術師《しんせいじゅつし》団長《だんちょう》にまで上《のぼ》り詰《つ》めたセルカの繊細《せんさい》かつ大胆《だいたん》な技《わざ》には到底及《とうていおよ》ばないと感じる。

加えて、《石化凍結解凍術式《せきかとうけつかいとうじゅつしき》の液体化》という作業が、想像を遥《はる》かに上回る難易度だった。大量の神聖力《しんせいりょく》を貯《たくわ》えた触媒《しょくばい》である聖花珠《せいかしゅ》を作業台に並べ、光素《こうそ》、闇素《あんそ》、水素《すいそ》、晶素《しょうそ》を同時に生成。それらに複雑な処理を施《ほどこ》してから保持し、長大な解凍術式《かいとうじゅつしき》を一節だけ詠唱《えいしょう》する。術式の効果を素因《そいん》に転写し、液体に変えて水晶《すいしょう》の空《あ》き瓶《びん》に流《なが》し込み、次の節の作業へと移る。

やっていることは、見習い術師でもできる天命《てんめい》回復薬作りの延長線上なのだが、その距離《きょり》が果てしなく遠い。しかも恐《おそ》らく、素因《そいん》の保持に心意力《シンイりょく》を使っている。

お転婆《てんば》な少女だったセルカがこれほどの術者に成長したことには、《限界加速フェーズ》のあいだに過ぎ去った時の重みを感じずにいられないが、嬉《うれ》しかったのはこの作業にも《ホロウスフィア・シェイプ》の式句が用いられていたことだ。

二百年という時間が流れても、過去と現在のアンダーワールドはきちんと繋《つな》がっているのだ……と感じながら、アリスはセルカが両手で差し出す五本目の解凍薬《かいとうやく》を受け取った。

九十九階で眠《ねむ》る整合騎士《せいごうきし》たちにひとまずの別れを告げ、九十五階に戻《もど》ってから二時間ほどが経過している。

騎士《きし》たちを目覚めさせるという方針は決定したが、九人ともなるとそれなりの準備が必要になる。解凍薬《かいとうやく》の作成はもちろん、食事や飲み物を充分《じゅうぶん》に用意し、人数分の部屋も整えなくてはならない。

食事の支度《したく》はエアリーが、部屋の掃除《そうじ》はロニエとティーゼが引き受けてくれたので、アリスはセルカの補佐を買って出たのだが、手伝えることは空《あ》き瓶《びん》や触媒《しょくばい》を作業台にセットしたり、完成した解凍薬《かいとうやく》を受け取って木箱に収めることくらいで、あとはひたすらセルカの手練《しゅれん》の技《わざ》を眺《なが》めているだけだった。

あれこれの道具立てに一時間ほどかかり、作業を開始したのは夜十時。そこからの一時間で五本の解凍薬《かいとうやく》が完成したが、必要な数は予備を含《ふく》めて十本なので、ぶっ通しで作業を続けても終わる頃《ころ》には日付が変わってしまう。

「セルカ、少し休憩《きゅうけい》しましょう」

アリスは、作業台に新たな聖花珠《せいかしゅ》を並べようとしているセルカにそう声を掛《か》けた。

セルカ自身、たった六時間と少し前に百四十年もの眠《ねむ》りから目覚めたばかりなのだ。入浴と食事だけで、完全に回復したとは思えない。

顔を上げたセルカは、「大丈夫《だいじょうぶ》だよ姉さま」と微笑《ほほえ》んだが、言ったそばから上体をふらつかせた。

「ほら！」

アリスは慌《あわ》てて妹の背中を支えた。そのまま、有無《うむ》を言わさず近くの長椅子《ながいす》まで連れていき、座《すわ》らせる。

カップに水を注ぎ、熱素《ねつそ》でぬるめのお湯にしてから差し出すと、セルカは両手で受け取ってこく、こくと少しずつ飲んだ。

「ふう……。──無詠唱《むえいしょう》でそんなに速く素因《エレメント》を作れるなんてさすがね、姉さま」

「褒《ほ》められるようなことじゃないわ……。戦いのための技術だもの」

「その姉さまの戦いが、アンダーワールドを救ったのよ」

そう言うと、セルカは隣《となり》に来るよう手振《てぶ》りで促《うなが》した。座《すわ》ったアリスを、両手でふわりと抱《だ》き締《し》める。

アリスもセルカの背中に腕《うで》を回し、絹のような髪《かみ》に顔を埋《うず》めた。懐《なつ》かしい、甘《あま》い香りが意識を包《つつ》み込む。

いまのアリスに、幼少期の記憶《きおく》はない。セルカと過ごしたのは、セントラル・カセドラルから逃《のが》れてルーリッド近郊《きんこう》の森に隠《かく》れ住《す》んだ、たったの五ヶ月だけだ。それでも、アリスの魂《たましい》を格納したライトキューブのどこかに、幼い頃《ころ》の思い出が残されているような気がする。

「……ねえ、セルカ。いろいろ落ち着いたら……ルーリッドに帰ってみる？」

いくらかの躊躇《ためら》いを覚えつつ、アリスはそう囁《ささや》いた。

アリスが、東の大門の防衛戦に参加するためにルーリッドを旅立ってから、すでに二百年が経過している。父親のガスフト・ツーベルクも、母親のサディナもとうに天界へ召《め》されているだろう。いや……アリスもセルカも村に帰らなかったのだから、代々村長を務めたツーベルク家そのものが絶えてしまったかもしれない。

しかしセルカは、アリスの腕《うで》の中でこくりと頷《うなず》いた。

「そうだね、姉さま。あたしも村に帰ったのは、人界暦《じんかいれき》四三六年が最後だったから……」

「ルーリッドにはよく戻《もど》っていたの？」

「ううん、何年かに一度だけ。四三六年は、父様が……」

セルカがそこまで口にした、その時。

ズズン!!

という凄《すさ》まじい振動《しんどう》が、巨大《きょだい》なカセドラル全体を揺《ゆ》り動《うご》かした。

「……!?」

「な……なに!?」

二人同時に立ち上がる。直後、再びの振動《しんどう》。さらにもう一度。

視線を回《めぐ》らせたアリスは、西側の外周部に並ぶ植木越しに、パラパラと雨の如《ごと》く降ってくる火の粉を見た。何かが上階の壁《かべ》に当たり、爆発《ばくはつ》したとしか思えない。

西へ走り、植木の隙間《すきま》をすり抜けて、床面《ゆかめん》の端《はし》ぎりぎりに立つ。柱で体を支え、虚空《こくう》に身を乗り出して見上げると、二十メートルほど上……九十八階か九十九階あたりの外壁《がいへき》に、無数の残り火がまとわりついている。壁《かべ》そのものは無事のようだが、暗いので軽微《けいび》な損傷の有無《うむ》までは解《わか》らない。

いったい何が爆発《ばくはつ》したのか、と眉《まゆ》を寄せた時。

「姉さま、あれ！」

追いついてきたセルカが、西の空を指差した。

そちらを見た途端《とたん》、アリスは鋭《するど》く息を呑《の》んだ。

地平線近くで金色に光る円弧《えんこ》は、かつての月《ルナリア》である伴星《ばんせい》アドミナ。

その真上、夜空の高いところに、黒々とした影《かげ》が三つ、等間隔《とうかんかく》に浮《う》かんでいる。距離感《きょりかん》が摑《つか》みづらいが、影《かげ》一つの横幅《よこはば》は三十メル以上ありそうだ。丸く膨《ふく》らんだ胴体《どうたい》から、長大な翼《つばさ》が左右に伸びた、あの形は——

「……機竜《きりゅう》‼」

セルカが押《お》し殺《ころ》した声で叫《さけ》ぶ。

間違《まちが》いない。漆黒《しっこく》の装甲《そうこう》を持つ超《ちょう》大型《おおがた》機竜《きりゅう》。キリトに召喚《しょうかん》された伴星《ばんせい》アドミナで、アリスが武装完全支配術《ぶそうかんぜんしはいじゅつ》を使って破壊《はかい》した《アーヴス》という機体に限りなく似ている。

二人が呆然《ぼうぜん》と見上げる中、三機の機竜《きりゅう》の翼下《よっか》で、橙色《だいだいいろ》の光が瞬《またた》いた。

光は機竜《きりゅう》から離《はな》れると、怪物《かいぶつ》の絶叫《ぜっきょう》じみた異音を放ちながら一直線に飛翔《ひしょう》し、カセドラルの最上部に突き刺さった。凄《すさ》まじい爆発《ばくはつ》が三回立て続けに起き、白亜《はくあ》の巨塔《きょとう》を震《ふる》わせる。

「あっ……」

よろめいたセルカを、アリスは本能的に抱き寄せて一歩下がった。

いますぐ動かなければいけない状況《じょうきょう》なのに、頭の中が真っ白になって、どうすればいいのか解《わか》らない。

夜空に浮《う》かぶ三機の機竜《きりゅう》が、リアルワールドで言うところのミサイルを発射し、セントラル・カセドラルを攻撃《こうげき》している。その光景を自分の目で見てもなお、事実だと受け入れることを頭が拒否《きょひ》しているかのようだ。

セントラル・カセドラルは絶対不可侵《ぜったいふかしん》の聖域。あまねく人界《じんかい》の民《たみ》が畏《おそ》れ敬《うやま》う神の御座《みくら》——。最高司祭《さいこうしさい》に仕えていた頃《ころ》に刻《きざ》み込まれた認識《にんしき》が、まだ消えていなかったらしい。だがそれは、いまだステイシア神を信仰《しんこう》している現在の人界人《じんかいじん》にとっても同じことのはず。いったい何者が、カセドラルの破壊《はかい》などという究極の大逆を企《くわだ》てたのか。

立《た》ち尽《つ》くすアリスの耳に、エアリーの声が届いた。

「アリスさま、セルカさま、こちらへ！」

毅然《きぜん》としたその声に引き寄せられるように、アリスはセルカの手を引いて植木の隙間《すきま》を抜け、フロアの中央へと戻《もど》った。

料理中だったのだろう、頭に白い三角巾《さんかくきん》を巻いたままのエアリーは、右手を高々と掲《かか》げるや再び叫《さけ》んだ。

「システム・コール！　アクティベート・エマージェンシー・モード！」

アリスも聞いたことのない式句。

いきなり、エアリーの足許《あしもと》の床《ゆか》が紫色《むらさきいろ》に輝《かがや》いた。そこから何枚もの巨大《きょだい》な《窓《ウインドウ》》が浮《う》き上がり、エアリーを取り囲むように静止する。

ほっそりした指が、踊《おど》るように手元の操作用ウインドウを叩《たた》く。またしてもカセドラルが震《ふる》えたが、今度は爆発《ばくはつ》によるものではない。

「あっ、姉さま！」

セルカの声に、アリスは西側の外周を見た。

ゴゴゴ……という音とともに、上下から大理石の厚板がせり出してきて、素通《すどお》しの開口部を塞《ふさ》いでいく。ほんの数秒で上下の板が隙間《すきま》なく嚙《か》み合《あ》い、外がまったく見えなくなる。

直後、またしても多重の爆発音《ばくはつおん》が轟《とどろ》いた。しかし、塔《とう》の揺《ゆ》れは一回目、二回目より小さいようだ。

「……全ての窓と開口部を塞《ふさ》ぎ、壁《かべ》が薄《うす》い箇所《かしょ》を補強しました。これでしばらくは耐《た》えられるはずです」

落ち着いた声でそう告げるエアリーに、アリスは何から訊《き》けばいいのかしばし迷った。

カセドラルには、元々こんな仕組みがあったのか。三機の黒い大型機竜《おおがたきりゅう》はどこから来たのか。いったいなぜ、誰《だれ》の命令でカセドラルを攻撃《こうげき》しているのか——。

いや、少なくとも二番目の疑問の答えは明らかだ。

「あの機竜《きりゅう》は、アドミナから来たの？」

ようやく少し落ち着いてきたアリスが訊《き》くと、エアリーは小さく頷《うなず》いた。

「恐《おそ》らくそうです。軍用機竜《ぐんようきりゅう》でもあの大きさだとアドミナからカルディナまで五時間はかかるはずですから、キリトさまとエオラインさまが未確認《みかくにん》の基地を制圧した直後に、アドミナ上の別の基地から飛び立ったのでしょう」

「基地が制圧されたのは絶対に想定外だったはずなのに、意思決定が信じられないくらい早いわね……」

セルカがそう呟《つぶや》いた時、カンカンという足音が響《ひび》き、階段からロニエとティーゼが飛び出してきた。二人とも鎧《よろい》とローブを脱《ぬ》ぎ、動きやすそうな騎士服姿《きしふくすがた》になっている。

「さっきの揺《ゆ》れはなに⁉ 爆発《ばくはつ》みたいな音もしたけど……」

そう言いかけたティーゼは、ウインドウに囲まれたエアリーを見て目を丸くした。ナツを抱《だ》いたロニエも、小さく口を開ける。

「ティーゼさま、ロニエさま、これをご覧ください」

そう言ってエアリーが操作盤《そうさばん》を叩《たた》くと、新たなウインドウが少し離《はな》れたところに展開した。

縦横一メルはありそうなそれには、夜空に浮《う》かぶ三つの機影《きえい》が驚《おどろ》くほどの鮮明《せんめい》さで映し出されている。

ティーゼたちがウインドウを見上げたのと同時に、機竜《きりゅう》がまたしてもミサイルを発射した。

橙色《だいだいいろ》の閃光《せんこう》が三つ、闇《やみ》を切《き》り裂《さ》いて飛翔《ひしょう》し、ウインドウの視界外に消える。

轟音《ごうおん》。振動《しんどう》。

せっかく作った五本の解凍薬《かいとうやく》が床《ゆか》に落ちないよう、収納箱を両手で押さえながらアリスは言った。

「エアリー、カセドラルの構造材はいまも破壊不能《はかいふのう》属性なのよね？」

思わずリアルワールドのVRMMO用語を使ってしまったが、エアリーは訝《いぶか》しむ様子もなく頷《うなず》いた。

「はい、最高司祭《さいこうしさい》さまが設定された最大レベルの優先度と修復力は、現在も維持《いじ》されています。ですが……こちらをご覧ください」

指し示した別のウインドウには、ＡＬＯやユナイタル・リングのＨＰバーに似た棒グラフが十字に並び、そのうち左側の一本が赤く光っている。

「これは方角別の心意計《シンイけい》なのですが、攻撃《こうげき》されている西面に高い数値が検出されているので、あの機竜《きりゅう》が発射しているのは単なる熱素噴進弾《ねつそふんしんだん》ではなく、戦術級の心意兵器《シンイへいき》だと思われます」

「心意……兵器」

アリスは鸚鵡返《おうむがえ》しに呟《つぶや》いた。三日前、アラベル家からキリトを連行した衛士庁《えいしちょう》の職員たちが口にしていた言葉だ。詳《くわ》しい仕組みは不明だが、心意力《シンイりょく》を応用した兵器だということは容易に想像できる。

「それはまずいわね……」

大型ウインドウを見上げながら、ティーゼが張《は》り詰《つ》めた声で言う。

「噴進弾《ふんしんだん》が発生させる心意の種類と強度にもよるけど、何発も受けていると《上書き効果》の蓄積《ちくせき》で外壁《がいへき》が爆発《ばくはつ》に耐《た》えきれなくなるかも……」

上書き効果という言葉は初めて聞くが、心意兵器と同じく意味は想像できた。

心意力とはつまるところ、魂《たましい》から発せられる観念——イメージによって世界の理《ことわり》に干渉《かんしょう》し、不可能を可能とする力のことだ。手を使わずに物体を動かす《心意《シンイ》の腕《かいな》》、不可視の斬撃《ざんげき》で対象を切《き》り裂《さ》く《心意《シンイ》の太刀《たち》》、素因《エレメント》を無詠唱《むえいしょう》で生成する技《わざ》や、両手の指の数を超《こ》えて生成する技《わざ》も心意力《シンイりょく》に含《ふく》まれる。

つまり心意力とは、世界の基本法則《システム》を上書きする力なのだ。カセドラルの外壁《がいへき》に与《あた》えられた途轍《とてつ》もない優先度や修復力も基本法則の範疇《はんちゅう》であり、充分《じゅうぶん》に強い心意力を用いれば、破壊《はかい》することは不可能ではない。

アリスの推測を裏付けるかのように、エアリーが言った。

「現在、九十九階西側外壁《がいへき》の天命《てんめい》が十一パーセント損耗《そんもう》しています。自動修復を行っていますが、カセドラルの神聖力《しんせいりょく》収集量が不足しているため、損耗速度《そんもうそくど》に追いついていません」

「四回の攻撃《こうげき》で約十パーセント……ということは、あと三十六回耐《た》えられるの？」

アリスが咄嗟《とっさ》に暗算しながら訊《たず》ねると、エアリーはさっと首を横に振った。

「残念ですが、外壁《がいへき》の損傷が進めば進むほど、心意兵器《シンイへいき》の上書き効果も強くなります。恐《おそ》らく、あと十回前後の攻撃《こうげき》で破壊《はかい》されてしまうものと思われます」

その言葉が終わらないうちに、五回目の爆音《ばくおん》が轟《とどろ》いた。

状況《じょうきょう》は危機的だが、気になることがもう一つある。

同じことを考えたらしく、セルカが天井《てんじょう》を見上げて言った。

「……九十九階が攻撃《こうげき》されているのは、偶然《ぐうぜん》なの……？」

「いえ、襲撃者《しゅうげきしゃ》の狙《ねら》いは、封印《ふういん》された整合騎士団《せいごうきしだん》だと思われます」

そう答えたエアリーの声はあくまで冷静だったが、頰《ほお》のあたりがわずかに強張《こわば》っていることにアリスは気付いた。

当然だろう。カセドラルの九十九階で、かつての整合騎士たちが眠《ねむ》っていることを知る者は、現在ではほとんどいないはずなのだから。

しかしエアリーはそれ以上の感情を表すことなく、ウインドウにさらなる操作を加えた。

またしても新しいウインドウが開く。映っているのは、南から見下ろした央都《おうと》セントリアの全景らしい。市街の中央にそびえる白亜《はくあ》の塔《とう》は、西面の最上部が赤々とした炎《ほのお》に包まれている。燃えているのは外壁《がいへき》ではなく、付着した爆発物質《ばくはつぶっしつ》の残渣《ざんさ》なのだろうが、地上からはカセドラルが炎上《えんじょう》しているように見えるに違《ちが》いない。

もう夜中の二十三時を回っているが、市街のあちこちから強力な探照灯が夜空に照射され、赤い回転灯を光らせた機車が道路を何台も走り回っている。しかし、セントリアの衛士《えいし》たちが装備している電撃剣《でんげきけん》では、五百メル以上の高さに留《とど》まっている機竜《きりゅう》を落とすことはできまい。

そう言えば、北セントリアには宇宙軍《うちゅうぐん》の基地があったはずだ。空の守りを担《にな》っているはずの彼らは何をしているのか。アリスがそう考えた時、映像が画面奥の一点を拡大した。

北セントリアの郊外《こうがい》に横たわる、黒々とした水面はノルキア湖。そのさらに北、二百年前はノーランガルス皇帝家《こうていけ》の直轄領《ちょっかつりょう》だった場所に、複数の光が揺《ゆ》れている。画面はそこにどんどん近づいていく。

「あっ……！」

拡大が止まった瞬間《しゅんかん》、ロニエが喘《あえ》ぐように叫《さけ》んだ。

光ではない。炎《ほのお》だ。長方形の建物がいくつも並ぶ施設《しせつ》の各所が、激しく炎上《えんじょう》している。その奥《おく》にそびえ立つ、巨大《きょだい》な四角錘《しかくすい》状の構造物は――。

「宇宙軍基地《うちゅうぐんきち》……」

アリスが呟《つぶや》いた途端《とたん》、ティーゼが弾《はじ》かれたように背中を伸ばした。

「いけない……！　基地にはスティカとローランネイが！　エアリー、映像をもっと拡大できないの⁉」

「申し訳ありません、ティーゼさま」

問われたエアリーが、さっと首を横に振る。

「この遠隔映像盤《えんかくえいぞうばん》に用いられている術式は、視点をセントリア市街上空から出せないのです。いま、明度を調整してみます」

操作盤《そうさばん》を素早《すばや》く叩《たた》くと、ウインドウの中の夜景が少しずつ明るくなっていく。やがて、基地の真上に浮《う》かぶ、不吉《ふきつ》な黒い影《かげ》が露《あら》わになる。間違《まちが》いなく、カセドラルを攻撃《こうげき》している三機と同型の大型機竜《おおがたきりゅう》だ。

機竜《きりゅう》は滞空《たいくう》しているだけだが、基地のあちこちで、いまなお小規模な爆発《ばくはつ》が発生している。

どうやらこの瞬間《しゅんかん》も、敵の兵士と宇宙軍《うちゅうぐん》の衛士《えいし》や機士《きし》たちが白兵戦を繰《く》り広《ひろ》げているらしい。ならば、あのスティカとローランネイが、安全な場所に隠《かく》れているとは思えない。

別のウインドウに映る三機が、六回目のミサイル斉射《せいしゃ》を行った。

雷鳴《らいめい》の如《ごと》き爆発音《ばくはつおん》が轟《とどろ》き、ロニエに抱《だ》かれたナツがびくっと体を竦《すく》ませる。

九十九階の壁《かべ》が破壊《はかい》されるまで、あと八回。石化したファナティオたちを下の階に運び出す時間はない。

「……私が、カセドラルへの攻撃《こうげき》を食い止めます」

左腰《ひだりこし》に吊《つ》った金木犀《きんもくせい》の剣に触《ふ》れながら、アリスはそう宣言した。

武装完全支配術《ぶそうかんぜんしはいじゅつ》を使えば、あの黒い大型機竜《おおがたきりゅう》を落とせることは惑星《わくせい》アドミナで実証済みだ。しかし三機はいま、西セントリア市街の上空に留《とど》まっている。墜落《ついらく》したら、住民にどれだけの犠牲《ぎせい》が出るか解《わか》らない。

墜落《ついらく》には至らない程度の損傷を与《あた》えれば撤退《てったい》させられるかもしれないが、この九十五階からでは、一キロル近くも離《はな》れている機竜《きりゅう》には攻撃《こうげき》が届かない。何らかの方法で、武装完全支配術《ぶそうかんぜんしはいじゅつ》の射程距離《しゃていきょり》まで近づく必要がある。

すぐ目の前にはゼーファン十三型が鎮座《ちんざ》しているが、損傷が激しくて飛べないし、そもそもアリスには操縦できない。かつて共に空を駆《か》けた愛竜《あいりゅう》の雨縁《アマヨリ》は、いまだ卵のままだ。

唇《くちびる》を嚙《か》みながら、闇雲《やみくも》に周囲を見回すアリスの目が、フロアの一角に吸い寄せられた。

急いで振り向き、エアリーに話しかけようとした――

その刹那《せつな》。

ウインドウの中の大型機竜《おおがたきりゅう》が、いままでとは異なる動きを見せた。

真ん中の一機の上面《じょうめん》が、白く発光する。アリスは新たな攻撃《こうげき》かと身構えたが、光は真上へと伸びていく。

やがて、光の中に、巨大《きょだい》な人影《ひとかげ》が現れた。

半ば透《す》けているので実体ではなく、仕組みは解《わか》らないが立体的な映像を投射しているようだ。最初はおぼろげだった人影《ひとかげ》は、見る間に精細さを増していき、やがて一人の男の立像を作り出す。

襟《えり》の高い、二列ボタンのコートを着ている。肩《かた》には飾《かざ》り紐《ひも》つきの肩章《けんしょう》、左胸にはいくつもの勲章《くんしょう》。眉弓《びきゅう》と鼻梁《びりょう》の秀《ひい》でた鋭利《えいり》な顔貌《がんぼう》を持ち、両の瞳《ひとみ》に宿る光は、映像なのにぞっとするほど冷ややかだ。年齢《ねんれい》は、外見の印象だけで判断すると四十歳前後か。

細い口ひげをたくわえた唇《くちびる》が動き、朗々《ろうろう》たる声を響《ひび》かせた。

『央都《おうと》セントリア、並びに四帝国《よんていこく》の全住民に告ぐ。余は皇帝《こうてい》アグマール・ウェスダラス六世。全人界《ぜんじんかい》の、正統なる統治者である』

何らかの術式、または装置で増幅《ぞうふく》しているのだろう。男の声はカセドラルの外壁《がいへき》を貫通《かんつう》し、アリスの耳に直接飛び込んできた。

アグマール・ウェスダラス。その名前は記憶《きおく》に残っている。

アリスが整合騎士《せいごうきし》としてセントリアの四市域を統轄《とうかつ》していた頃《ころ》の西帝国皇帝《にしていこくこうてい》が、アルダレス・ウェスダラス五世。そしてその父親が確か、アグマール・ウェスダラス六世という名だったはずだ。

かつて人界《じんかい》全土を分割支配《ぶんかつしはい》していた四皇帝家《よんこうていけ》では、初代皇帝《しょだいこうてい》か、太祖と呼ばれる初代皇帝《しょだいこうてい》の父親の名前が神聖視され、第一皇子には必ずどちらかの名前が与《あた》えられたと聞く。立像の男が名乗ったアグマール六世という名前は、少なくともその命名規範《めいめいきはん》に則してはいるが、だからと言って本当にウェスダラス皇帝家《こうていけ》の末裔《まつえい》だと決まったわけではない。

アリス、セルカ、ロニエ、ティーゼ、そしてエアリーが声もなく見詰《みつ》めるなか、男は偶然《ぐうぜん》かそうでないのか映像盤《えいぞうばん》にまっすぐ視線を合わせると、厳《おごそ》かな声で告げた。

『セントラル・カセドラルの封印階層《ふういんかいそう》を不当に占拠《せんきょ》している者たちよ。我《わ》が機竜《きりゅう》の攻撃能力《こうげきのうりょく》は、すでに理解できたであろう。これより十分間の猶予《ゆうよ》を与《あた》える。時間内に全ての防御壁《ぼうぎょへき》を開放し、恭順《きょうじゅん》の意を示すがよい。さもなくば、封印階層《ふういんかいそう》を跡形《あとかた》もなく破壊《はかい》する』

11

仲間たちが待つ南の川辺まで戻《もど》り、事の顛末《てんまつ》を説明するのに、三十分ほどを要した。

俺が口を閉じるやいなや、クラインが両手を大きく広げた。

「おいおい、そりゃちょっと寛大《かんだい》すぎねーかァ？」

他の仲間も、次々に異を唱える。

「ねえキリト、そいつらユイちゃんを攫《さら》ったんだよ。どんな事情があったにせよ、そんなことする奴《やつ》らと信頼《しんらい》関係なんか築けないでしょ！」

とリズベットが憤慨《ふんがい》を隠《かく》さずに叫《さけ》ぶと、

「だいたい、アポデ組に協力してもこっちのメリットが少なすぎない？　奴《やつ》らが提示したのは休戦協定だけなんでしょ。それだって、所詮《しょせん》は口約束なわけだし」

シノンも冷静に指摘《してき》する。

皆《みな》の反対意見はもっともだ。アポデ組のマサルたちに要請《ようせい》されたのは、ユイを連れて西部の森林地帯に赴《おもむ》き、彼らの言葉をＮＰＣに通訳すること。すでにＮＰＣは完全な敵対状態なので問答無用で攻撃《こうげき》されるかもしれないし、百発百中だという弓矢から逃げられずに死んでしまう可能性もある。

それだけの危険を冒《おか》す対価は、《アポデ組とＡＬＯ組はお互《たが》い第二階層にいるあいだは攻撃《こうげき》しない》という時限的休戦協定のみ。いちおうオットーは、「いまはそれしか提示できないが、もっと具体的なお礼を出せるようキャスパーに相談してみるワな」と言っていたものの、口調からして期待はできなそうだった。

俺だって彼らの提案を聞いた時は、「もう一声……いや二声！」と思ったものだ。戦力差を考えれば休戦協定はＡＬＯ組のメリットのほうが大きいようだが、アポデ組の進行ルートと、俺たちの進行ルートは百キロ単位で離《はな》れている。もともと、第二階層の終点あたりまでは接触《せつしょく》しないはずだったのだから、休戦と言われてもインパクトは薄《うす》い。

経緯《けいい》を考えれば、マサルたちの提案を一蹴《いっしゅう》し、その場で皆殺《みなごろ》しにしても許される状況《じょうきょう》だった。それでも、俺が「仲間たちと相談する」と答えて四人を解放したのは、彼らが捕《と》らわれた仲間のために数百キロも移動してのけたからではない。問題のＮＰＣの種族名に、息が止まるほどの衝撃《しょうげき》を受けたからだ。

俺は、まだユイを抱《だ》っこしたままのアスナと視線を交《か》わしてから、仲間たちに向けて言った。

「みんなが納得《なっとく》できないのは当然だし、アポデ組のトラブルなんか無視して、こっちの攻略《こうりゃく》に集中するべきだと俺も思う。でも……これは俺とアスナの私的な事情なんだけど、アポデ組が接触《せっしょく》したＮＰＣのことを知りたいんだ」

「ＮＰＣ……ですか？」

首を傾《かし》げるシリカの両側で、ホルガーとリーファも怪訝《けげん》そうに瞬《まばた》きする。

「ああ」

と頷《うなず》いてから、俺は事情を説明した。

「……俺とアスナは、旧SAOで、《エルフ戦争キャンペーン・クエスト》っていう大長編の連続クエストをやったんだ。これは、フォレストエルフとダークエルフのどっちかに協力して、キーアイテムを集めていく内容だったんだけど……フォレストエルフの種族名が、《カレス・オー》。そしてダークエルフの種族名が《リュースラ》だった」

話しているうちに色々な記憶《きおく》が溢《あふ》れそうになるが、懸命《けんめい》に堰《せ》き止《と》めながら続ける。

「今回、アポデ組を襲《おそ》ったNPCもダークエルフで、自分たちをリュースラと呼んでいたらしい。これは偶然《ぐうぜん》とは思えない。このユナイタル・リング世界が、旧SAOのアインクラッドと関連しているなら、その詳細《しょうさい》を知りたい。どうしても」

俺が口を閉じても、皆《みな》はしばらく黙《だま》ったままだった。

やがて、ザリオンとシシーへの同時通訳を終えたアルゴが、椅子《いす》代《が》わりの岩からひょいっと立ち上がった。

「キー坊《ぼう》、それは単なる好奇心《こうきしん》力？　それとも、NPCの種族名がカブってる理由を突き止めることが、ユナイタル・リングの攻略《こうりゃく》に寄与《きよ》すると思ってるからカ？」

言い終えると、全てを見通すような瞳《ひとみ》でじっと俺を見据《みす》える。

いや、実際に見通しているのだろう。アルゴは、生還者仲間《サバイバー》でただ一人、アインクラッドの低階層から俺とアスナに関わり続けた相手だ。エルフ戦争クエストにも協力してもらったし、その過程で《彼女》とも顔を合わせている。

だから、俺とアスナがリュースラという単語を無視できない、もう一つの理由にも気付いているはずだ。

なのにそれを口にしなかったアルゴの、覚悟《かくご》のほどを問うてくるような視線を正面から受け止め、俺は答えた。

「寄与《きよ》すると思う。なぜならこの世界では、NPCから得られる情報がとても重要だからだ。聞いた話じゃ、パッテル族《ぞく》の情報がなかったらギルナリス・ホーネットは倒《たお》せなかったみたいだし、同じことが第二階層でも起きる可能性は高い」

「けどよォ、オレらは基本的にこの南ルートから第三階層を目指すんだろ？　こっちにだってNPCはいるだろうし、そいつらと仲良くなればいいんじゃねーか？」

フリスコルの指摘《してき》に、ホルガーも頷《うなず》いた。

「オレもそう思う。なんなら、アポデ組にはそのダークエルフと敵対したままでいてもらったほうが、オレたちとしては有《あ》り難《がた》いだろ」

「うん、それはそうだ。でも……旧SAOのダークエルフとフォレストエルフは、全NPCの中でも突出《とっしゅつ》した文明レベルを誇《ほこ》っていた。もしこの世界のダークエルフが、旧SAOの設定を踏襲《とうしゅう》しているなら、攻略《こうりゃく》に必要な情報だけじゃなくて、最高ランクの生産スキルや魔法《まほう》スキルも持っているはずだ。それを伝授してもらえれば、戦力を大幅《おおはば》に底上げできる」

その言葉は全て本心だが、本心の全てではない。

《彼女》──リュースラ王国の近衛騎士《このえきし》キズメルの名前を出さなかったのは、説明が複雑になりすぎるのと、いま俺とアスナが感じている霞《かすみ》のように儚《はかな》い希望が具体性を得てしまうのを恐《おそ》れたからだ。三年半も昔にどうにか受け入れた喪失《そうしつ》の悲しみを、もう一度味わうのは辛《つら》すぎる……。

「う〜〜〜ん、そう言われると迷うな……」

腕組《うでぐ》みをしたホルガーが唸《うな》る。その隣《となり》で、フリスコルも腕《うで》を組む。

「確かになァ。西側の森ルートは、進行しづらいけど強い武器や魔法《まほう》を手に入れるチャンスがあって、南側の草原ルートは、進行しやすいけど手に入るものもそれなり、みたいなバランス取りがされてるとしたら……西のエルフから色々ゲットしたうえで南の草原を進むのが最適解、ってことになるか……」

「Hmm, will it work that well?《うーんそんなにうまくいくかね》」

ザリオンが解《わか》りやすい英語で疑問を呈《てい》すると、他の仲間たちも「うーん」と声を揃《そろ》えた。

俺は時刻表示を一瞥《いちべつ》してから、ぽんと両手を叩《たた》いた。

「みんな、面倒《めんどう》な話を持《も》ち込んですまない。アポデ組には、返事は明日の正午までにするって言ってあるから、他の仲間とも相談したうえで決めよう。とりあえず……今夜はもう少し進みたいけど、その前に、あそこに拠点《きょてん》を作らないか？」

指差したのは、川の対岸に見える小規模な廃墟《はいきょ》。アポデ組のマサルがユイを拉致《らち》するために長時間待《ま》ち伏《ぶ》せていた場所だが、それゆえに危険なモンスターが湧《わ》かないことは保証ずみだ。

再びアガーの力を借り、今度は俺を先鋒《せんぽう》に一人ずつ渡河《とか》すると、まず廃墟《はいきょ》を探索《たんさく》。大小三つの廃屋《はいおく》は、かつては橋を監視《かんし》する見張り台や兵士の詰《つ》め所《しょ》だったのではないかと思われるが、屋根の大部分と壁《かべ》も半分ほど崩《くず》れてしまっているのでもはや見る影《かげ》もない。

それでも、錆《さ》びた長剣《ちょうけん》や短剣《たんけん》が何本かと壊《こわ》れた防具、くすんだコインなどが見つかったので全て回収する。次に、最も大きい――と言っても我らがログハウスと似たり寄ったりだが――廃屋《はいおく》を手持ちの丸太や板材などで補修して、簡易的なシェルターを造る。

安全を確保したところで、ホルガーが再びトイレ休憩《きゅうけい》を指示したので、今度は俺もいったん落ちることにした。邪魔《じゃま》にならない場所に座《すわ》り、リングメニューを開いて、ログアウトボタンを押す。

《ユナイタル・リング》から切断します、というシステムメッセージに続いて、体の下から虹《にじ》色《いろ》のリングが浮《う》き上がる。それが俺のアバターを包んだ瞬間《しゅんかん》、虹色《にじいろ》の流線が視界を覆《おお》う。

落下するような、浮《う》き上がるような感覚。アバターの五感が切断され、仮想世界よりも少し強く感じられる現実の重力が全身にのし掛《か》かってくる。

「……ふう……」

小さく息を吐《は》き、上体を起こすと、アミュスフィアを頭から引き抜く。

ダイブする時にナイトライトを点《つ》け忘《わす》れたので、部屋は真っ暗だ。照明のリモコンを探そうとして、サイドテーブルに置いてある携帯端末《けいたいたんまつ》の通知ランプが点滅《てんめつ》しているのに気付く。

端末《たんまつ》を持ち上げ、画面を点灯させると、新着通知が一件だけ表示される。ほんの一分前に、電話の着信があったらしい。発信者名は——アリス。

アンダーワールドから戻《もど》ったのかな、と思いつつコールバックしようとした時、端末《たんまつ》が小刻みに震《ふる》えた。アリスが再び電話を掛《か》けてきたのだ。

応答ボタンをスライドし、耳に当てる。

「アリス、お疲《つか》れ。セルカとたくさん……」

話せたか、と訊《き》く前に、急き込《せ》むような声が飛《と》び込んできた。

『キリト、いますぐラースに来てください！』

「え……ど、どうしたんだ？」

『アンダーワールドで大変なことが起きているのです！　私もすぐに戻《もど》りますが、お前とアスナの力が必要です！』

大変なことって、何が起きたんだ——という質問を俺は呑《の》み込んだ。アリスの声は、一緒《いっしょ》に最高司祭《さいこうしさい》アドミニストレータと戦った時と同じくらい張《は》り詰《つ》めていて、本当に一分一秒を争う状況《じょうきょう》なのだということが如実《にょじつ》に伝わってきたからだ。

「解《わか》った。アスナに連絡《れんらく》を取ってから、できるだけ早くアンダーワールドにダイブする」

俺がそう告げると、アリスは限界の早口で応じた。

『お願いします。それまでは、私がどうにかしてカセドラルを守ります』

ぷつっ、と通話が切れる。

カセドラルを守る、という言葉にいっそう容易ならざるものを感じながら、俺は逸《はや》る気持ちを抑《おさ》えて再びアミュスフィアを被《かぶ》った。ユナイタル・リングにダイブするや、すぐ近くにいたアスナとユイに、アリスの言葉を伝える。続けて、室内のあちこちで話《はな》し込んでいる仲間たちに向けて叫《さけ》ぶ。

「悪い、俺とアスナは急用ができた。これから本番って時に申し訳ないけど、ユイの他にあと二人くらい、俺たちのアバターを見ててくれないか」

「おいおいキリの字、こんな時間から急用ってよォ……」

言いかけたクラインが、何かを察したかのように言葉を途切《とぎ》れさせ、すぐに続ける。

「……解《わか》った、しっかり護衛しとくよ」

「すまない、頼《たの》む！」

仲間たちに深々と頭を下げ、アスナと同時にログアウト。

平衡感覚《へいこうかんかく》が落ち着くのを待たずにアミュスフィアを外し、立ち上がる。アスナと仲間たちに状況《じょうきょう》を伝えるのに、二分近くかかってしまった。

埼玉県川越市《さいたまけんかわごえし》にある俺の家から、東京都港区《とうきょうとみなとく》のラース六本木支部《ろっぽんぎしぶ》までは、いますぐタクシーを呼んでも一時間はかかる。

しかし俺は、携帯端末《けいたいたんまつ》には目もくれず、部屋の隅《すみ》に積んである二つの大きなダンボール箱めがけて走った。

12

約二分間のログアウトから復帰したアリスは、瞼《まぶた》を開けるやセルカに訊《たず》ねた。

「猶予《ゆうよ》時間《じかん》はあとどれくらい⁉」

「七分だよ、姉さま。キリトに連絡《れんらく》はついたの⁉」

「ええ、できるだけ早く来る……と言っていましたが……」

安堵《あんど》の表情を浮《う》かべかけたセルカと、ティーゼ、ロニエに向けて、厳しい現実を告げる。

「……リアルワールドでキリトが暮らしている家と、アンダーワールドに転移するための設備がある場所は、直線距離で三十キロル以上も離《はな》れているのです。恐《おそ》らく、移動に一時間かそれ以上かかるはずです」

「キリト先輩《せんぱい》のお家《うち》……」

ロニエは一瞬《いっしゅん》だけ視線を宙に彷徨《さまよ》わせたが、すぐに表情を引《ひ》き締《し》めた。

「一時間ですか。──でも、いつまでもキリト先輩《せんぱい》だけに頼《たよ》ってはいられませんよね」

「そのとおりね。いまは、私たちが騎士《きし》として、また術師としての矜持《きょうじ》を見せるべき時です」

ティーゼとセルカも深く頷《うなず》く。

ウインドウの中では、三機の大型機竜《おおがたきりゅう》がカセドラルに機首を向け続けている。アグマール・

ウェスダラス六世を名乗る男の立像は消えたが、猶予時間《ゆうよじかん》が終わる直前にまた現れ、最後通告を突きつけてくるに違《ちが》いない。

「残り六分よ」

セルカの声に、アリスは大きく息を吸い、吐《は》いた。

この状況《じょうきょう》では、キリトが来るまでの一時間は永遠に思えるほど長い。だがそれまでは、ここにいる五人でカセドラルを——ことに九十九階で眠《ねむ》る騎士《きし》たちを守らねばならない。

アリスが愛剣《あいけん》の鞘《さや》を握《にぎ》ると、ティーゼも騎士服《きしふく》の左腰《ひだりこし》に吊《つ》った細身の長剣《ちょうけん》の柄頭《つかがしら》に手を置き、叫《さけ》んだ。

「アリスさま、私たちも戦います！」

「ありがとう、ティーゼさん。でも、あれには二人しか乗れないわ」

そう答えつつ、フロアの隅《すみ》で整備作業中のエアリーを見やる。アリスがログアウトする前は外されていた手すりと踏《ふ》み板《いた》が、いまは元どおりに取り付けられつつあるので、もうすぐ作業は終わりそうだ。

「でも……」

食い下がろうとするティーゼの左肩《ひだりかた》に、アリスは右手を置いた。

「ティーゼさんとロニエさんには別の役目があるわ。東側の防壁《ぼうへき》が開いたら、私が敵の注意を引きつけているあいだに、宇宙軍基地《うちゅうぐんきち》の救援《きゅうえん》に行ってもらいたいの。二人とも、風素飛行術《ふうそひこうじゅつ》を使えるのよね？」

「は、はい。ただ、キリト先輩《せんぱい》のように自由自在には飛べませんし、突風《とっぷう》のような大きい音がしますが……」

「大丈夫《だいじょうぶ》、この高さからなら滑空《かっくう》だけでも辿《たど》り着《つ》けるし、音は大型《おおがた》機竜《きりゅう》の機関《きかん》駆動音《くどうおん》に紛《まぎ》れてしまうはず」

「……了解《りょうかい》です。基地の救援《きゅうえん》はお任せください！」

ティーゼと同時に、ロニエも右手だけの略式《りゃくしき》騎士《きし》礼《れい》をした。

「お願いね。でも、無理はしないで」

アリスも礼を返すと、セルカに向き直った。

「セルカ、あなたにも二つ、やってほしいことがあるの」

顔を近づけ、早口で指示を伝え終えたのと同時に、フロアの北西の隅《すみ》でエアリーの声が響《ひび》いた。

「アリスさま、準備完了しました」

「ありがとう、エアリー」

これで、打てる手は全て打った。あとは死力を尽《つ》くして戦うだけだ。

右腰《みぎこし》のベルトポーチを外し、セルカに差し出す。

「最後に、あと一つだけお願い。セルカ、これを預かっていてくれない？　とても大切なものなの」

「いいけど……中身は何なの、姉さま？」

「ルーリッドでセルカが仲良くしてくれた飛竜《ひりゅう》の雨縁《アマヨリ》と、そのお兄さんの滝剣《タキグリ》を、生まれる前の状態にまで還元《かんげん》した卵よ。この子たちを孵化《ふか》させて育てるのが、私のもう一つの目的だったの」

「雨縁の卵……」

一瞬《いっしゅん》だけ目を丸くしたセルカは、ポーチを両手でそっと胸に抱《だ》いた。

「任せて、姉さま。何があろうと絶対に守《まも》り抜くから」

「お願いね」

妹の両肩《りょうかた》に軽く触《ふ》れてから、一歩下がる。

宙に浮《う》いたままのウインドウ群の一つに表示された残り時間が、四分を切る。機竜《きりゅう》の編隊に動きはないが、心意兵器《シンイへいき》で照準され続けていることを痛いほど感じる。

三人に頷《うなず》きかけ、アリスは振り向いて歩き始めた。

左手を金木犀《きんもくせい》の剣に触《ふ》れさせたまま、右手でベルトポーチの下に装着していた一巻きの鞭《むち》を撫《な》でる。大門防衛戦で命を落とした整合騎士《せいごうきし》エルドリエ・シンセシス・サーティワンの遺品、神器《じんき》《霜鱗鞭《そうりんべん》》。アリスには使いこなせないが、腰《こし》にあるだけで力を与《あた》えてくれるような気がする。

フロア中央に鎮座《ちんざ》するゼーファン十三型を迂回《うかい》し、北西の角へ移動する。そこではちょうどエアリーが、最後のネジを締め終えたところだった。

立ち上がり、ネジ回しを工具箱に戻《もど》しながら言う。

「点検整備、全て終わりました。いつでも行けます、アリスさま」

「ありがとう、エアリー。怖《こわ》いと思うけど……絶対に、あなたにはかすり傷一つつけさせないから」

「大丈夫《だいじょうぶ》です、アリスさま。私のことはお気になさらず、敵だけに集中してください」

即座《そくざ》に答えたエアリーの顔に、恐怖《きょうふ》の色は感じられない。

アリスの中では、いまだカセドラルの昇降係《しょうこうがかり》だった頃《ころ》の印象が強いが、エアリーはその後、機竜《きりゅう》を製造する工廠《こうしょう》の初代工廠長《こうしょうちょう》に就任したのだ。ならば、自分で機竜《きりゅう》を操縦することだって何度もあっただろうし、実戦にだって参加したのかもしれない。この状況《じょうきょう》での過剰《かじょう》な気遣《きづか》いは、確かに無用なものだろう。

そう気付いたアリスは、一瞬《いっしゅん》だけ微笑《ほほえ》んでから言った。

「じゃあ、そうさせてもらうわ。……行きましょう」

「はい」

頷《うなず》いたエアリーが、右手でアリスを促《うなが》す。

その先に鎮座《ちんざ》しているのは、直径一・五メルほどの、全金属製の円盤《えんばん》。周囲には手すりが、下部には二連の封密缶《ふうみつかん》と多くの噴射口《ふんしゃこう》が取り付けられている。キリトがエアリーのために開発したという《飛翔盤《ひしょうばん》》だ。

アリスは、床《ゆか》から三十セン近くも高いところにある踏《ふ》み板《いた》に飛び乗ると、エアリーに手を貸して引っ張り上げた。

アリスが前方に、エアリーが後方に立ち、二人ともしっかり手すりを握《にぎ》る。

残り三分。

「セルカ、お願い！」

アリスが大声で指示すると、ウインドウ群のところで待機していたセルカが、「はい！」と答えて一枚のウインドウに触《ふ》れた。

ゴゴゴ……と重々しい音を響《ひび》かせて、目の前の防御壁《ぼうぎょへき》が上下に開いていく。十秒ほどかけて全開状態になった瞬間《しゅんかん》、エアリーが「行きます」と宣言する。

詠唱《えいしょう》も何もなしで、下部の噴射口《ふんしゃこう》から高圧の空気が噴《ふ》き出し、飛翔盤《ひしょうばん》をふわりと浮《う》かせた。

そのまま前方に移動し、開口部からカセドラルの外へと滑《すべ》り出る。ずっと暖房《だんぼう》の効いた塔内《とうない》にいたので、十二月の夜風は肌《はだ》が凍《こお》り付《つ》くほど冷たいが、寒さは感じない。

エアリーは、昇降盤《しょうこうばん》を一気に九十九階の高さまで上昇《じょうしょう》させた。

間近から見ると、やはり白大理石の外壁《がいへき》には無数の凹《へこ》みやひび割れが生じている。本来なら自動修復力によってたちまち元どおりになるはずなのに、攻撃《こうげき》が止まってから七分以上経《た》ってもほとんど直っていないのは、心意兵器《シンイへいき》の《上書き効果》によるものか。

無残な傷跡《きずあと》を見ているうちに、アリスは自分でも意外なほどの怒《いか》りが込み上げるのを感じた。自覚はなかったが、短い人生の大半を過ごしたセントラル・カセドラルに、少なからず愛着を抱《いだ》いていたらしい。

体の向きを変え、三機の大型機竜《おおがたきりゅう》と正対する。

途端《とたん》、それを待っていたかのように、中央の機竜《きりゅう》の背面から白い光が幾筋も放射された。光は撚《よ》り集《あつ》まって精細な像を結び、高さ二十メル以上もありそうな立ち姿を作り出す。皇帝《こうてい》アグマール・ウェスダラス六世を名乗る脅迫者《きょうはくしゃ》は、傲然《ごうぜん》たる視線でアリスたちをしばし睥睨《へいげい》し、おもむろに口を開いた。

『不当なる占拠者《せんきょしゃ》よ。余に慈悲《じひ》を請《こ》い、恭順《きょうじゅん》を誓《ちか》うなら、腰《こし》の剣を棄《す》てるがいい』

殷々《いんいん》と響《ひび》く声を、アリスは全身で受け止めた。

眼下の西セントリア市街では、サイレンが幾重《いくえ》にも鳴《な》り響《ひび》き、緊急車両が行《い》き交《か》っている。大通りの歩道には、寝巻き姿で夜空を見上げる人々の姿がかろうじて見て取れる。どうやら、市民の避難《ひなん》はほとんど進んでいないようだ。やはり機竜《きりゅう》を墜落《ついらく》させることはできない。

アグマールは、三機の機竜《きりゅう》を市街地の上空に浮《う》かべることで、自らが支配権を主張する国の住民を人質《ひとじち》に取っている。そんな男に、皇帝《こうてい》を名乗る資格はない。

打ち合わせどおり、背後でエアリーが素早《すばや》く術式を唱えた。アリスの顔の前に晶素《しょうそ》でできた薄膜《はくまく》が現れ、その周囲で空気が漏斗《ろうと》状《じょう》に渦巻《うずま》く。声を遠くまで届けるための、《広域拡声術》だ。

冷たい夜風を体の奥底《おくそこ》まで吸い込むと、アリスは金木犀《きんもくせい》の剣の柄《つか》を握《にぎ》り、一息に抜《ぬ》き放《はな》った。

星明かりを受けて煌《きら》めく愛剣《あいけん》を、頭上にまっすぐ掲《かか》げ——。

『我《わ》が名はアリス……公理《こうり》教会整合騎士《きょうかいせいごうきし》、アリス・シンセシス・サーティ!!』

いまはなき公理教会の名を敢《あ》えて口にすると、愛剣《あいけん》の切っ先を立体像の顔めがけて勢いよく振り下ろす。

予期せざる反応だったのか、わずかに目を見開くアグマールを睨《にら》みつけ、アリスは高らかに宣言した。

『アグマール・ウェスダラス六世を名乗るお前が真に皇帝家《こうていけ》の裔《すえ》であろうと、あるいは驕慢《きょうまん》な僭称者《せんしょうしゃ》であろうと、整合騎士の言葉に背《そむ》くことは許されない!!　いますぐ機竜《きりゅう》をセントリア市域の外に着陸させ、同時に宇宙軍基地《うちゅうぐんきち》への攻撃《こうげき》を停止し、全ての兵とともに投降することを命じます!!』

術式によって増幅《ぞうふく》された声は、三機の機竜《きりゅう》のみならず、セントリアの市街地にも広く届いたはずだ。

セルカたちの説明によると、異界戦争《いかいせんそう》の後に起きた《四帝国の大乱《よんていこくのたいらん》》は、当時の皇帝《こうてい》たちが、人界統一会議《じんかいとういつかいぎ》は公理教会に弓引く反逆者だとする勅令《ちょくれい》を出したことが端緒《たんちょ》だったのだという。つまり皇帝《こうてい》たちは、あくまで統一会議《とういつかいぎ》に対して反旗《ひるがえ》を翻したのであり、公理教会の権威《けんい》を否定したわけではない。

ならば、西皇帝《にしこうてい》の末裔《まつえい》を自称《じしょう》するアグマールも、公理教会の名には逆らえないのではないか――という一縷《いちる》の望みは、しかし即座《そくざ》に裏切られた。

『そなたこそが僭称者《せんしょうしゃ》だ、娘《むすめ》。公理教会は二百年もの昔に廃絶《はいぜつ》され、騎士《きし》どもも死に絶えた。整合騎士団は封印《ふういん》されていていつか甦《よみがえ》る、などというおとぎ話を信じるのは愚《おろ》かな幼子だけだ。そなたは、セントラル・カセドラルの封印階層《ふういんかいそう》に隠れ住む鼠賊《そぞく》に過ぎん。もう一度だけ機会をやろう。剣を捨て、その羽虫めいた飛行具の上で平伏《へいふく》せよ!!　さもなくば、我《わ》が機竜《きりゅう》の烈火《れっか》によって跡形《あとかた》もなく焼《や》き尽《つ》くされるであろう!!』

アグマールは右手を持ち上げ、アリスの剣を押《お》し戻《もど》そうとするかのごとく指差しながらそう言い放った。

飛翔盤《ひしょうばん》を羽虫呼ばわりされたことには、さすがのエアリーも腹を立てたのではと思ったが、背後で響《ひび》いた声は変わらず冷静だった。

「アリスさま、いまの言葉はアリスさまではなく、麾下《きか》の兵士たちに聞かせ、動揺《どうよう》を抑制《よくせい》するためのものだと思われます。先の攻撃《こうげき》は石化《せきか》凍結中《とうけつちゅう》の騎士《きし》の皆様《みなさま》を狙《ねら》ったとしか考えられず、つまりあの男は先刻予想したとおり、九十九階にかつての整合騎士《せいごうきし》団《だん》が封印《ふういん》されていることを知っていると判断するべきです」

「ええ、そうね」

広域拡声術に拾われないよう囁《ささや》き声《ごえ》で答えると、アリスは金木犀《きんもくせい》の剣を少しだけ持ち上げ、再びアグマールの映像に突きつけながら叫《さけ》んだ。

『──私が整合騎士アリスであることは、神器《じんき》たる金木犀《きんもくせい》の剣によって証《あか》します!! 噴進弾《ふんしんだん》を撃《う》ちたくば撃《う》ちなさい!! いまこの瞬間《しゅんかん》から、ただの一発たりともセントラル・カセドラルに触《ふ》れさせはしません!!』

『ならば、その剣ごと消し炭に変えてくれよう!!』

アグマールが右手を掲《かか》げ、前に振り下ろした。

三機の機竜《きりゅう》の翼下《よくか》から、三発のミサイルが同時に発射された。

13

「ハアァァァァ───────ッ‼」

整合機士スティカ・シュトリーネンは、裂帛《れっぱく》の気合いとともに床《ゆか》を蹴《け》った。

腰撓《こしだ》めに構えた剣が、青白い輝《かがや》きを帯びる。ノルキア流剣術《けんじゅつ》の秘奥義《ひおうぎ》《水輪斬《スイリンザン》》。見えない力がスティカの突進《とっしん》をさらに加速させ、敵との間合いが一気に縮まる。

秘奥義《ひおうぎ》は斬撃《ざんげき》の威力《いりょく》と速度を飛躍的《ひやくてき》に上昇《じょうしょう》させるが、狙《ねら》った場所に当てるのも難しくなる。それでもスティカは体の微妙《びみょう》な捻《ひね》りで軌道《きどう》を微調整し、敵が着ている金属防具の、比較的装甲《ひかくてきそうこう》が薄《うす》そうな左脇腹《ひだりわきばら》に横薙《よこな》ぎの斬撃《ざんげき》を叩《たた》き付《つ》けた。

ドカッ！　と鈍《にぶ》い音が響《ひび》く。装甲《そうこう》が砕《くだ》け、その奥《おく》の体に剣尖《けんせん》が十セン以上も沈《しず》み込む。だが、生物の肉や骨が断《た》ち切《き》られる感触《かんしょく》の代わりに、まるで濡《ぬ》れた砂の塊《かたまり》を斬《き》ったかのような異様な手応えが伝わってくる。

「シャアアアッ！」

敵は、傷の痛みをまったく感じさせない声で吼《ほ》えると、肉厚のナタを思わせる武器を高々と振り上げた。

「くっ……」

必死に飛《と》び退《の》いた瞬間《しゅんかん》、直前までスティカが立っていた場所をナタが痛撃《つうげき》し、石材タイルを粉々に割り砕いた。

「スティ、平気⁉」

背後からローランネイの声が飛んでくるが、彼女も別の敵と対峙《たいじ》しているので援護《えんご》は望めない。

「大丈夫《だいじょうぶ》！」

答えながら距離《きょり》を取り、スティカは続けて叫《さけ》んだ。

「でもこいつ、斬《き》ってもぜんぜん手応えがない！」

「こっちのも……！」

ローランネイの応答にも焦《あせ》りが滲《にじ》む。

二人が戦っている敵は、明らかに人でも亜人《あじん》でもない。

極端《きょくたん》な前傾姿勢《ぜんけいしせい》なのに、身《み》の丈《たけ》は百八十センほどもある。胴体《どうたい》や両腕《りょううで》は無闇《むやみ》と細長く、脚《あし》は太くて短い。体には金属板を繋《つな》げたような防具をまとい、頭にはつるりとした形の兜《かぶと》を被《かぶ》っているのだが、前方に突き出た覆面部分《ふくめんぶぶん》には目穴が四つも開けられ、その奥《おく》の眼球は暗い赤色に発光しているようだ。露出《ろしゅつ》した皮膚《ひふ》は、黒に近い灰色。

カルディナの未開大陸には異形の生物が数多く棲息《せいそく》しているというが、こんな形状のものは機士団《きしだん》の図録にも載《の》っていない。

「シュウウ……」

人ならぬ声で唸《うな》りながら、怪物《かいぶつ》が近づいてくる。スティカが渾身《こんしん》の秘奥義《ひおうぎ》で与《あた》えた傷からは粘《ねば》り気《け》のある黒い液体がぼたぼたと滴《したた》ったが、それも数秒で止まってしまう。

この怪物《かいぶつ》が宇宙軍基地《うちゆうぐんきち》を襲撃《しゆうげき》してきたのは、ほんの十分前のことだ。

スティカとローランネイは、機士団専用宿舎《きしだんせんようしゆくしや》の三階にある二人共用の部屋で今日の出来事について夢中で語り合っていた。百年も前に封鎖《ふうさ》されたセントラル・カセドラルの上層階に足を踏《ふ》み入《い》れたことだけでも驚愕《きようがく》すべき体験だったのに、星王《せいおう》専用機たるゼーファン十三型を目撃《もくげき》し、伝説に残る大浴場でお湯に浸《つ》かり、さらにはシュトリーネン家とアラベル家の高祖である整合騎士《せいごうきし》ティーゼ・シュトリーネン・サーティツーと、ロニエ・アラベル・サーティスリーに邂逅《かいこう》したのだ。

スティカたちにとっては歴史上の出来事である、異界戦争《いかいせんそう》や四帝国《よんていこく》の大乱に参加したご先祖さまたちに訊《き》きたいことや話したいことはいくらでもあった。しかし外出許可証の有効期限延長をハーレンツ機士《きし》団長《だんちよう》が認めてくれなかったので、二人はやむなく基地に戻《もど》ったのだが、夜十時の消灯時間が過ぎてもまったく眠《ねむ》くならず、制服のまま話に花を咲《さ》かせていたところに立て続けの爆発音《ばくはつおん》が轟《とどろ》き渡《わた》ったのだ。

慌《あわ》てて窓に飛びつくと、基地の南側にある宇宙軍《うちゆうぐん》の機竜格納庫《きりゆうかくのうこ》から巨大《きよだい》な炎《ほのお》が噴《ふ》き上がっているのが見えた。

アンダーワールド宇宙軍《うちゅうぐん》には、カトレア中隊、アネモネ中隊、マリーゴールド中隊、そしてダリア中隊の四つの飛行中隊が存在し、それぞれに予備機を含《ふく》めて十六機のテーラ六型機竜《きりゅう》が配備されている。爆炎《ばくえん》は四隊全ての格納庫から上がっていて、明らかに事故ではなく攻撃《こうげき》だと直感した二人は、急いで西側の窓へと移動した。

その窓からは、機士団《きしだん》宿舎《しゅくしゃ》に隣接《りんせつ》する宇宙軍《うちゅうぐん》司令部本庁舎が見える。機士団《きしだん》の飛行隊であるブルーローズ中隊の格納庫は本庁舎の一階にあるので、そこに駐機《ちゅうき》している機士団《きしだん》のキーニス七型も攻撃《こうげき》されたのではと案じたのだが、幸いなことに炎《ほのお》は見えなかった。

代わりに二人が見たのは、建物正面の硝子扉《ガラスとびら》を破って入《はい》り込んでいく、数十体もの異形の影《かげ》だった。星王《せいおう》が自ら設計したと言われている本庁舎には、危急の時にはあらゆる脆弱《ぜいじゃく》な箇所《かしょ》を装甲板《そうこうばん》で塞《ふさ》ぐ機能があるはずなのに、それが働いていない。

だとしても、基地は高さ四メルもある頑丈《がんじょう》な塀《へい》で囲われているし、警備の衛士《えいし》だっている。こんな心臓部まで侵入《しんにゅう》される前に、どうして警報が鳴らなかったのか……と歯嚙《はが》みしていると、ローランネイがスティカの腕《うで》を摑《つか》み、反対側の手で夜空を指差した。

本庁舎のほぼ真上に、一機の大型機竜《おおがたきりゅう》が停空飛翔《ていくうひしょう》している。格納庫から立ち上る炎《ほのお》に赤々と照らされた漆黒《しっこく》の装甲《そうこう》と、神聖文字《しんせいもじ》のVに似た形状は、キリトとエオラインが伴星《ばんせい》アドミナで発見した大型機竜《おおがたきりゅう》にそっくりだ。

あの黒い機竜《きりゅう》が格納庫を爆撃《ばくげき》し、本庁舎に異形の兵士たちを投下したに違《ちが》いない。しかし、宇宙軍《うちゅうぐん》と機士団《きしだん》の無力化が目的なら、なぜ本庁舎にも爆弾《ばくだん》を浴びせなかったのか……と考え、悟《さと》る。その理由は、破壊《はかい》せずに確保したいものがあるか、殺さずに捕獲《ほかく》したい人間がいるかのどちらかだ。

だとすると、たぶん後のほう。そしてその人間はきっとハーレンツ機士団長《きしだんちょう》。

そう気付いたのと同時に、宿舎中の警報器がけたたましく吹鳴《すいめい》し、壁《かべ》の伝声器から副団長《ふくだんちょう》の声が響《ひび》いた。

──全整合機士《ぜんせいごうきし》は武装し、本庁舎に向かえ。最優先目標はハーレンツ機士団長《きしだんちょう》の安全確保、第二目標は侵入《しんにゅう》した敵性生物の排除《はいじょ》。団長《だんちょう》は七階の執務室《しつむしつ》か、居室におられる可能性が高い。次の指示を待たず、動ける者から各個に動いて良し。

着替《きが》えていなかったことが幸いし、スティカとローランネイは壁《かべ》の剣掛《けんか》けから機士団《きしだん》の制式《せいしき》剣《けん》を取るやいなや部屋を飛び出した。宿舎の一階玄関《げんかん》ではなく、三階廊下《ろうか》の突き当たりにある窓を開けて、風素跳躍術《ふうそちょうやくじゅつ》で空中を走る。過去の整合騎士《せいごうきし》に数人使い手がいたという風素飛行術《ふうそひこうじゅつ》には遠く及《およ》ばないが、一歩ごとに足裏で風素《ふうそ》を解放し、その圧力で跳躍《ちょうやく》することで、どうにか三十メルくらいなら空中を移動できる。

二人は司令部の三階に辿《たど》り着《つ》くと、装甲板《そうこうばん》が降りていないのをいいことに窓を割り、通路に飛び込んだ。

無人の非常階段を駆《か》け上《のぼ》り、機士団長《きしだんちょう》の居室がある七階の通路に出て、ほんの十メルばかり走った時だった。二人は前方の角から姿を現した二体の敵性生物に道を塞《ふさ》がれ、やむなく剣を抜いた——というわけだ。

約二分の戦闘《せんとう》で、スティカは秘奥義《ひおうぎ》を含《ふく》めて斬撃《ざんげき》を三回も当てたのに、敵は倒《たお》れるどころか痛がる様子さえ見せない。二人の長剣《ちょうけん》は、軍が制式採用している個人用武器の中でも最大級の優先度を備えているし、秘奥義《ひおうぎ》の威力《いりょく》は言わずもがなだ。それでも動きを止めることさえできないのは、敵の耐久力《たいきゅうりょく》が数値的にも属性的にも異常なのだと判断するしかない。

幸い、動きはそれほど速くないのでいまのところ敵の攻撃《こうげき》は回避《かいひ》できているが、分厚いナタに一回でも直撃《ちょくげき》されれば重傷を負うか、当たり所が悪ければ即死《そくし》も有り得る。このまま戦いが長引くと被弾《ひだん》の確率も上がるし、そもそも最優先なのは敵の撃破《げきは》ではなく機士《きし》団長《だんちょう》の安全確保だ。

執務室《しつむしつ》と一続きになった団長《だんちょう》の居室は、この通路を直進し、右に曲がった突き当たりにある。まずはそこまで辿《たど》り着《つ》かねば。

「ローラ、こいつらをどうにかして一箇所《かしょ》にまとめて！」

「どうにかの中身を考えてから言いなさいよ」

文句を言いながらも、ローランネイは即座《そくざ》に指示を飛ばしてきた。

「スティ、同時にそっちの敵を回り込んで背後に抜けるよ！　イチ、ゼロ！」

——せめて三からでしょ！

と文句を言い返す余裕《よゆう》もなく、スティカは床《ゆか》を蹴《け》った。敵が反応し、ナタを高く振り上げる。恐怖《きょうふ》に耐《た》えて、その真下に飛び込む。

ブンッ、と落下してきたナタをかろうじてかいくぐったが、上着の裾《すそ》が刃《やいば》に触《ふ》れ、それだけで紙の如《ごと》く引《ひ》き裂《さ》かれた。機士団《きしだん》の制服は、しなやかだが斬撃《ざんげき》と術式に高い耐性《たいせい》を備えている。それをこうも容易に断《た》ち切るとは、ナタ自体の優先度もただごとではない。

敵の左側をすり抜けると、スティカはそのまま大きく距離《きょり》を取った。だが右からすり抜けたローランネイは、敵の背後で不自然に急減速した。秘奥義《ひおうぎ》を発動したのだ。

「お……おおおおッ!!」

両手持ちで真横に構えた剣を、雄叫《おたけ》びとともに体ごと振り回す。真紅《しんく》の弧《こ》を描《えが》く水平斬《すいへいぎ》りが、振り向きつつあった敵の脇腹《わきばら》を激しく打《う》ち据《す》え、廊下《ろうか》の奥《おく》へと吹《ふ》き飛《と》ばす。

バルティオ流秘奥義《ひおうぎ》、《逆浪《ゲキロウ》》。技《わざ》の軌道《きどう》は《水輪斬《スイリンザン》》と似ているが、溜《た》めに時間がかかるぶん威力《いりょく》もずっと大きい。

シュトリーネン家に代々伝わるこの技《わざ》は、スティカがローランネイに教えたのだが、いつの間にか完全に習得していたようだ。だが感心したり、悔《くや》しがったりしている余裕《よゆう》はない。吹《ふ》き飛《と》んだ敵は、奥《おく》にいたもう一体に激突《げきとつ》し、折り重なって転倒《てんとう》した。スティカはすかさず両手を突き出し、術式を唱えた。

「システム・コール！　ジェネレート・クライオゼニック・エレメント！」

左手の指先に五個。右手は、親指で剣を保持しているのでそれ以外の指先に四個。計九個の凍素《とうそ》が、青白い輝《かがや》きを放つ。

本来ならこのあと変形の式句、軌道《きどう》の式句、発射の式句の順で詠唱《えいしょう》するのだが、敵は早くも起き上がりつつある。手順を省略し、「行けっ！」とだけ叫《さけ》んで凍素《とうそ》を発射する。

九本の軌跡《きせき》を引いて飛んだ光が、敵に接触《せっしょく》した瞬間《しゅんかん》——

「バースト・エレメント‼」

全て解放。

ビシイッ！　と空気が震《ふる》え、二体の敵が真っ白く染まる。凍素《とうそ》が生み出す冷気によって全身が凍《こお》り付《つ》いたのだ。だが、これだけでは短時間の足止めにしかならない。

「はあぁぁあああ‼」

叫《さけ》びながら、ありったけの心意《シンイ》力《りょく》を振《ふ》り絞《しぼ》る。再び軋《きし》むような音が響《ひび》き、敵を包《つつ》み込む氷がみるみる分厚くなっていく。

遮蔽《しゃへい》された訓練場以外でこんな真似《まね》をしたら、基地中の心意《シンイ》計《けい》が反応して大目玉を食らってしまうが、いまは誰《だれ》も気にしないだろう。天井《てんじょう》に届くほどにまで氷塊《ひょうかい》を巨大化《きょだいか》させ、敵二体を完全に拘束《こうそく》したと確信したところでやっと両手を下ろす。

途端《とたん》、頭がくらっと来てわずかにふらついてしまったが、ローランネイが素早《すばや》くスティカの背中を支えた。

「まだ行けるよね、スティ」

いつもながら素っ気ない台詞《せりふ》に、「当たり前でしょ」と答えて自分の足で立つ。敵の膂力《りょりょく》を考えれば、限界まで強化した氷の檻《おり》でも保《も》って五分というところだろう。それまでに機士《きし》団長《だんちょう》と合流し、本庁舎から脱出《だっしゅつ》しなくてはならない。

一回の深呼吸でいくらか気力が回復したので、ローランネイと頷《うなず》き合《あ》い、走り始める。

石タイル張りの通路は、前方で広い中央通路と交差している。左に曲がれば大階段と昇降機《しょうこうき》がある広間、右に曲がれば目標の執務《しつむ》室《しつ》。

走りながら体を限界まで傾《かたむ》け、左側の壁《かべ》を蹴《け》って中央通路に飛び込んだ、その瞬間《しゅんかん》。

「っ……!!」

スティカは反射的に腰《こし》を落とし、急停止した。

前方、わずか十メルほど先に、新手の敵性生物が立ちはだかっている。その数、四体。

「フシュルル……」

スティカたちに気付いた一体が、低く唸《うな》った。残り三体も次々と振り向く。

異形の兜《かぶと》に開けられた目穴の奥《おく》で、合計十六個の眼球が赤く光り、二人を睨《ね》めつけた。

「スティ……」

隣《となり》でローランネイが囁《ささや》く。こういう時、行動を決めるのは幼年学校の頃《ころ》からずっとスティカの役目だった。しかしいまは、選択肢《せんたくし》が一つも思《おも》い浮《う》かばない。

　整合機士団《せいごうきしだん》には、スティカとローランネイよりも上位の機士《きし》が、ハーレンツ機士団長《きしだんちょう》の他に四人いる。副団長《ふくだんちょう》、飛行隊長、剣技師範、術式師範の役職にある彼らは《武装完全支配術《ぶそうかんぜんしはいじゅつ》》と《記憶解放術《きおくかいほうじゅつ》》を操《あやつ》る、まちがいなくアンダーワールド最強の剣士たちだ。

　いち早くここに駆《か》けつけるべき四人は、どこで何をしているのか……と心の中で八つ当たりしかけてから気付く。彼らが下の階で敵性生物を食い止めてくれているから、七階に敵がこれしかいないのだ。

　逃げることは許されない。目の前の四体は、スティカたちがどうにかしなくては。

「ローラ、私が……」

　囮《おとり》になるからその隙《すき》に執務室《しつむしつ》へ、と言おうとした、その時。

　背後で、ガシャアアン！　という硬質《こうしつ》の破壊音《はかいおん》が轟《とどろ》いた。

　反射的に振り向いたスティカが見たのは、大階段がある広間の、正面上部の窓が粉々に割れ砕《くだ》ける光景だった。

　上空に留《とど》まっている大型機竜《おおがたきりゅう》が、新たな敵性生物を投下してきたのだ。スティカはそう直感したが、しかし違《ちが》った。硝子片《ガラスへん》がキラキラと舞《ま》い散る中、風素《ふうそ》の渦《うず》をまといながら降りてくるのは、古風な白い騎士服《きしふく》を着て、左腰《ひだりこし》に剣を吊《つ》った二人の女性たち。片方の髪《かみ》は鮮《あざ》やかな緋色《ひいろ》、片方は深い檜皮色《ひわだいろ》――。

　整合騎士《せいごうきし》ティーゼ・シュトリーネン・サーティツーと、ロニエ・アラベル・サーティスリーが、宇宙軍基地《うちゅうぐんきち》の危機を知って助けに来てくれたのだ。

広間の床《ゆか》に音もなく着地した二人に、スティカは「ご先祖さま！」と呼びかけそうになり、いったん口を閉じてから言い直した。

「……ティーゼさま、ロニエさま！」

「二人とも、無事ね!?」

そう叫び返したティーゼは、足許《あしもと》に残っていた風素《ふうそ》を解放し、二十メル以上の距離《きょり》を一気に跳躍《ちょうやく》した。スティカとローランネイの前に着地するや剣を抜き、四体の敵性生物に向ける。

「あれは……ミニオンね」

そう呟《つぶや》いたのは、ティーゼに続いて着地したロニエだった。ローランネイが、目を丸くしながら訊《たず》ねる。

「し……知ってるんですか、ロニエさま？」

「ええ。嫌《いや》っていうほどね」

頷《うなず》きながら、ロニエも剣を抜く。

ミニオンという種名らしい敵性生物は、「しゅるる……」とこちらを威嚇《いかく》し続《つづ》けているが、接近してくる気配はない。まるで、執務室《しつむしつ》へと続く通路を塞《ふさ》げと命令されているかのようだ。もしそれが事実なら、すでに執務室《しつむしつ》の中にも敵が入《はい》り込んでいるということになる。

「ティーゼさま、あいつらの後ろの部屋に、エオライン閣下が！」

焦燥《しようそう》に駆《か》られながら叫《さけ》んだスティカを、ティーゼは左手で下がらせた。

「解《わか》ってる。ロニエ、左の二体をお願い」

「了解《りようかい》」

並んで立ち、同時に剣を構える騎士《きし》たちの背中を、スティカは唖然《あぜん》と見詰《みつ》めた。

名前を知っているからには、怪物《かいぶつ》たちの異様なまでの耐久力《たいきゆうりよく》も知っているはず。それなのに、剣で四体を同時に倒《たお》そうというのか。

ティーゼとロニエが、完璧《かんぺき》に揃《そろ》った動きで右手の剣を肩《かた》の上に構えた。

刀身が深い赤に輝《かがや》く。秘奥義《ひおうぎ》――だがあんな構えと光色の技《わざ》を、スティカは知らない。

四体のミニオンが光に反応し、ナタを振り上げた。

「ブシュウウウッ!!」

殺意に満ちた咆哮《ほうこう》。通路の幅《はば》いっぱいに広がりながら、怒濤《どとう》の如《ごと》く押《お》し寄《よ》せてくる。

直後、二人も床《ゆか》を蹴《け》った。

内側の二体が振り下ろすナタを、細身の長剣《ちようけん》で迎《むか》え撃《う》つ。無茶だ……とスティカは思った。秘奥義《ひおうぎ》は技《わざ》の威力《いりよく》と速度を飛躍的《ひやくてき》に引き上げるが、剣自体の優先度や耐久度《たいきゆうど》が変わるわけではない。ミニオンのナタは機士団《きしだん》の制式剣《せいしきけん》と同程度の優先度があると推測されるので、まともに打ち合えば押《お》し負《ま》けるか、最悪の場合は剣を折られてしまう。

しかし――。

《逆浪《ゲキロウ》》とよく似た、しかしひときわ深い赤色の輝《かがや》きを放つティーゼとロニエの剣は、厚み二センはありそうな鋼鉄のナタを、まるで硝子板《ガラスいた》か何かのように呆気《あっけ》なく打《う》ち砕《くだ》いた。

剣はそのまま、ミニオンの肩《かた》から胸にかけてを深々と切《き》り裂《さ》く。だがそこに、外側の二体のナタが襲《おそ》いかかる。

ギュアッ！　と機竜《きりゅう》の熱素《ねつそ》駆動器《くどうき》のような音を立てて、ティーゼたちの剣が跳《は》ね上がった。下からナタを迎《むか》え撃《う》ち、今度も容易《たやす》く粉砕《ふんさい》する。

二連撃《れんげき》――とティーゼは両目を見開いたが、秘奥義《ひおうぎ》はまだ終わらない。再び慣性を無視した角度と速度で振り下ろされた三撃目が、外側のミニオンの胸を容赦《ようしゃ》なく抉《えぐ》る。

四撃目は、内側のミニオンを。

五撃目は、外側。六撃目は、内側。

そして斜《なな》めに振り下ろす七撃目は二体を同時に切《き》り裂《さ》き、ようやく騎士《きし》たちの秘奥義《ひおうぎ》は終了《しゅうりょう》した。

剣を振り抜いた姿勢で静止する二人の向こうで、ミニオンたちが真っ黒い血液を大量に撒《ま》き散《ち》らしながら吹《ふ》き飛《と》び、折り重なって床《ゆか》に倒《たお》れた。

「七……連撃《れんげき》」

隣《となり》で、ローランネイが掠《かす》れ声《ごえ》を漏《も》らした。

信じられないのはスティカも同じだ。

整合機士団《せいごうきしだん》に伝承されている秘奥義《ひおうぎ》のうち、最大の連撃数《れんげきすう》を持つのはノルキア流《雷閃斬《ライセンザン》・繚乱《リョウラン》》と《水輪斬《スイリンザン》・氷雨《ヒサメ》》で、どちらも四連撃《れんげき》。しかも習得を許されているのはわずか五人の上位機士《じょういきし》だけで、スティカたちはこれから何年も経験を積まないと、最初の型すらも教えてもらえないのに——。

いや、真に驚《おどろ》くべきは連撃《れんげき》の数ではなく、一撃《いちげき》の威力《いりょく》だ。目まぐるしく繰《く》り出される斬撃《ざんげき》の全てが、恐《おそ》らくハイ・ノルキア流《天山烈波《テンザンレッパ》》より遥《はる》かに重い。

ミニオンたちが完全に動きを止めたのを確認《かくにん》してから、スティカは恐《おそ》る恐《おそ》るティーゼに話しかけた。

「あ……あの、ティーゼさま。いまの秘奥義《ひおうぎ》は……」

「アインクラッド流、《デッドリー・シンズ》よ」

「あ……アイン……？」

流派名も技名も、まったくの初耳。

整合機士団には、人界中《じんかいちゅう》のありとあらゆる剣術流派の秘奥義《ひおうぎ》が集積されているはずなのに、そんなことが有り得るのだろうか……と呆然《ぼうぜん》としていると、ティーゼがスティカの肩《かた》をぐっと摑《つか》んだ。

「それより、エオラインさんを助けに行かないと」

「あ……は、はい！」

頷《うなず》き、通路の奥《おく》めがけて走り出そうとした、その時だった。

ティーゼとロニエの七連撃技《れんげきぎ》で天命《てんめい》を全損したはずのミニオンたちの骸《むくろ》が、ぶるりと震《ふる》え。

どばっ！　と重い音とともに爆《は》ぜて、どす黒い粘液《ねんえき》の筋を四方八方に迸《ほとばし》らせた。

距離《きょり》があったので四人には届かなかったが、糸を引きながら飛んだ粘液《ねんえき》は床《ゆか》や天井《てんじょう》に付着し、瞬時《しゅんじ》に固化して、幾重《いくえ》もの網《あみ》となって通路を塞《ふさ》いだ。

「…………！」

ロニエが右手を掲《かか》げ、無詠唱《むえいしょう》で風素《ふうそ》を十個生成すると、小型の竜巻《たつまき》に変えて前方に放った。

黒い網《あみ》は渦巻《うずま》く突風《とっぷう》を受けて激しく震《ふる》えたが、千切れる様子はない。

「はああっ！」

今度はローランネイが、剣を網《あみ》に叩《たた》き付《つ》ける。

耳をつんざくような金属音が轟《とどろ》き、橙色《だいだいいろ》の火花が散った。剣ごと跳《は》ね返《かえ》されてきたローランネイを、スティカは懸命《けんめい》に抱《だ》き留《と》めた。

立《た》ち尽《つ》くす四人の、わずか十メル先にある扉《とびら》の向こうで。

キィイン！　という剣戟《けんげき》の音が、かすかに響《ひび》いた。

14

「エンハンス・アーマメント！」

アリスの高唱に呼応して、金木犀《きんもくせい》の剣の刀身が、無数の花弁へと分離《ぶんり》した。

武装完全支配術《ぶそうかんぜんしはいじゅつ》を使うのは今日二度目だ。剣の天命《てんめい》はまだ完全には回復していないだろうが、頑張《がんば》ってもらうしかない。

それ自体が発光しているかのように煌《きら》めく微小《びしょう》な花たちを、アリスは三つの群れに分けて、飛来する三発のミサイルを迎《むか》え撃《う》った。

「はあああっ！」

叫《さけ》びながら、右手に残った柄《つか》を振り下ろす。花弁の群れが生き物のようにうねり、ミサイルに襲《おそ》いかかる。花弁一つ一つは直径一センにも満たないが、大きさからは想像もできないほどの重量と優先度を備えている。

花弁群がミサイルの外殻《がいかく》を次々と貫《つらぬ》く感覚。次の瞬間《しゅんかん》、三発のミサイルは、カセドラルから三百メル以上離《はな》れた空間でいっせいに爆発《ばくはつ》した。

眩《まばゆ》い赤にどす黒い青が入り混じった奇怪《きかい》な色の炎《ほのお》が噴《ふ》き上がり、一瞬遅《いっしゅんおく》れて届いた爆風《ばくふう》が、飛翔盤《ひしょうばん》を激しく揺《ゆ》らす。

「…………っ‼」

アリスは左手で手すりを摑《つか》み、両足を踏《ふ》ん張《ば》った。

愛剣《あいけん》の柄《つか》を握《にぎ》る右手にも、花弁たちを通して爆発《ばくはつ》の反動が伝わってくる。肘《ひじ》から肩《かた》までもが痺《しび》れるような、異質な衝撃《しょうげき》。心意兵器《シンイへいき》というだけあって、やはり単純な熱素解放術《ねつそかいほうじゅつ》とは違《ちが》う。

目を凝《こ》らすと、爆発点《ばくはつてん》で渦巻《うずま》く黒煙《こくえん》の中から、破壊《はかい》された花弁がぱらぱらと儚《はかな》く落下していくのが見えた。

いまの迎撃《げいげき》で、一割近くの花弁を失ったとアリスは直感した。つまり、同じ攻撃《こうげき》をあと九回防いだら、金木犀《きんもくせい》の剣は死んでしまう。いや、心意兵器の《上書き効果》を考えれば、たぶん限界はもっと早い。

『なかなか見事な曲芸だったぞ、娘《むすめ》』

機竜《きりゅう》の上部に投射されたままのアグマール・ウェスダラス六世の像が、酷薄《こくはく》な笑《え》みを浮《う》かべた。

『ならば余も、相応の施《ほどこ》しをせねばな。次はこれでどうだ』

アグマールが右手の指をぱちんと鳴らすと、それぞれの機竜《きりゅう》の翼《つばさ》の下で、片側に三つずつ、合わせて六つの光が橙色《だいだいいろ》に瞬《またた》いた。それが三機ぶんで、合計十八──。

「……アリスさま」

背後でエアリーが囁《ささや》く。

「退避《たいひ》します。あれを防いだら、アリスさまの剣が……」

「いえ、動かないで。ここで逃げたら、私は二度と騎士《きし》を名乗れない」

そう答えると、アリスは右手を限界まで高く掲《かか》げた。

花弁たちが意思に応え、横幅《よこはば》三十メルにも及《およ》ぶ矩形《くけい》を作って整然と並ぶ。花弁一つ一つの、金木犀《きんもくせい》の花を模した丸みのある形状が、じゃきっと音を立てて鋭利《えいり》に変形する。

ミサイルがあれで終わりだという保証はない。瞬時《しゅんじ》に貫《つらぬ》くことで、花弁ができるだけ爆発《ばくはつ》に巻《ま》き込まれないよう迎撃《げいげき》する。

アグマールが右手を持ち上げ、無造作に振り下ろした。

十八発のミサイルが、竜の咆哮《りゅうほうこう》にも似た噴射音《ふんしゃおん》を幾重《いくえ》にも響《ひび》かせ、アリスたちめがけて飛翔《ひしょう》を開始した。

アリスは右手で握《にぎ》った愛剣《あいけん》の柄《つか》を一瞬《いっしゅん》だけ口許《くちもと》にあてがうと、再び振りかざした。

刹那《せつな》――。

整列する花弁たちの二百メル以上先で、ミサイル群がまるで不可視の壁《かべ》に激突《げきとつ》したかの如《ごと》く、次々と爆発《ばくはつ》した。

赤黒い炎《ほのお》が噴《ふ》き上がるたび、夜空に……いや空間そのものに、巨大《きょだい》な波紋《はもん》が広がる。呆然《ぼうぜん》と目を見開くアリスの全身を、不思議な感覚が包《つつ》み込む。以前にもどこかで感じたことのある、絶対的に守られているという安心感。

ズズン、ズズンと絶え間なく轟《とどろ》く爆発音《ばくはつおん》も、奇妙《きみよう》に遠く聞こえる。無意識のうちに数えていたそれが十八回目に達し、ついに途《と》切《ぎ》れた、その直後。

「お待たせ、アリス、エアリー」

左後方で穏《おだ》やかな声が響《ひび》き、アリスはさっと振り向いた。

空中に何の足場もなく浮《う》いているのは、ぴったりした機《き》士《し》服《ふく》の両腰《りようこし》に二本の長剣《ちようけん》を吊《つ》った、黒髪《くろかみ》の青年。ニヤリと不敵な笑《え》みを浮《う》かべるその顔を、アリスが見《み》間《ま》違《ちが》えるはずがない。

「……キリト」

掠《かす》れ声《ごえ》で名を呼んだが、しかし有り得ない。アリスが一時ログアウトして連絡《れんらく》した時点では、キリトは間《ま》違《ちが》いなくラース六本木《ろつぽんぎ》支《し》部《ぶ》から遠く離《はな》れた自宅にいた。リアルワールドでは風素《ふうそ》飛《ひ》行術《こうじゆつ》など使えないのだから、STLがある六本木《ろつぽんぎ》支《し》部《ぶ》までは一時間以上かかるはず。なのに、まだせいぜい十数分しか経《た》っていない。

「どうして、こんなに早く……？」

なんとかそれだけ口にすると、キリトは軽く肩《かた》をすくめた。

「礼は菊岡《きくおか》さんに言ってくれ。あの人が俺の家にSTLPを……いや、そんな話は後だな。俺は宇宙《うちゆう》軍基地《ぐんきち》の援護《えんご》に行かないと」

「し……しかし、ここはどうするのです」

アリスの問いに、キリトは何かを言おうとしたが、それより早く。

三人の頭上を、純白の光条が一筋、シュバッ！　と音を立てて貫《つらぬ》いた。

一瞬《いっしゅん》、機竜《きりゅう》が光線兵器のようなものを使ったのかと思ったが方向が逆だ。発射された場所は、カセドラルの最上部。狙《ねら》われたのが、中央の大型機竜《おおがたきりゅう》。

光条は、機竜《きりゅう》の上面《じょうめん》を浅く撃《う》ち抜き、映像投影装置《えいぞうとうえいそうち》らしき円盤《えんばん》を吹き飛《ふと》ばした。ついに口許《くちもと》の笑《え》みを引っ込めたアグマール・ウェスダラス六世の立像が、跡形《あとかた》もなくかき消える。

アリスは体を回《めぐ》らせ、背後のセントラル・カセドラルを見上げた。

九十九階の上、円形の百階が鎮座《ちんざ》するテラス状の部分に、小さな人影《ひとかげ》が見える。

夜風になびく、緩《ゆる》く波打つ長い髪《かみ》。懐《なつ》かしい整合騎士《せいごうきし》の鎧《よろい》とマント。右手には、針のように華奢《きゃしゃ》な刀身を持つ細剣《さいけん》。

「…………ファナティオ殿《どの》」

アリスの囁《ささや》き声《ごえ》が聞こえたかのように、騎士《きし》は左手を持ち上げ、軽く微笑《ほほえ》んだ——気がした。

15

ラギ・クイント二級操士《そうし》は、右肩《みぎかた》に受けた傷を左手で押さえながら、懸命《けんめい》に立ち上がろうとした。

だが、両脚《りようあし》が痺《しび》れて言うことを聞かない。麻痺感《まひかん》は脚《あし》だけでなく、腕《うで》や背中、口の中にまで広がっている。先ほど傷口に浴びてしまった敵性生物の血に、何らかの毒成分が含《ふく》まれていたらしい。

宇宙軍《うちゆうぐん》の座学では、こんな時の対処法も教わっている。大部分の毒は光素《こうそ》で浄化《じようか》できるので、毒が入った場所が解《わか》っていればそこから、解《わか》っていなければ自分で腕《うで》の皮膚《ひふ》を切開し、液化した光素《こうそ》を血液に直接溶《と》け込ませる。治癒術《ちゆじゆつ》としては乱暴だが、術式は短くて済むし天命回復《てんめいかいふく》も同時にできる、実戦向けの対処法だ。

ラギは、毒を受けたと気付いた直後に光素解毒《こうそげどく》を行おうとしたのだが、その時にはもう舌が痺《しび》れて術式を唱えられなくなっていた。戦闘装備《せんとう》ならベルトに解毒剤《げどくざい》入りの小瓶《こびん》が装着されているが、今日は術式教練の日で平常服を着ているのでそれもない。

しかし、少なくとも剣はある。そして、守るべき人がまだ戦っている。ならば、毒ごときで無様に這《は》いつくばることは許されない。

背中を壁《かべ》に押し当てるようにして、どうにか立ち上がる。

広大な機士団長《きしだんちょう》執務室《しつむしつ》の中央では、この部屋の主であるエオライン・ハーレンツ機士団長《きしだんちょう》と、異形の敵性生物が激しい戦闘《せんとう》を繰《く》り広《ひろ》げている。

「シィッ！」

機士団長《きしだんちょう》が鋭《するど》い気合いとともに繰《く》り出した二連突きを、敵は分厚いナタの側面で防御《ぼうぎょ》した。そのまま、ナタを振りかぶることなく右に薙《な》ぎ払《はら》う。飛《と》び退《の》いた機士団長《きしだんちょう》の、真っ白いシャツの胸元《むなもと》を刃《やいば》が掠《かす》め、ボタンが一つ弾《はじ》け飛《と》ぶ。

本来の機士団長《きしだんちょう》なら、充分《じゅうぶん》な余裕《よゆう》を持って回避《かいひ》したか、あるいは紙一重で避《よ》けて痛烈《つうれつ》な反撃《はんげき》を見舞《みま》っただろう。だが、少し前から団長《だんちょう》の動きが目に見えて悪くなりつつある。

無理もない。執務室《しつむしつ》の壁際《かべぎわ》には、団長《だんちょう》がこれまでに倒《たお》した敵性生物の死骸《しがい》が五つも転がっているのだ。敵の集団がいきなりこの部屋に押し入ってきてから、十五分以上も戦い続けている機士団長《きしだんちょう》の疲労《ひろう》は、そろそろ限界に達しつつあるはず。

「…………ぐ……」

歯を食《く》い縛《しば》ることもできず、ラギはかすかな唸《うな》り声《ごえ》を漏《も》らしながら、必死に脚《あし》を動かそうとした。しかし即座《そくざ》に団長《だんちょう》の冷静な声が響《ひび》く。

「ラギ、動くな。毒が回る」

──私の役目はあなたを守ることです。

と言いたいのに声が出ない。悔《くや》しさと情けなさが、涙《なみだ》となって目尻《めじり》に滲《にじ》む。

ラギの生家であるクイント家は、現在の人界統一武術大会《じんかいとういつぶじゅつたいかい》の前身である四帝国統一武術大会《よんていこくとういつぶじゅつたいかい》で準優勝し、その後は北セントリア帝立修剣学院《ていりつしゅうけんがくいん》の学院長《がくいんちょう》を生涯《しょうがい》にわたって務め上げた名剣士《めいけんし》、アズリカ・クイントを輩出《はいしゅつ》した家柄《いえがら》だ。祖父も父も宇宙軍《うちゅうぐん》に奉職《ほうしょく》し、長男のラギも当然のように操士《そうし》を志した。

二級隊士《たいし》として配属されたカトレア中隊で懸命《けんめい》に努力し、その甲斐《かい》あって三年目に隊士《たいし》から操士《そうし》に任命された。さらに去年からは、在籍《ざいせき》部隊こそカトレア中隊のままだが、全軍を統轄《とうかつ》する整合機士《せいごうきし》団《だん》の候補生に抜擢《ばってき》され、週に二回の教練に参加できるようになった。

今日も機士《きし》団《だん》の術式師範に高度な神聖術《しんせいじゅつ》理論《りろん》をたっぷりと叩《たた》き込まれたラギは、本庁舎二階の食堂で夕食を済ませてから、カトレア中隊の宿舎に帰るべく通路を急いでいた。すると前方からハーレンツ機士《きし》団長《だんちょう》が一人で歩いてきたので、ラギは慌《あわ》てて壁際《かべぎわ》で敬礼したのだが、団長《だんちょう》は返礼してから「クイント操士《そうし》、ちょっと手伝ってくれないか」と声を掛《か》けてきた。一も二もなく承諾《しょうだく》すると、頼《たの》まれたのは本庁舎五階にある書庫からの資料運びだった。

一緒《いっしょ》に大量の歴史書や地図類を七階の執務室《しつむしつ》まで運ぶうちに、ラギは機士《きし》団長《だんちょう》がいつになく疲《つか》れた様子であることに気付いた。なのに休もうともせず資料を調べ始める機士《きし》団長《だんちょう》を放っておくことができず、ラギはさらなる手伝いを申し出た。

食事や飲み物の用意から資料の検索《けんさく》まであれこれしているうちに、時刻はあっという間に夜の二十三時を回ってしまい、さすがに戻《もど》らないとまずいかな……と思い始めた時だった。

いきなり機士団長《きしだんちょう》が立ち上がり、執務室《しつむしつ》の天井《てんじょう》を見上げて、「やられたな……」と呟《つぶや》いた。

直後、立て続けの爆発《ばくはつ》が本庁舎を揺《ゆ》り動かし、ラギは執務室《しつむしつ》の外に飛び出そうとしたのだが、機士団長《きしだんちょう》に制止された。扉《とびら》が乱暴に押《お》し開《あ》けられ、異形の生物が何匹《なんびき》も飛び込んできたのは、それからわずか数十秒後だった。

ラギももちろん応戦しようとしたのだが、何度斬《き》りつけても手応えがなく、秘奥義《ひおうぎ》を使ってようやく傷らしい傷を与《あた》えたものの直後にナタで反撃《はんげき》を喰《く》らい、しかも敵の傷から飛び散った血を浴びてしまった。

扉《とびら》の近くに倒《たお》れ込んだラギの鼻先を、鏡のように光るブーツを履《は》いた何者かが通り過ぎた。見上げるとそれは、裾《すそ》が膝下《ひざした》まで伸びた暗灰色《あんかいしょく》の外套《がいとう》を羽織り、その背中に波打つ漆黒《しっこく》の髪《かみ》を垂らした、背の高い男だった。

男は、室内に何匹《なんびき》もいる異形の生物に攻撃《こうげき》されることなく進み、激しく戦う機士団長《きしだんちょう》の傍《かたわ》らをも悠然《ゆうぜん》と通過すると、部屋の奥《おく》にある巨大《きょだい》な執務机《しつむづくえ》の前で振り向き、腰掛《こしか》けた。

それからの十五分間で、機士団長《きしだんちょう》は五匹《ひき》もの敵性生物を屠《ほふ》ってのけた。残りは、いま団長《だんちょう》が戦っている一匹《びき》だけ。だが謎《なぞ》の男は、悠然《ゆうぜん》と腕組《うでぐ》みしたまま動こうとしない。それどころか、口許《くちもと》に淡《あわ》い笑《え》みまで浮《う》かべているようだ。

外套《がいとう》と同じ色の鍔《つば》つき帽子《ぼうし》を被《かぶ》っているが、男がぞっとするほどの美貌《びぼう》の持ち主であることは一目で解《わか》る。薄《うす》い唇《くちびる》、鋭《するど》く通った鼻筋、切れ上がった双眸《そうぼう》は銀色がかった水色。

どこかで見たような……とラギが思ったその時、機士団長《きしだんちょう》が「ハアッ!」という気勢とともに秘奥義《ひおうぎ》を発動させた。

体ごと叩《たた》き付《つ》けるような縦斬りで敵を仰《の》け反《ぞ》らせ、そこに上下からの流れるような二連斬り、さらに剣を思い切り振りかぶり、真っ向からの上段斬り。実際に見るのは初めてだが、あれは恐《おそ》らく整合機士団《せいごうきしだん》の秘伝、《雷閃斬《ライセンザン》・繚乱《リヨウラン》》——。

四連撃《れんげき》で胴体をずたずたにされた敵性生物が、「ブシュウウウッ!」と断末魔《だんまつま》の声を上げて吹《ふ》き飛《と》ぶ。空中に毒の血《ち》が撒《ま》き散らされるが、機士団長《きしだんちょう》は左手を一振りして心意《シンイ》の風を起こし、全て叩《たた》き落《お》とす。

だが直後、機士団長《きしだんちょう》はぐらりと体をよろめかせた。長剣《ちょうけん》を床《ゆか》に突き立てて踏《ふ》み留《とど》まったが、消耗《しょうもう》は明らかだ。もともと、司令部に帰ってきた時点で疲《つか》れていた様子だったのに、それから二時間以上も調べ物を続けていたのだ。

ぱん、ぱん、と謎《なぞ》の男が両手を二度打ち合わせた。

「さすがだ、エオル。疲《つか》れているだろうに、《三式ミニオン》を六匹《ぴき》も倒《たお》すとは」

冷たさと柔《やわ》らかさが同居した声。

それを聞いた機士団長《きしだんちょう》は、覆面《ふくめん》の下から垂れる汗《あせ》を指先で拭《ぬぐ》い、ぐっと背筋を伸ばした。

「君こそ……ああも見事な逃走劇《とうそうげき》のあとに、遠路はるばるカルディナまでお出ましとはご苦労なことだね、コウガ。上官に恵《めぐ》まれていないんじゃないのかい？」

たっぷりと皮肉のこもった口調だが、やはり疲労《ひろう》の色は隠《かく》せない。

それにしても奇妙《きみょう》な会話だ。まるで機士団長《きしだんちょう》と謎《なぞ》の男は、つい最近――ほんの数時間前にも顔を合わせていたかのようだ。

それに、機士団長《きしだんちょう》が口にしたコウガという名前も、ラギの記憶《きおく》を刺激《しげき》する。確かにどこかで、あの顔を見たような……。

「ふ、それは否定できないな。しかし、使えるものは何でも使うのが私の主義なのでね」

口許《くちもと》を歪《ゆが》めて笑うと、コウガと呼ばれた男は、慇懃《いんぎん》な手振《てぶ》りで机の後方にある窓を示した。

「では、屋上までご足労願おうか。名高きエオライン・ハーレンツ機士団長閣下《きしだんちょうかっか》をお迎《むか》えするのに、この程度の歓待《かんたい》では到底《とうてい》足りないからね」

「それは遠慮《えんりょ》しておこうかな。まだ今日の仕事が終わっていないんだ」

そう答えると、機士団長《きしだんちょう》は床《ゆか》に突き立てていた剣を持ち上げ、切っ先を男に向けた。

対するコウガは、腕組《うでぐ》みをしたまま唇《くちびる》を引き結んだ。

みしっ、と空気が軋《きし》むのをラギは感じた。

空中に漂《ただよ》っていた激闘《げきとう》の残滓《ざんし》が、かすかな音を立てて次々に弾《はじ》ける。何メルも離《はな》れた場所に立つラギの体にも、強烈《きょうれつ》な圧力が加わる。

二人が、心意力《シンイりょく》をせめぎ合わせているのだ。もしこの部屋に心意計《シンイけい》があったら、どれほどの数値を示すか想像もできない。

均衡状態《きんこうじょうたい》は、しかし数秒しか持続しなかった。

機士団長《きしだんちょう》の前髪《まえがみ》に宿った汗《あせ》が、ぽたりと床《ゆか》に落ちた瞬間《しゅんかん》。団長《だんちょう》の、剣士としては華奢《きゃしゃ》な体が浮《う》き上がり、凄《すさ》まじい勢いで後方に吹《ふ》き飛《と》ばされた。

壁《かべ》に激突《げきとつ》する、とラギが息を詰《つ》めた——

その時だった。

何もない空中に、何者かの腕《うで》が現れて機士団長《きしだんちょう》の体を抱《だ》き留《と》めた。

きん、きん、とかすかな音が響《ひび》く。宙に留《とど》まる団長《だんちょう》の周囲に、おぼろに透《す》き通《とお》る縦長の扉《とびら》が生成されていく。

やがて、扉《とびら》は実体を得る。大きく開け放たれた、水晶《すいしょう》の一枚扉《いちまいとびら》。極細《ごくぼそ》の枠《わく》の奥《おく》は、漆黒《しっこく》の闇《やみ》……いや、夜空だ。無数の星が煌《きら》めく空から、冷たい風が流《なが》れ込んでくる。

そこから、腕《うで》に続いて足が現れた。さらに体、そして頭も。

ラギと同年輩《どうねんぱい》か、少し若い男だ。機士団《きしだん》の、航宙用機士服《こうちゆうようきしふく》を着ている。両腰《りようこし》には二本の長剣《ちようけん》。髪《かみ》は黒く、瞳《ひとみ》も深い夜の色——。

若者の名を、ラギは知っていた。今日の午前中に、ラギ自身が北セントリア市街から宇宙軍《うちゆうぐん》基地《きち》まで機車《きしや》で送り届けた人物だ。名前は確かキリト……謎《なぞ》に包まれた、ハーレンツ機士団長《きしだんちよう》の賓客《ひんきゃく》。

ラギは、人界外《じんかいがい》のどこかからお忍《しの》びで訪《おとず》れた特使か何かだと思っていたが、まったく見当違《けんとうちが》いだったらしい。

キリトは、左腕《ひだりうで》で抱《だ》きかかえた機士団長《きしだんちょう》にニヤッと笑いかけ、白い覆面《ふくめん》にかかった亜麻色《あまいろ》の巻き毛を右手で掻《か》き上げながら言った。

「助けに来たぜ、エオ」

（続く）

あとがき

『ソードアート・オンライン27　ユナイタル・リングⅥ』をお読みくださりありがとうございました。

そろそろこの、あとがきが毎回謝罪から始まってしまう流れをなんとかしたい！　と思っているのですが、今巻も大変お待たせしてしまい、申し訳ありませんでした……。言い訳としては、今年前半に小説以外のお仕事がたくさん入ってきてそちらにかかりきりになってしまったからなのですが、私ももう十三年やってますので、そろそろスケジュール管理スキルを上げていかないとですね。来年はそのあたりも目標にして頑張《がんば》ります！

（以下、本編の内容に触《ふ》れておりますのでご注意ください）

さて、この巻についてですが……ここで謝罪その二です！　26巻のあとがきで、『次の巻ではいよいよ団長の謎《なぞ》に迫《せま》っていく展開になるのでは』と書きましたが、この27巻では迫《せま》り切《き》れませんでした……。アリス視点パートで書くことが沢山《たくさん》ありすぎたせいなんですが、まあ二百年も経《た》っているのでやむなしですね。皆様《みなさま》も、ムーン・クレイドル編のあとに何がどうなったのかを、この巻である程度ご理解いただけたのではないでしょうか。セントラル・カセドラルも宇宙軍基地《うちゅうぐんきち》も大変なことになっておりますが、次巻こそ本当にエオライン団長にフォーカスしていく展開になるはずので……！　もちろん、ついに目覚めたティーゼ、ロニエ、セルカ、そしてファナティオも大活躍《だいかつやく》してくれると思います！

ここで一点注釈《ちゅうしゃく》を。スティカとローランネイはティーゼとロニエの子孫ですが、何世代離《はな》れているのかが巻によって曖昧《あいまい》な書き方になっているので、改めて説明しておきます。「ティーゼたちを一代目とした時にスティカたちは七代目」なので、厳密には「六世代離《はな》れている」が正確な表現となります。こうなると、二代目であるティーゼとロニエの子供のことも気になるところですが、いずれ書く機会もあるのではないかなと思います。

あとは……いままでほとんど描写《びょうしゃ》されなかった「未登場の古参整合騎士《こさんせいごうきし》」も、番号だけですが出てきましたね。いまのところ石化凍結《せきかとうけつ》から解凍《かいとう》できないとエアリーが言っていましたが、仮に問題が解決されたら彼らも満を持して登場してくることがもしかしたらあるかもしれませんので、皆様《みなさま》も《いにしえの七騎士《きし》》こと四番、五番、九番、十番、十三番、十四番、十五番がどんな人たちなのか、ぜひ想像してみてくださいませ。

本編については以上としまして、現実世界のことも少し。

今巻が発売される頃《ころ》には、『劇場版　ソードアート・オンライン－プログレッシブ－冥《くら》き夕《ゆう》闇《やみ》のスケルツォ』が公開されてから一ヶ月が経過しているはずだったのですが、まことに残念ながら新型コロナウイルス感染症《かんせんしょう》拡大の影響《えいきょう》で公開延期となってしまいまして、このあとがきを書いている時点ではまだ新しい公開日が決まっておりません。楽しみにしてくださっていた皆様《みなさま》には本当に申し訳ないのですが、より良《よ》い作品をお届けするためのやむを得ない延期ですので、いましばしお待ちいただき、公開されましたらぜひ劇場に足をお運びいただければと思います。

さらに、十一月にはＳＡＯアニメ10周年のメモリアルイベント『ソードアート・オンライン－フルダイブ－』も開催《かいさい》されます。こちらは私が脚本《きゃくほん》を書いておりまして、全パートが新規エピソードとなっています。配信も予定されていますので、たくさんの方にご覧いただけると嬉《うれ》しいです。

といったところで恒例《こうれい》の謝辞を。今巻で限界進行度合いを大幅更新《おおはばこうしん》してしまい、イラストのａｂｅｃさん、担当編集者の三木《みき》さんと安達《あだち》さんには大変ご迷惑《めいわく》おかけしました。とここまで書いて前巻のあとがきを読み返したら、ほぼ同じこと書いてますね……。しかも「次の巻はスムーズに進行できるよう頑張《がんば》ります」という一文まで……。もはやとっくに信用度ゼロですが、次の巻こそは！　という意思だけは持ち続けていきたいです！

それでは皆様《みなさま》、激動の28巻もどうぞよろしくお願いいたします。

二〇二二年九月某日《ぼうじつ》　川原《かわはら》　礫《れき》

●川原　礫著作リスト

「アクセル・ワールド1〜26」（電撃文庫）
「ソードアート・オンライン1〜27」（同）
「ソードアート・オンライン　プログレッシブ1〜8」（同）
「絶対ナル孤独者《アイソレータ》1〜5」（同）

本書に対するご意見、ご感想をお寄せください。

ファンレターあて先
〒102-8177　東京都千代田区富士見2-13-3
電撃文庫編集部
「川原 礫先生」係
「abec先生」係

本書は書き下ろしです。

電撃文庫

ソードアート・オンライン27

ユナイタル・リングⅥ

川原《かわはら》 礫《れき》

◆◇◇

2022年10月10日　初版発行
2024年11月15日　3版発行

発行者　山下直久
発行　株式会社KADOKAWA
〒102-8177　東京都千代田区富士見2-13-3
0570-002-301（ナビダイヤル）
装丁者　荻窪裕司（META＋MANIERA）
印刷　株式会社 KADOKAWA
製本　株式会社 KADOKAWA

●お問い合わせ
https://www.kadokawa.co.jp/（「お問い合わせ」へお進みください）
※内容によっては、お答えできない場合があります。
※サポートは日本国内のみとさせていただきます。
※Japanese text only

※定価はカバーに表示してあります。

ISBN978-4-04-914622-6　C0193　Printed in Japan

電撃文庫　https://dengekibunko.jp/

電撃文庫創刊に際して

文庫は、我が国にとどまらず、世界の書籍の流れのなかで〝小さな巨人〟としての地位を築いてきた。古今東西の名著を、廉価で手に入りやすい形で提供してきたからこそ、人は文庫を自分の師として、また青春の想い出として、語りついできたのである。

その源を、文化的にはドイツのレクラム文庫に求めるにせよ、規模の上でイギリスのペンギンブックスに求めるにせよ、いま文庫は知識人の層の多様化に従って、ますますその意義を大きくしていると言ってよい。

文庫出版の意味するものは、激動の現代のみならず将来にわたって、大きくなることはあっても、小さくなることはないだろう。

「電撃文庫」は、そのように多様化した対象に応え、歴史に耐えうる作品を収録するのはもちろん、新しい世紀を迎えるにあたって、既成の枠をこえる新鮮で強烈なアイ・オープナーたりたい。

その特異さ故に、この存在は、かつて文庫がはじめて出版世界に登場したときと、同じ戸惑いを読書人に与えるかもしれない。

しかし、〈Changing Times,Changing Publishing〉時代は変わって、出版も変わる。時を重ねるなかで、精神の糧として、心の一隅を占めるものとして、次なる文化の担い手の若者たちに確かな評価を得られると信じて、ここに「電撃文庫」を出版する。

1993年6月10日
角川歴彦

電撃文庫DIGEST　10月の新刊

発売日2022年10月7日

ソードアート・オンライン27 **ユナイタル・リングⅥ** 著／川原 礫　イラスト／abec	アンダーワールドを脅かす《敵》が、ついにその姿を現した。アリスたち整合騎士と、エオラインたち整合機士──アンダーワールド新旧の護り手たちの、戦いの火ぶたが切って落とされる──！
幼なじみが絶対に負けないラブコメ10 著／二丸修一　イラスト／しぐれうい	新学期を迎え進級した黒羽たち。初々しい新入生の中には黒羽の妹、碧の姿もあった。そんな中、群青同盟への入部希望者が殺到し、入部試験を行うことに。指揮を執る次期部長の真理愛は一体どんな課題を出すのか──。
新作 **呪われて、純愛。** 著／二丸修一　イラスト／ハナモト	記憶喪失の廻の前に、二人の美少女が現れる。『恋人』と名乗る白雪と、白雪の親友なのに『本当の恋人』と告げて秘密のキスをしていく魔子。廻は二人のおかげで記憶を取り戻すにつれ、『純愛の呪い』に蝕まれていく。
魔王学院の不適合者12〈下〉 **～史上最強の魔王の始祖、転生して子孫たちの学校へ通う～** 著／秋　イラスト／しずまよしのり	《災淵世界》で討つべき敵・ドミニクは何者かに葬られていた。殺害容疑を被せられたアノスは、身近に潜む真犯人をあぶり出す──第十二章《災淵世界》編、完結!!
恋は夜空をわたって2 著／岬 鷺宮　イラスト／しゅがお	ようやく御簾納の気持ちに応える決心がついた俺。「ごめんなさい、お付き合いできません」が、まさかの玉砕!?　御簾納自身も振った理由がわからないらしく……。両想いな二人の恋の行方は──？
今日も生きててえらい!3 **～甘々完璧美少女と過ごす3LDK同棲生活～** 著／岸本和葉　イラスト／阿月 唯	相変わらず甘々な同棲生活を過ごしていた春幸。旅行に行きたいという冬季の提案に軽い気持ちで承諾するが、その行先はハワイで──!?　「ハルくん！　Alohaです!!」「あ、アロハ……」
明日の罪人と無人島の教室2 著／周藤 蓮　イラスト／かやはら	明らかになる鉄窓島の「矛盾」。それは未来測定が島から出た後の"罪"を仮定し計算されていること。つまり、島から脱出する前提で僕らは《明日の罪人》とされている。未来を賭けた脱出計画の行方は──。
わたし以外とのラブコメは許さないんだからね⑥ 著／羽場楽人　イラスト／イコモチ	学園祭での公開プロポーズで堂々の公認カップルとなった希墨とヨルカ。幸せの絶頂にあった二人だが、突如として沸いた米国への引っ越し話。拒否しようとするヨルカだったが……。ハッピーエンドをつかみ取れるか！？
新作 **アオハルデビル** 著／池田明季哉　イラスト／ゆーFOU	スマホを忘れて学校に忍び込んだ在原有葉は、屋上で闇夜の中で燃え上がる美少女──伊藤衣緒花と出会う。有葉は衣緒花に脅され、〈炎〉の原因を探るべく共に過ごすうちに、彼女が抱える本当の〈願い〉を知ることに。

これは、ゲームであって、
そして現実だ。
著：川原 礫
イラスト：堀口悠紀子
デモンズクレスト
Demons'Crest
背景／田峰育子

VR《仮想現実》、AR《拡張現実》に続く新たな舞台は、
Mixed Reality
MR《複合現実》！
川原礫最新作!!!
『ソードアート・オンライン』『アクセル・ワールド』『絶対ナル孤独者』
電撃文庫